过关

郭海鸿◎著

深圳出版社

图书在版编目（CIP）数据

过关 / 郭海鸿著. -- 深圳 : 深圳出版社, 2023.9
ISBN 978-7-5507-3709-9

Ⅰ. ①过… Ⅱ. ①郭… Ⅲ. ①长篇小说－中国－当代
Ⅳ. ①I247.5

中国版本图书馆CIP数据核字(2022)第218796号

过 关
GUO GUAN

出 品 人　聂雄前
责任编辑　雷　阳　靳红慧
责任校对　聂文兵
责任技编　郑　欢
书名题写　王宪荣
装帧设计　麦克茜

出版发行　深圳出版社
地　　址　深圳市彩田南路海天综合大厦（518033）
网　　址　www.htph.com.cn
订购电话　0755-83460239（邮购、团购）
印　　刷　深圳市华信图文印务有限公司
开　　本　787mm×1092mm　1/32
印　　张　8.25
字　　数　200千
版　　次　2023年9月第1版
印　　次　2023年9月第1次
定　　价　42.00元

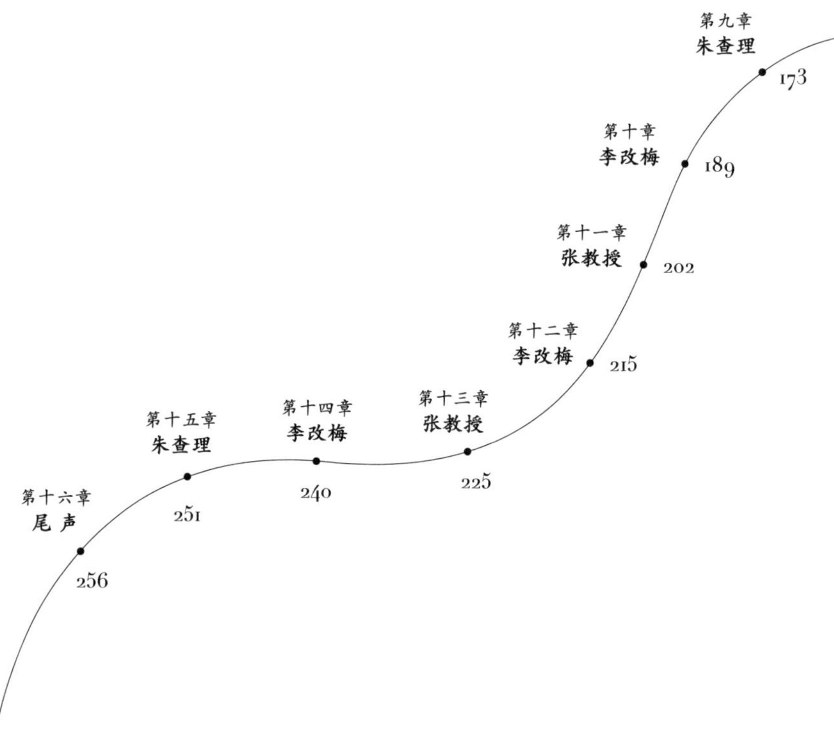

目录

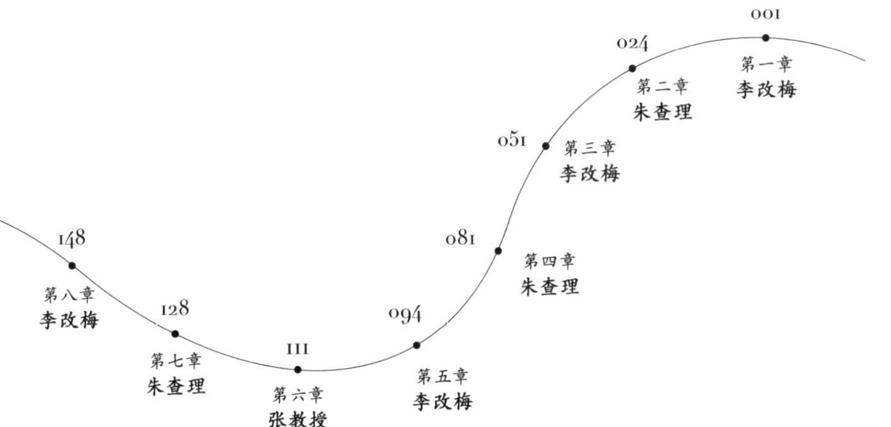

第一章 李改梅

李改梅回来了，仿佛半个黄贝岭的人都闻到了她从湖南带回的气味：辣椒的气味、腊肉的气味、樟树油的气味，还有悲伤的气味。很多人都不相信她回来了，在他们的预想中，她至少要在胡家冲待上个把两个月，那样才合情理，才足够消除一个丧夫之妇的悲痛。可才多少天呢，人就回来了？有人说，莫非这娘们半路把男人的骨灰撒了，转身回了深圳？

这当然是开玩笑的。天底下谁都可能干出那样的事，李改梅绝对不会。如果那样，他们所认识的这个女人就不是李改梅。并非说李改梅的夫妻感情有多深，而是人们所认识的李改梅，就是个讲礼节、讲规矩的人。

李改梅是坐大巴车回深圳的。昨天下午两三点钟从县城开出，今天早上五点多就到了。黄贝岭的老乡多，县里开来的客车特意在这里设了个上落点，车头上标着“直达黄贝岭（深圳）”，方便得很。路线是承包的，司机已经熟透，嚼着槟榔，说笑间就从湖南开到了广东。一进入深圳地界，司机就开始打电话，通知那些托运货物的人到黄贝岭等车卸货。车底下是行李舱，除了乘客的行李外，全是家乡的土产，有人甚至把老家坐惯了的旧凳子也弄到深圳来，说是怀旧。在乡亲们的心中，一辆客车就是流动的乡愁。

李改梅放下行李，洗了澡，才合了个眼，手机接二连三响了起来。

电话里问，老板娘，要不要沙发，七成新的？

李改梅说，不要，我不做这个了。

又有人问，阿姨，明天下午有时间不，帮忙找几个人做个清洁，顺便送你们一张木床，我用不着了。

李改梅说，对不起，没时间哦，不够人手，你找找别人吧。

李改梅和丈夫在这里待了二十多年，知道他们号码的人不计其数。他们靠这个号码，跟无数的人产生关联。他们手机不离身，不论在什么场合，有电话一定接。在他们心里，从来没有“骚扰电话”这个说法。

此刻，手机抓在手上，竟然感到有些凉意，就像摸着一块长了青苔的石板。李改梅看着手机，心里酸酸的。这个老机子，六年前买的吧，皮套都翻边泛白了。号码是老号码，十七八年了，用男人的名字开的，他们把号码印在卡片上，一年印两三盒，不知道发给了多少人。有时候他们发给别人，别人转身就扔在地上，李改梅经常在路上、楼梯口捡到自己家的卡片，弹掉灰尘又继续派发。他们的卡片背面印着“回收旧家具、电器、废旧书刊，代理清洁卫生、短程搬家等”。有的卡片却被人一直带着，搬到很远的地方还打电话来要卖旧家具，要搞卫生，他们只能对那些超出服务半径的热情顾客说声抱歉。

男人快走那会儿，郑重其事地跟她说了两次：“到时人不在了，你把号码销掉，手机扔了，别放在身边，电话一响，你又会乱七八糟地想。”

“想？我还想你？你真是太自信了吧，这些年你折腾我还不够啊。”她把男人的话堵回去，“手机不扔掉，留着干吗？”

明知道他是没几天的人了，可她还是改不了说话的口气。结婚快三十年，谈不上恩爱，也算不上冤家，他们之间的言语都是这样的，有时候是真的带气，想刺一刺对方，有时候是脱口而出，没经过脑子。快要死的人了，一口气要分两次才勉强喘匀，男人听了，却不生气，不恼火。自己的女人，他怎会不清楚德性呢。

李改梅不会把号码销掉，也不会扔手机。这个手机和停放在社区卫生房门口的那辆三轮车，是他们在深圳最重要的资产，比别人的豪车豪宅都重要。相比起来，这个号码更是无价之宝，有它就有事做，一年三百六十五天，保证有饭吃，哪怕刮风下雨，也一定会有人找来，这个号码就是她的全世界。

李改梅斜躺在床上，屋子里空荡荡的。她抓住手机，就像在极度颠簸中，从半空中抓住了一个铁扶手，身子得以稳住。

一个月前，这床上还躺着她的男人，尽管瘦得只剩副骨架子了，总归还是个活人，还会咳嗽，会唠叨，会瞪眼睛，有时还骂人，嫌弃她喂的饭菜，说她递的水烫了。现在床上空了，屋子空了。三年前他查出病，她就无数次想过这一天的情景，也跟身边的熟人抱怨过，要走早点走，我好过几天安生日子。可真正到来了，孤单单一个人躺在床上，她哪能有什么安生的感觉。

不过，此时她还没有多明显的感觉，忙碌能帮她阻止那些不好的情绪，至少迟一点到来。

看看窗外，天色还好，看来是个晴天，实在也睡不着了，李改梅让自己起了床。她动手拆被子，扯被套，扔进洗衣机里，多倒了两盖子洗衣液。在医院，办完手续，死人拖走了，护工叮嘱她，回家要好好做清洁，把该消毒的消毒。在那个环境里，又是熟悉的老护工，语重心长，她只能点头称是，心里却很不舒服，像是受到了侮辱。是啊，自己的人自己知道，又不是传染病。她伺候了三年多，干干净净的，人刚闭眼，怎么马上就要做出嫌弃的样子……

现在她觉得老护工说得一点也没错，分明都闻到了不好的气味，仿佛看到了满床爬动的虫子和病菌。她一刻都不让自己拖延，要做一次大清洗。拆了被子，顺手又把蚊帐拆了，本来也想洗一洗，可随便一扯就烂了，干脆就不要了，把蚊帐架子一起拆掉。然后，她一鼓作气把衣橱里的衣物全抱出来，把他的衣服一件件拎出，除了两件像样点的外套，其他的都被她扔到地上，堆成一座山，这些衣服，都穿了不知多少年了，没一件还像个样子。别说他，李改梅自己也记不得啥时买过新衣服了。接着，她一口气清理屋子里的其他物件，烂了的、用不着的，他个人专用的，全都扔掉。满满一地，要是在老家，拖到门口，点把火就烧了，这里不行，没你随意点火的地方，她得打好包，送到合适的地方去烧。

把洗好的被子抱到天台晾开，李改梅的肚子叫了，于是煮了碗面，不早不晚，就算是午餐了。面捞起来吃了两口，没入味，她取出从胡家冲带来的剁椒，挖了两筷子，把面拌得红通通的，这才勉强吃下去。

中午不准备再吃，晚上约了女儿女婿和几个乡亲，一起吃个饭，感谢感谢他们，跟大家讲讲回湖南的情况。儿子是跟着回去了的，事情一办好，人就先跑了，腿在他身上，她也懒得管了。她公开说过的，老鬼死了，她就不再管这个家。一儿一女，他们爱怎么样就怎么样。今天晚上见面，她就有这个意思。有乡亲坐边上见证，把话说出去，不正式也算是吹个风吧，管他们姐弟爱听不听。

李改梅把烂蚊帐、旧衣废物折叠好，用两个包装袋装好扎紧，一手一包，连拎带拖就出了门。她住在二楼，这个老房子没有电梯，只能从楼梯上一路磕碰下楼。这个时间，房客们上班的上班，出去买菜的买菜，整栋楼也因为安静而空洞起来。她把东西搁在大门口，然后步行去社区卫生房门口把三轮车骑了过来，装上东西出发了。她要到几公里外的地方去烧掉，那里有块空地，有围墙，看护的老头她是认识的，那里安全。

在大街小巷穿行，李改梅就像在老家的田埂地头一样熟络，吃这碗饭，练出了这个本事。她闭上眼睛也能避开人多车多的地方，绕过有交警执勤的路口，她不给城市煞风景，也从没被交警、城管逮住过，这个纪录他们保持了二十多年。有一次她从罗湖区给人送东西到福田区，骑着三轮车穿过深圳最繁华的地带，来回平安，让两方面都吃惊不小，他们都担心会在半路被拦下，甚至准备好了给她赔三轮车。

骑行了一段路，李改梅才想起，伸手把车头晃荡的写有电话号码和经营范围的小木牌摘下来，反手扔到车厢里。今天是绝对不接活干的，哪怕说去捡金条她也不干，不，这些时日都不接，至于今后留在深圳做什么，她还得好好考虑呢。以前两个人，什么活都干，哪怕是他病倒卧床，她也照样干，因为心里有个依靠，现在是真正地缺了一副手脚，她不想再那么辛苦，没命地干。有时候她想，夫妻俩就像一对合伙人，现在合伙人走了，她得做个盘算，到底继续干还是了结算了。过去两个人能干的事，现在她自个也不一定干得动了。

刚开春，深圳不凉也不热，车上拉的东西也不重，李改梅没觉得有多累。要是再过些日子，别说骑三轮车，就是出来街上走两步，也得出一身汗不可。在深圳二十来年，晴天也好，台风暴雨天也好，冷天热天都好，他们都习惯了。

她和死鬼男人有一个认识是始终一致的，那就是无论如何待在深圳都比老家强，谁也不会轻言回去。所以，她多么清楚，这个死鬼不愿意回湖南治病，怎么哄都不答应，就是不想回去死，二十多年没经受湖南冬天里的冻了。当然，死了要弄回去，那是另外一码事，由不得他。她本来都做好了准备，要是他答应回去治病，就放下深圳的事带他回去，哪怕搞个半年一年也可以，可惜他不干，非要在深圳再磨一个冬天，再吃一顿年饭。刚过完年，人就走了。

看护空地的老头不在，换了个后生仔，头发染得蜡黄，营养不良的样子，在铁皮屋前逗狗玩，耳朵上的钉子闪闪发亮。

李改梅大声喊“阿叔”，人没回应，狗先叫了起来。后生仔说人没在呢，回老家了。

李改梅大声说：“哦，多久回来？”

“说不准，他回去处理迁坟的事，家里打架了。”后生仔道，并没有把她当作生人警惕，也许他一眼就晓得是个老熟人。

“打架？那他还回去？一把老骨头，别打了。”李改梅想起老头弱不禁风的样子，突然笑了，对后生说，“我来烧点东西。”

没等他回答，径直往里骑，好像这地方是她共有的，想怎么样就怎么样。空地上满是爆竹烟花的纸屑残灰，看来刚刚过去的春节，偷偷来这里放鞭炮烟花的人不少。对李改梅来说，这个春节是过得最悲凉的，节前男人病危，送进医院折腾几天，抢救过来了，带回家里，回光返照般吃了年饭，没几天又不行了，再入院就没再出来。

一直绕到靠里最空旷的地方，李改梅停了下来，以前这里临时租给人家搞了个轧钢场，后来搬走了。她在那里挖过一个坑，帮很多人烧过东西。老头不嫌弃，有时候还过来帮她一起烧。他一个人守着块空地，太寂寞了，帮忙的目的就是要跟人说话，心里巴望他们天天来烧。李改梅曾经吓老头，我们烧死人用过的东西，你一点也不怕吗？怕个屁啊，只要不是来烧人，烧什么都无所谓。老头一张嘴也蛮好玩的。老头是个善人，理解人家的难处，能给的方便，他乐意给。

李改梅就这个性格，一说话，一笑，瞬间就有了亲近感，像熟人，谁都想跟她多待一会，多扯上几句。在这块地方待了那么多年，她认识的，叫得上名字的，买她账的人，比她老家村里两倍的人还多。

前几天下了雨，坑里有积水，李改梅寻思了一下，正好旁边有块水泥板，她弯腰把它翻到坑里，正好凌空盖过了水位。她把袋子拎下来，一件件扔到水泥板上，用棍子把它们挑松，从车厢里拿下一个小瓶子，那是她藏起来的汽油，分层倒上一点，然后掏出一张旧报纸，用打火机点燃，做火种，一瞬间火苗蹿了起来。

李改梅看着坑里的火，为了烧得彻底一点，时不时要翻动一下。随着翻动，扑来的气味很是刺鼻，她不时捏紧鼻子，把脸侧向一边。

看着这些衣物破烂一点点变成火星，化为灰烬，她不知不觉流了一脸的泪水。

死鬼的骨灰已经送回老家，葬在了自家的山上，和他父母的坟邻着。这两包东西是他留在深圳的所有证物，烧完了，也等于看不见摸不着了。她在心里跟他说起话来：是啊，你倒是迟不走早不走，捡个好节气就走了，过几天就是清明，满山坡的鬼和人都给你上坟烧纸去了……越是这样说，泪就流得越凶。她也不擦，让两条泪河顺着脸颊流啊流。从他生病到断气、下葬，她都没有流这么多的眼泪。

不经意间，李改梅回了一下头，看到后生仔牵着他的狗站在她身后，不知站了多久，火光把他和狗仔映得火红火红的。

后生仔和他的狗似乎也在一起感受陌生人的悲伤，一动不动，神情肃穆。

火光渐渐熄灭，李改梅长长地舒了口气，把手中发烫、熏黑的棍子平放到坑沿。她抬起手，用衣袖揩了揩双眼，抹掉了泪痕，转过身对着后生仔露出了笑容。

她推动三轮车，拉开车刹，才想起兜里有个小红包，她是准备给看守老头的，她掏出来塞到了后生仔手里，对他说："小兄弟，阿叔回来，你告诉他，湖南的胡子不会再来这里了，他回老家胡家冲去了，再也不来深圳了！"

"嗯，他自己也不一定还能回来，他病了，不想治疗，不想费钱。家里人那是骗他回去治病的，说清明迁坟，家族里打架，他才愿意回去，肝癌啊，可不容易治得好，这里的工作老板都交给我了。"后生仔道，"要烧什么，以后你直接来就是了。"

"治得好！谁说治不好！他可是个大好人！菩萨会给他治好。"李改梅心里被锉了一下，喉头像被堵住了。她放开车刹，开始骑动，走了几米远，回头又说，"不烧了，以后不会来烧东西了。"

她心里一下子难受起来。回去的路变长了，绕了老半天才到家。

过了中午，李改梅去了一趟"湖湘土菜馆"。前天，她人还在湖南就给老板打过电话，说好今晚要包个房间。担心老板生意太好，没把她电话里交代的事放在心上，她得当面去落实下来。

老板哪会不认真对待呢？他把最大的房间给她留好了。

"姐姐，你尽管招呼客人来，其他的事别担心。"见了面，老板要她先把菜点好，李改梅说我哪里会点菜，一辈子没进过几次馆子，真的不懂。

老板说，那姐姐相信我，放一万个心，我帮你办好就是。

那太麻烦你了，看我点个菜都不会。李改梅有些难为情，生怕别人猜她是特意来占便宜的。

说起来，李改梅还真受得起这个待遇。老板是邻县的老乡，他们认识很早，在老板还是毛头小伢子的时候吧。那时候，出门的人都很念乡亲，条件也不好，大家有事都能互相照应。李改梅记得，小伙子是胡家冲一个同村人带来认识的，后来同村人来往少了，反倒是这小伙子念旧，老想着他们。

老板叫张建奇，起初来深圳做厨房学徒，做湘菜，学到了手艺，后来自己开起店来。以前在福田开餐馆，经营得好好的，街区要搞品质提升工程，不让开餐馆了。他一路找店面，找到了罗湖，找到了黄贝岭。找了几天，看中了这家已经歇业、大门紧锁的铺面，下决心要搬迁到这里来。可是房东要价太高，宁愿空着，也不让一分钱。张建奇算一算，要搬迁换店，要荒废人工，还要搞装修，手上资金太紧张了。怎么办？他这时想到了李改梅，于是找到她，要请她去说说情。

李改梅跟他说，这个店我知道，天天从门口经过，餐馆开一家倒闭一家，我数数都有十几家了，客家菜、四川菜都做过，有人说风水不好，也不知是真是假，你可别随便下决心，冒这个险，再看看有没有更合适的地方。

张建奇说，姐姐，生意靠各人做，风水也是跟人转的，我看中了，自然有把握，你只管帮我疏通房东，缓交两个月房租押金，照顾照顾，让我活过来。等我做起来了，再把租金提升上去。

李改梅就是经不起人家的信任，第二天就找了个能说事的熟人，出面与房东协商，好歹说通了。果然，这生意一做就是七八年，一年比一年红火，老板停在门口的小车不断变换牌子，越开越好。前段时间在路上碰到，老板特意跟她说，姐，香港的朋友邀请我过去开一家分店，你觉得好不好？

李改梅吓了一跳，以为他是开玩笑的，就说，去香港开店？我参考不了。湖南菜太土了，辣死个人，去香港吃得开吗？香港人可是吃洋餐的哩。

张建奇说，这个不担心，这些年内地菜在香港火得很，姐姐说句好，就是对我的精神支持。

“好，我支持！”李改梅信口道，“祝你发财！”

“一定发财！到时接姐姐、姐夫去香港吃湖南土菜。”张建奇的嘴甜，恰到好处的甜，总是能说得李改梅开心半天。

那阵子，老胡的病情反反复复，弄得李改梅疲惫不堪。接着几番住院、出院，折折腾腾，大半年过去了，很多熟人也少了联络。这个叫张建奇的土菜馆老板也是，仿佛有几十年没见的样子。给他打电话之前，李改梅还想，要是香港的生意做起来了，人会不会到那边去了呢？

见了面，张建奇告诉她，香港的店开得有些波折，地方定不下来，手续也有些复杂，还不好招员工带过去。不过，越是难，他越是不甘心，今年内一定要搞定它，“我已经跟很多老顾客讲过了，去了香港，照样可以吃到我的菜。”

李改梅心里赞许这些有想法、敢拼敢搏的老乡。千山万水，出门太不容易了，能做成功点事情，真是了不起。虽然对面就是香港，看得见他们的房子，听得到那边的汽车声，她却没有去过，也想象不出去那里吃湖南菜是什么感受。别说去香港吃湖南菜，就是在深圳，她也很少进饭店入餐厅吃饭，谈不上什么味道。

下午，李改梅一个个打电话，落实晚上要请来的人，告诉他们饭店和房间，大概怎么走，坐几号地铁，转几路公交。他们住得有远有近，不过对黄贝岭大家也不陌生，因为在这里落脚的老乡太多，稍微点拨一下，都晓得怎么走。

她最后打的是女儿胡丹丹的电话。胡丹丹支支吾吾，说她自个会来，她老公朱宝林来不了，要上夜班。

“爱来不来，你不来也可以。”李改梅心里突突突地生气、冒火，把电话挂了。本来不该这样说的，没忍住。对女儿这股气并非今天才有，怄了好长时间了。

儿子不听她的话，她没什么好说的，从小到大，特别是来深圳这些年，被他气够了。女儿吧，刚来时还算听话，至少不让父母操太多心，可这些年也变了，恋爱了，结婚了，反而结了仇似的，跟父母对着干。他们父亲病了三年，她没让姐弟俩负担一分钱，每回病情变化要住院，也没依靠他们去照顾，都是她自个扛过来的。人死了，化成了灰，要送回湖南，她也是很开明的，开腔说，姐弟俩愿意去送，就一起去，谁走不了也无所谓。儿子胡根平本来就没事做，不敢有二话。胡丹丹两公婆这个说上班，那个说有事，都不想去。李改梅一句话不说，她知道两个孩子跟他们不亲，对他们有怨言，她不想为这些事情继续恼怒，把自己气坏，让亲朋笑话。

没错，李改梅是觉得自己亏欠姐弟俩的，夫妻俩出门二十多年，把姐弟俩放在家里，交给爷爷奶奶带，算是留守儿童吧。出门打工，不就是这个条件吗？我家的留守就叫狠心，别家的呢？整个湖南有多少，全中国又有多少呢？能数过来吗？有几家出门打工的不是这样？要说恨父母，那家家户户都恨吗？虽然为人父母，李改梅心里不好受，但也有自己的原则，如果把孩子的成才成长问题全归结为“留守儿童”造成的，她可不答应。

胡丹丹姐弟俩书都没念好，初中毕业就一前一后来了深圳，跟父母住在一起。姐姐进厂打工，东一下西一下，后来谈了恋爱，更是管不了。弟弟随后也来了深圳，怎么办？年纪小，打什么工？这娃喜欢电脑，一来深圳就要了钱，自己去电子城组装了一台二手电脑回来，整天趴在那儿，忘记了吃饭，忘记了天黑天亮。

有一次，社区一个熟人来家里找李改梅，看见玩电脑的孩子，对她说：梅姨，孩子太早走进社会，可惜了，得让他学个一技之长，才能有立足之本。

我们哪有办法？初中毕业，高中都不读了，能往哪里送？李改梅说的是无奈，也是实话。

“你们要是愿意，我了解了解，有没有读技校的渠道，有的话，你们把他送去。”这位热心的熟人，显然把这事放心上了。

李改梅和老公一起做儿子的工作，居然做通了，儿子答应继续去读书。热心的熟人帮忙牵线，根据孩子自己的意愿，参加了深圳技师学院的招生考试，还真是走运，给他考上了。儿子着迷电脑，着迷网络，如愿录到了通信网络的专业，待了五年。五年里，这娃娃学习表现倒是不错，蛮刻苦，看来真是喜欢这个专业。跟着老师去过香港，去过北京上海，参加了好多比赛，拿了不少奖。读书的事比赛的事，李改梅两口子都不懂，只是他们能看到儿子的变化，看到他的成长，心里头高兴。尤其是他爸，每次儿子要钱换电脑，换手机，去外地比赛，他都毫不犹豫，干脆得很。

“儿子回炉去读书的五年，也是家里最为安静的五年。”李改梅这么觉得，不知多少次跟亲朋们有意无意地提起。她总是把那段日子视为一家人最美好的时光。她和他爸尽量弥补此前陪伴的缺失，当然，也在儿子的身上看到了希望。他们希望他毕了业，好好找份事做，不指望他帮家里分担压力，至少能养活自己，早点结婚成个家。

可是，等毕了业，儿子却没有按照他们希望的样子发展，分明找到了好好的工作，却不安心做，让人着急。他们一说他，他却嫌父母唠叨。在李改梅的心目中，这就是不成性，心比天高，做啥啥不成。有一回，他爸说了他几句，父子俩吵了起来，一气之下，小子自己拎了衣服电脑，住到外面去了，几个月见不到人影。

同样是跟自己一样搞清洁，收废品，四街市场那对江苏夫妻就不同，为了省钱，他们两年三年不回家是常事，两个子女跟爷爷奶奶在老家长大，懂事得很，姐姐考上了北京大学，弟弟考上了清华大学，而且上了大学就不要父母寄一分钱，自己在北京兼职挣钱了。现在姐姐出来工作了，弟弟读博士，听说把爷爷奶奶接到北京去生活了。同样是在深圳扫地，为什么会有不同的教育结果呢？

李改梅想通了，就是一个字：命。

跟儿子的关系僵持不下那阵，他的技校老师特意来了一趟家里，开导她说，你们对孩子的了解太少了，年轻人有自己的技能，有自己的钻研，有自己的思想追求，就别老拴着他，用你们的想法管着他。两代人的生存方式，肯定不可能一样的。何必呢？关系搞僵了，窝心的还是你们自己。

“请相信，我的学生不会差到哪里的，一定会有他的用武之地。”这位老师自个年纪也不大，像是一个来替小兄弟撑腰，讨要说法的大哥。后来，李改梅两口子偶尔谈起这个情景，还忍不住要笑起来。

不管就不管，从此李改梅两口子不再纠结儿子上不上班，怎么样混的问题，按他爸的话说，“只要不回来问我们要钱，他自己养活自己，就万岁了。”

那时，他爸的身体开始这样不舒服那样不得劲，李改梅的心思也都放在了这个死鬼的身上，踏上了求医问药的漫长征途，对他们姐弟也实在管不过来。

半下午的时候还太阳当空，这会忽然暗了下来，像要落雨的样子。李改梅把晾在楼顶的被子收回来，关好门窗，自己先来了土菜馆。包房好大，一个大台子，她数了一下，摆了十八副碗筷，够了，即使每家来两个，也可以坐下。她有些不适应，平时他们很少上餐馆吃饭，有客来串门都是在家里弄饭菜，偶尔也进过像样点的酒店，要么是去吃喜酒，要么是社区有什么活动，把他们招呼起来，去聚个餐。而这次是自己要请人，她也不心疼钱了，这个礼数放到哪儿都要的。

她给每人准备了一条白色毛巾，一个 10 块钱的红包，从家里带来了一些腊肉，她分得好好的，每人一刀。一些人春节没回家，尝尝味道，解解馋。这是广东的办丧风俗吧，不叫回礼，叫答谢，答谢大家的关心帮助。在深圳那么多年，很多人情世故，礼俗往来，他们都按这边的习惯了。

李改梅家的事尽管很多老乡都知道，但她不想搞得太大，只私下告诉了十个八个人，让他们近前帮了忙。从临终前两天的照顾，到把人从医院太平间弄到殡仪馆，开这个证明那个证明，再到联系车主，送上回湖南的车，大过年的，这些乡亲不忌讳，不推托，都做到了。在外头，老乡们各个道上的都有，她也认识些，但她不想惹太多事，平时保持往来的并不多。说起来，她跟外省人打的交道比老乡还多些。

今天晚上，李改梅注定要把口水说干，把眼泪流尽不可。她本来没有太多悲痛，整个过程也没怎么流眼泪，但是今晚搞得像一个特别的追思会：老乡们一个个来，一个个跟她回忆起初来深圳时的情景，回忆他们之间的各种交往，每一个人都会特别提到她的死鬼男人老胡为人的忠实厚道，每一个人都会感叹真是老天无眼，好人命不长，与此同时也都没有省略对李改梅的赞叹，称赞她不离不弃，细心照顾老胡三四年，说到动情处，李改梅没哭，说者先哭了，她情不自禁又陪着哭。哭一哭，成了她的致谢和回应。邀请的九个老乡陆陆续续地来，李改梅就这样回顾了九次。

人都到齐了，李改梅开始讲这次送老胡骨灰回湖南的细节，她感谢在深圳的好老乡们，帮她联系到回湖南的一辆回程货车。上了车，她才晓得，司机是个信佛的人，方才乐意搭载她，让她抱着老公的骨灰盒，不然这事还不好办。驾驶室里挂着佛珠，贴着佛像，一路上，司机放的都是佛经，一路上跟她讲人生的各种苦，讲佛法的解脱。有时候，听得她都忘了是在一辆行驶在高速公路上的大货车上，还以为是在一座寺庙里。到了县城路口，她要下车了，她跟司机道别，感谢他。他却没跟她说话，而是对着她怀里的骨灰盒说，兄弟，前世与你有缘，今生送你一程，一路上跟你说了那么多，人间的苦说不尽，如今你把万缘都放下，佛菩萨把你接走了，往生极乐世界了，他日可记得渡渡我们啊。说完，又对李改梅说，我兄弟已经升天了，成佛去了。你回去，不要大操大办，不要哭不要折腾，送上山安葬就可以了。李改梅把准备好的红包塞给他，他接过，把里面的钱抽出来塞回给她，把红纸袋收了，转身上了车，走了。

全屋子的人都听得发呆，不敢相信，以为她遇上了一个成了道的仙人。

李改梅抹了抹眼睛，笑了："一辈子屁都没敢大声放的男人，今天成佛去了，你们信吗？要是真的，这也是他的造化吧。老胡这辈子倒是没白活，找了个硬气的堂客，啥事女人给他顶着。”

李改梅说的都是真的，老乡们笑了，屋子里沉闷悲伤的气氛算是散去了，换了个调子，大家才想起，他们的儿女都没在场。

“根平倒是愿意送他爸，可听说要坐大货车，不高兴，便买了高铁票，自己走一路。回去办完事，跟他两个叔叔喝酒喝醉了，差点打起架来，摔了酒碗跑了，”李改梅道，“丹丹家里有事，走不开，就没要她回去了。”

老乡们正要对李改梅一儿一女的行为进行适当的评论，包房门被推开了，胡丹丹走了进来，好像突然进入了一个魔幻世界，睁大了眼睛。大概除了她妈妈，没有一个她认识的人。

李改梅的左边正好是个空位，胡丹丹径直走过来，拖过凳子就坐了下来。

“也不晓得跟大家打个招呼，不拿眼珠仔细看看，这些都是胡家冲的亲人，”李改梅心里来气，冲着女儿说，“从小到大，没个礼貌。”

胡丹丹的脸刹那间变得通红，出于年轻女性羞怯的本能，她飞快地环桌子看了一遍，尴尬地咧了咧嘴，然后才想起要跟母亲论个理似的。她转过身子，对李改梅说：“妈，我爸才走，你就嫌弃起子女来了？从小到大？从小到大，你有几天在我和弟弟身边？你抱过几次？疼过几次？”

好像早就知道女儿会来这么一出，李改梅的头和身子也没动一下，定定地道：“口才好好，继续说吧，当着乡亲们的面，想说的都说出来吧。”

“说？你叫我丢人吗？我才不说！”胡丹丹鼻孔里“哼”了一声道。

此时，老乡们好像才有所反应，分成两拨，分别劝解母女俩都少说两句，冷静一下。

“你不想丢人，我丢！我告诉你，二十年前，我跟你爸来到这里，吃的苦、受的欺负我就不说了，把你们扔家里，这个我们心里也内疚，那是我们的错吗？这个屋子里的乡亲，哪家的情况不是这样？你们埋怨也好，不埋怨也好，今天算是了结了。你结了婚，你弟弟不听话，我也管不着，乡亲们也都知道，我和你爸省吃俭用，在县城买了两套房子，你们姐弟俩一人一套，爱回去住就住，不爱住你们卖掉，随你们的便。现在，我把你爸也送回胡家冲去了，交回给你们的爷爷奶奶了，就葬在他们旁边。结婚快三十年，我对你爸没有多好，但是也不亏欠他，这个乡亲们可以作证。从今以后，我要管好我自己，我想怎么过就怎么过，你们的事，我不会再搭理，我说到做到，只要再多唠叨你们一句，老娘就不姓李！”李改梅一口气说完，像是早早准备了讲稿，一字不多，一字不少。

“说得对呀，我们不用搭理，习惯了，自生自灭。当大家的面，我就提个要求，把我爸用的手机和号码给我，留个纪念。”胡丹丹道。

正当乡亲们有点意外，又都忽然频频点头称赞的时候，李改梅断然喝道：“不行！要什么都可以，手机不给！”说着把桌上的手机抓在了手里，生怕被胡丹丹抢了去似的。

屋子里变得出奇的安静，李改梅突然放声大哭。大家劝她别过于伤心，她反而哭得更厉害了，止也止不住。她说没想过要这么哭的，从男人急救到死亡、火化，再送回去下葬，她都没怎么哭过，今天更不打算哭，谁承想，被女儿一气，把几年积聚的泪水都哭出来了。

在乡亲们劝慰李改梅的间隙，胡丹丹悄悄地离开了，谁也没留意她是什么时候起身走掉的。

李改梅哭了整整半个晚上才渐渐止住。她停住哭泣，才想起招呼大家吃菜。

老板张建奇点的菜真多，搭配得也很合适。刚才这么闹了一出，来不及吃，菜都凉了。李改梅叫来服务员，商量着请他们把菜加热。有两个老乡住得远，有些坐立不安，提出要先走。李改梅就感到非常羞愧，一个劲地道歉。老乡们说，哪有什么不好意思的，家家有本难念的经，都是出门的人，我们还不经历一样的罪。送过先走的乡亲，留下来的开始倒苦水，好像是为了让李改梅心安，少些歉疚，一家说得比一家苦，一家比一家难堪。这些话题，谁说都能说到彼此的心坎里去，说到天亮也说不完。

胡家冲的乡亲们一家一家，一个一个互相牵线搭桥，有前有后来到深圳，在黄贝岭一带慢慢形成了一个聚居点，和李改梅夫妻一样一待就是二十年，甚至更长时间的也不在少数，有的中途离开了，有的分散到别的区去了。乡亲们平时看似分散，矛盾别扭也不少，可一旦哪家遇上点事，一下就团结起来，协力解决，一致对外。

李改梅在乡亲们中间有一些地位，是因为她来得早，熟络的渠道多，能帮上的忙自然也多。夫妻俩在黄贝岭的大街小巷谋生活，口碑好，认识的人多，社区的、街道的、派出所的，甚至区政府的、医院的，都认识几个。附近两家派出所的旧报纸一直是他们收，有时候所里要搞大清洁，忙不过来，也会打电话叫他们支援。平日里请他们搞卫生的，送旧家具给他们的，很多是在政府单位工作的干部家庭，有的人很放心，放心到让你不敢往下想——路上遇见，把钥匙给他们，再给个地址，让她直接弄去。在黄贝岭搞生活，他们也没给谁看过身份证，就凭一个电话号码、一辆三轮车和一张脸。

胡家冲的乡亲们成了深圳的城市细胞中不可分割的一部分，也可以说是城市肌体中不可阻断的一条毛细血管。

乡亲们边吃边说，一会有人说哭了，一会说着说着大家伙又笑了，一直搞到很晚，服务员进进出出，有点不耐烦了，大家才起身散去。菜点得太多，很多没吃完，李改梅叫服务员拿了打包盒，让大家挑着喜欢的带回去。

李改梅到收银台去结账，服务员说老板签过单了，不用再买了。

“这哪能行！我来这里订餐吃饭，不是来占便宜的！我一个扫地的，哪有什么能耐吃白食！”李改梅从随身的包里取出一沓钱，那是她预计好了的两千块钱，压到收银台上，“你们再算算，不够的我再送来，多的还给我就是。”

“阿姨，阿姨，您误会了！”服务员在后面喊，李改梅头也不回地走了。

李改梅快走到巷子口的时候，一辆红色轿车在她身旁急刹停下，张建奇从车里走下来，拦住她，大声说："姐姐等一等，你肯定是误会了，误会了。这个钱你必须收回去，也用不了那么多，咱们湖南菜不贵，几百块钱的成本，你不必跟我太计较。"

李改梅被张建奇拦住，有点不知所措，看看他那着急的样子，道："我肯定没有误会，是你太客气了，万万不可以的。"

"你听我讲，事情也过了，也不怕说吧，"张建奇四下望望说道，声音哽咽起来，"以前的事我就不提了，当年吧，姐姐帮我拿下这个店面，一口茶也没喝过我的，给个红包，还骂我一顿，我说那等生意好了，请你和姐夫喝杯酒。如今姐夫走了，我该有多内疚。你没把事情告诉我，其实我也听到了，不知如何来表达，今天这样做，就算是我的一个心意，真的没什么。你不收下，就是瞧不起我张建奇！"

沉默了半晌，李改梅伸出了手，接过张建奇递过来的钱，说："左说有道理，右说也有道理，就你会说话，那我真领了！"

"姐姐你回去吧，以后有什么事，尽管给小弟打电话！"张建奇如释重负般露出了笑脸。

李改梅没回他，抬起脚走了两步，想起张建奇下午说香港开店的事情，忙又转过来，走到车头，问正在发动车子的张建奇："你说香港开店的事情，着急不着急？"

"着急倒也没有，这事急不得，我再想想办法。"张建奇诧异地看了看李改梅。她特意返回来问这个事，显然也引起了他的注意。不过，他的想象力再丰富，也不会想到，这位在深圳黄贝岭扫了二十年地的胡家冲大姐能够给他的香港事业助一臂之力。

“嗯。”李改梅点了点头，若有所思地转身走了。

一沓钱在她手上，沉沉的，好像被无端强加了一副担子，她要想法卸下来，不愿意多背负一天。她和死鬼老胡在深圳混生活的最大原则就是，不多吃人家一口，不白拿人家一分。生活中这事那事，夫妻俩总是搞不到一块，而这个为人的态度却异常统一。如今老胡走了，留下她独自一人坚守着这个原则。

第二章 朱查理

朱查理从香港坐船赶往中山，参加一个客户的乔迁酒会。原本是合作伙伴去参加的，因为临时有事，合作伙伴去不了，问他能不能参加。“能。”他一口应承下来，让搭档放心。最近经济环境不太理想，订单不稳定，他们不想冷落任何一个客户，何况这个客户又是搭档的安徽老乡，关系一直保持得不错。

他们的公司在东莞，客户主要分布在中山、珠海、广州、佛山一带。对于公司的事务，朱查理平日里参与得不多，偶尔也就是做做这样的“替身”，或者有需要他出面的事，他才出面，也就是外围的事务多一些，公司里的日常运行，都交给搭档去打理。

朱查理平日大部分时候都住在东莞，偶尔才回一次香港。这段时间多往香港跑，是因为他个人遇上了一个骗局，被卷了笔款，忙着追人、追款。说是骗局，其实也不全是。因为是熟人之间的经济往来，自己犯了傻，被人钻了空子而已。这种事，人前不好张扬，对方也有他的社会圈子，而且两个人的社会关系互相重叠，谁是谁非，不好纠缠，因此弄得朱查理很被动。

他一面委托律师朋友出马，一面发动自己的人脉，动之以情，晓之以理，试图说服对方。因为这件事，十多年没在香港常住的朱查理好像重新回到了学生时代，回到他去英国读书前的香港生活，他拜访了那些连面容都记不起来了的小学同学、中学同学，慢慢地梳理出了一条可以接近那个向他下套的高人的可靠路径，而且拿回钱的把握也越来越大。

香港这场骗局，加上近期东莞不太稳定的生意，给朱查理带来不少烦恼。不过，多年的摸爬滚打，磨出了他的一副好心态，不再为眼前的事态急躁。

从中山港出来，已经快到傍晚时分。平常回香港，他都是从深圳的陆路口岸过关，相比之下，他更喜欢水路往来，快船在水天之间劈波斩浪，让他感觉一股奔赴远方的动感，他喜欢海面的蔚蓝，以及那种无边无际的感觉，再沉闷的心情，放置到大海上，一瞬间就像被清空了似的。有那么一阵子，他都忘记了此行的目的是去喝一场喜酒，期待快船能在海面继续驰骋，一直驶入茫茫黑夜。直至到达的广播响起，他才回过神来。登陆上岸，尽管烦恼还在，心境却宽松了许多。朱查理打的赶往酒店，路上塞了下车，迟到了一小会，客人都到得差不多了。朱查理看到一些熟悉的面孔，他们也发现了匆匆赶到的他，依照熟悉的程度彼此握手、打招呼。

“朱总从东莞过来，虎门大桥没塞车吧？”熟人们都以为他从东莞赶来中山，虎门大桥是必经之道，不塞上个把钟头反而是不正常的。

“托各位的福，今天畅通无阻！”朱查理道。

“真是难得一回，朱总好彩！”众人感慨道，似乎都是虎门大桥的冤家。

朱查理绅士般朝众人拱手作揖，哈哈一笑。

熟人们都知道朱查理的工厂在东莞，左一口白话，右一口普通话，甚至都以为他就是东莞人或广东本地人。除了个别关系亲近的生意伙伴，知道他是香港人的不多。不是他刻意隐瞒身份，而是在他的生活地图上，与香港已经没有多少瓜葛。在内地生活的时间够长了，除了说话残留的一点白话尾音外，在朱查理身上已经找不到多少香港元素。

喜宴的东家是合作伙伴赵总的安徽老乡，生意上的事也是他们之间联系得多，朱查理只是偶尔见面而已。朱查理算是看着他从小作坊发展起来的，合作了七个年头，也一直比较稳定，听说最近也不太好，遇上了不少困难，为了减少租金成本，选择搬迁公司，也换换风水。作为老客户，来道个贺，给点信心，理所应当，这也是赵总拜托他来的用意所在。

主人在致辞的时候，朱查理的电话响了，一看是深圳梅姨打来的，便按了接听，也不管对方要说什么，压低声音说正在开会，等会再打，然后把电话挂了。

致辞后便是开吃开喝。朱查理这一桌没有熟悉的人，他也不喝酒，不习惯搭讪，便埋头吃饭。他还要尽早赶回东莞——

真要面对回程时虎门大桥的拥堵了，他得给漫漫征途预留时间。他已经约好了出租车司机，定了个接头的时间，不想让人家等得太久。他吃饭速度快，从小养成的习惯，加上在一群陌生人面前吃饭，哪怕是一桌子的山珍海味，他也无心品味，三下两下扒完。放下碗筷，他起身走到大堂，又信步走出户外。在小花园里呼吸了满满的新鲜空气，他这才想起了梅姨的电话。

梅姨很少打电话给他，会有什么事呢？是租客要退租，还是物业管理方面有什么问题？除了这些事情，梅姨是从不随便打电话来的。

朱查理在深圳有一套小公寓和一个写字间单元，都委托给这个湖南阿姨打理，十多年了。他嘱咐过她，不论是退租还是新租，租金升呀降呀，她自己做主就行了，不用专门打电话。但是，她从来没有擅自做主过，每次都要问清楚，待他答应了才行。朱查理也跟她说过，不论行情怎么样，实际租金多少，每个月尽管扣留三成做管理费，剩余的再转入他的账户就可以。然而，这个梅姨非要把全额打过来，说一码归一码，我们的管理费随你再给，给多少无所谓。你无所谓，她更无所谓，你不在乎的，她特别在乎。直到朱查理发过火，她才勉强扣一点——她说不要那么多，她不是做二房东的，代管是一份人情。可是，这么一代管，就是十多年了。

朱查理回拨梅姨的电话，响两声就接了。朱查理说："梅姨，刚才在开会，真是不好意思，有什么事吗？"

梅姨似乎有些犹豫，口气不那么利索，说："也没什么事，算了，你忙我就不说了。"说完把电话挂了。

车子还没到，朱查理在酒店的小花园里转了半圈，觉得不对劲，梅姨到底要说什么事呢？听她的口气，不像是房子的事，那会是她个人，或者家里遇上什么事了吗？

他掏出手机，又打回去，开门见山地说："梅姨，是不是遇上什么事了？还是告诉我吧，你不说，我又不安心了。"

"唉，那我就说了。"梅姨像鼓足了全身的气力说道。

"你尽管说，没事的。"在这个推让的瞬间，朱查理的脑海里跳出了一堆的疑问。

"查理，我有个老乡，在黄贝岭开饭店，做湘菜的，说去香港开分店，跑了大半年，没搞成，"梅姨说得吞吞吐吐的，"我想呢，他决心很大，你有没有办法可以帮帮他？"

听到这里，朱查理突然笑了起来，笑声把身边人的注意力都吸引了过来，吸引力不是来自音量，而是笑声的纯度，也许人们太久没有听到这种笑声了。

梅姨从来没有跟他提过要帮什么忙，倒是经常问他，还有什么要我们帮的吗？好像她从湖南那个叫胡家冲的村子来到深圳，就是为了帮别人的忙，为别人做事，为别人操心。这是她第一次向朱查理开口，还不是为了她自己，而是帮别人。

显然，梅姨被他笑得有些尴尬，以为开错口了，赶紧说："对不起对不起，要是太为难，就当我没说过吧。"良久，又补了一句，"你离开香港那么多年，肯定也不熟了。"

朱查理的笑没有别的意思，而是情不自禁为这个湖南阿姨的为人发出会心的致意。

"梅姨，虽然我离开香港那么多年，但是再不熟悉，也是香港人呀。这个忙我一定帮，过几天我会回深圳一趟，到时你带我见一见他，听听他的想法，好吗？”朱查理给了对方肯定的答复。

“那太好了，我告诉他，让他有个准备，我先挂了。”梅姨把电话挂了。

朱查理正要收起手机，又想起前段时间听梅姨讲，她丈夫胡叔的情况不好，不知道现在情况如何，忙又拨了回去。

“梅姨，刚才忘记问了，真不好意思，胡叔的身体怎么样？要紧吗？”

梅姨沉默半晌，说：“谢谢你记得他，人已经走了。前几天我把他送回湖南，送回胡家冲了，你忘了他吧。”

朱查理脑子里“嗡”的一声，一时不知如何接话是好，半天才说：“梅姨，您多保重，过几天我来看您。”

“不用不用，真的没什么，我没事的。”李改梅轻描淡写地说。

朱查理收起了电话，眼前不觉一片迷蒙，他摘下眼镜，试图擦去泪痕，没想到眼泪就是不听话，停不下来。

约好的车来了，朱查理小跑回酒店，跟主人打过招呼，说明先回东莞的意思，然后小跑出来，上了车。他是个守时的人，生怕迟了一步，耽误了人家的活计。这个司机是前几年通过网约平台认识的，来往中山几次后，朱查理和他成了朋友，凡是来中山办事访友，一定是叫他，请他送一送。

“这个时间段，百分之百不堵车。”司机信心十足。

人算不如天算，车子还是塞在了虎门大桥上。一塞就是两个小时。朱查理坐在后排，一言不发，司机以为他睡着了，把音响调小了音量，没再找他说话。

朱查理没有睡，他哪里能睡着。堵塞的虎门大桥下是涌动的珠江水，似乎也在拍打着他记忆的闸门。珠江汇入大海，与伶仃洋、大亚湾、大鹏湾，与整个南海融为一体，把香港与内地连成一体。

他是从英国读完书回香港的第二年，应聘到深圳上班的。那时候，到深圳上班，是伙伴们热门的选择。他入职的公司在东门，是一家香港美资公司的办事处。其实那份工作并不对口他的所学，他来深圳的目的不是打工赚钱，而是要离开家，不要天天跟父亲在一起。

他爱父亲，但两人就是相处不好，待在一起，说不上几句就会吵起来。朱查理记得，自从他上了中学以后，父子俩就没好好说过话了。

父亲原来在中学教书，后来辞了职，出来做生意，赚了点钱，突然又不干了，受一位老同学的邀请，加盟香港的劳动保障研究会搞起了研究。这可是个纯粹的社会学术团体，没什么收入来源，完全是清贫的选择。从记事时起，朱查理印象中的父亲就是一个书呆子，家里到处是书，以前住得逼仄，家里只要有点空地，都被父亲用来堆书。母亲早年也是在工作的，每天早早起床，坐地铁转轮渡去上班，很晚才回到家。朱查理十岁那年，母亲生了一场病，后来就辞了职，做了专职的家庭主妇。

父亲出来做生意，很大程度上是被母亲逼迫的结果。那些年，香港物价飞涨，家里用度常常紧张。而稍有闲钱，父亲就拿来买书。母亲就对他说，有本事赚钱买个大房子，我们母子可以安心生活，你可以安心读书。从一开始的偶尔唠叨，到吵架时成为正式攻击的“炮弹”，没想到，父亲在这样的刺激之下，真的辞职出来了。朱查理当然无法理解当年父亲所下的决心，以及背负的风险，一个书生是如何走向生意场的。

现在想来，父亲的运气真是好，左右逢源，竟然做得风生水起。朱查理记得，父亲做过服装外贸，甚至做过石化产品，时不时往中东跑，搞不清楚他哪里来的门道，怎么会有满天下的朋友帮他。那几年是家里最安宁的日子，母亲不再唠叨，不再吵架，三句不离口地夸奖父亲“有经济头脑”“是个做大生意的料”，认定他过去选择教书真是浪费了光阴，“要是早几年出来，我们家也会出个李嘉诚”。父母是中学时期的同学，算是青梅竹马吧，但是母亲坦承，同学几年，再加上结婚那么多年，根本没发现他有经商天赋，还以为是个不食人间烟火的神仙，如果不逼他，可能永远被埋没了。那些年，母亲也好像换了个人，为自己发现了一个商业天才而沾沾自喜。

五六年工夫，家里真的换了套大房子，而且不用贷款，全额买下。母亲经常叮嘱朱查理，不要跟任何人讲家里有钱，就说是借钱买的。“任何人都包括谁？”朱查理调皮，反问母亲。“所有人。”母亲听他一问，特别紧张。“所有人不包括谁？”朱查理继续调皮。母亲还要求他，不要随便带同学来家里，跟同学约会也尽量不要在家附近，总之不要把自己的家底暴露给他人。他们渴望财富，又害怕财富带来的麻烦。经母亲提醒，朱查理认真观察起身边的同学来，发现很多看上去很抠门的同学，家里都有钱，只是装穷不露富而已。家里有钱了，母亲的叮嘱，却又让朱查理对香港产生了不安全的感觉。

母亲是土生土长的香港人，父亲则是从内地来的“第二代”。爷爷奶奶来到香港后，才生下了父亲。父母在中学时相遇，彼此有好感，后来相恋结婚。

就在他们家真正开始过好日子的时候，母亲得了一场大病，被确诊为乳腺癌晚期。那时，朱查理已经准备到英国读书了。他和父亲商量，他要退学，不去英国了，要留在香港照顾母亲。

父亲没有说好，也没有说不好，让他自己拿主意。

然而，母亲极力反对他的想法，暴跳如雷，像变了一个人一样，痛骂他：“我们就你一个儿子，一切都是为了你，因为妈妈生病，你就放弃学业，像个男人吗？我们的努力还有意义吗？”

朱查理去伦敦读书的第二年，母亲不治去世。当接到父亲打来的电话时，他几乎晕倒过去。他无法原谅父亲轻描淡写的语气，无法原谅他对儿子的漠视。他觉得，当时父亲应该勇于担当角色，替他做决定，支持他留在香港，他就可以多陪伴照顾母亲。从那一刻起，他把母亲的死亡很大程度上归咎于父亲。

从小到大，朱查理本来就与父亲话不多，从此父子俩的话更少了。

从伦敦回到香港，朱查理找了个公司见习。白天上班，晚上回家，父子俩天天在一起，不知赌了多少气，吵了多少架。那阵子，他最迫切的愿望就是有机会离开家，不要与父亲在一起。不知是默契呢，还是无巧不成书，有一天晚上回到家，父亲给了他一张《明报》，上面有个招聘启事。那时香港的报纸大版大版的招工广告，大多都是外派内地那边的职位。父亲让他看的，是一家本港美资公司的深圳办事处招聘香港员工，父亲希望他去试试。

“深圳的空间更大，大有可为，你去那边看看。”父亲对他说。

“你是为了少看我几眼吧？”尽管自己也被招聘启事吸引住了，为了刺激父亲，朱查理回敬了他一句。

“这样说也没有错，做父亲的当然希望儿子能走远一点，飞得更高一点。”父亲没有因为他的气话而不快。

自从母亲过世后，父亲日渐显老，社交也少了，除了他们的社团会议、研究活动，以及每月过关去深圳书城买书，大部分时间都窝在家里，扎在他的书堆里。

应聘格外顺利，朱查理就这样来到了深圳。

和梅姨一家的交往，是从认识老胡开始的。到深圳上班的前半年，朱查理住在公司租赁的公寓里，后来因为人员不稳定，常有房子空着，为了避免浪费，公司决定取消住房福利，让员工自己解决。

自己找房子，这就难倒了朱查理。他用了三天的中午休息时间，从东门一带走过去，到湖贝路，又到了黄贝岭边上，看了不下二十套房子。他要找一个离公司近、卫生条件好，又安全的住处。这一带老房子居多，按他的要求，实在不好找。

好不容易租下一套两室一厅，房子是刚清退出来的，朱查理要把上一任租客留下的床、沙发及厨具扔掉，重新购置。但是一大堆杂物，怎么丢还是个问题。他在街上转悠了一圈，看到个骑三轮车的男人，车头挂着“回收旧家具”的牌子，快步追上去把他拦下，跟他说有一套旧家具，请帮忙扔掉。

“多少钱？我先看看。”男人的口气，有点架子，像生意场上长期掌握主动权的人。

“不要钱，帮我扔掉就行，”朱查理拍拍他的肩膀道，“我再给你搬运费。”

“不要钱？扔掉？！”男人疑惑地瞪着朱查理，似乎遇上了一个不可靠的人，担心上当受骗。

朱查理一下子厌恶起这人来，不想再跟他说话，把脸别开了。他与内地人打交道还不多，没有多少经验可谈，差那么一点就将与老胡错过，也将无缘认识老胡的妻子梅姨。当然，未来的十几年时光，也会因为没有这家人而有所不同。

男人见他突然由热变冷，没了诚意，也不想纠缠，松开车刹走了。骑行了大约十来米，忽然又转了个 180 度大弯，掉过头来，停在了朱查理身边，说，走吧，跟你去看看。

他那个侧身掉头的连贯、利落的动作，那个夏日午后在熙熙攘攘的深圳街口晃动的弧形，给朱查理留下的印象实在太深了，以至于后来每次跟他们见面，他都会想起那一幕。

朱查理打开房门后，男人跟了进来，非常老道地在屋子里看了一圈，然后把沙发橱柜摸了一遍又一遍，摇摇头说：“老板，给你丢掉太可惜了，其实还蛮新的，至少八成新，我帮你清洗清洗继续用，反正是租房子，有什么关系呢？”

“不用了，丢掉它。”朱查理爱洁净，也许是母亲的遗传，他接受不了这种陌生人用过的东西。

“你要知道行情，到了我们收旧家具的手上，再新的东西，都不值钱了。”男人道，又回到了他买卖人的身份上，也许他不想被人看作是捡垃圾的。

“不要钱，你帮我处理掉就OK，我给运费。”朱查理不想再啰嗦，他得赶回去上班，心想愿意干就干，不愿意拉倒。

男人犹豫了一会，说，那好吧，我给你弄出去，也不是丢掉，我来处理。

他答应下来，朱查理又左右为难了。上班时间快到了，怎么弄呢？

“老板，这是空房子，也不用担心，你把钥匙给我，我负责帮你弄好。”男人道，有点不容分说的意思。

想想也没啥问题，朱查理就把钥匙给了他，约好六点半下班，赶过来交接付款。

那是朱查理第一次单独跟内地人打交道。一个下午，他坐在办公室，总觉得有点荒唐，为什么自己会如此轻信一个收破烂的陌生人？虽然不担心他把房子抬走，如果在这个过程中，生出什么枝节来，惹个麻烦怎么办？这一带的人员比较乱，坑蒙拐骗抢劫吸毒，什么事都有可能发生。越想越不对劲，朱查理坐不住了，拉了一个同事，请了假提前下班赶到出租屋。

进门一看，客厅里的沙发不见了，地板也被清理得干干净净，一个身材矮小的中年女人正在拖地。见两个牛高马大的男人突然撞进来，女人微微一惊，停下了手中的拖把，警惕地看着他们。

“我没让谁打扫卫生呀，莫非他们搞错了房子？”朱查理有点发蒙，问道：“那个男的呢？”

“你说老胡啊，他拉沙发走了。”中年女人道。

“你怎么在这里？”朱查理问。

“我？老胡叫我来的，要我搞卫生，”中年女人像遭到不白之冤，反问道，“你们不知道吗？”

“我没让搞卫生啊。”朱查理心里一紧，担心有坑，会不会搞了卫生，再敲一笔？

“那我也奇怪啦，他叫我扫，我就扫，”中年女人也一脸发蒙，又像安慰自己道，“扫就扫吧，我才不管呢。”

正说话间，男人回来了，一身的汗。等他喘匀了气，才说话：“老板，地面太脏了，我们把卫生搞一下，不收你钱的，放心。”

“不要钱？”朱查理纳闷了，不要钱，两人费一个下午，图什么？

男人哈哈一笑，露出一口洁白的牙齿，道：“你送我家具，我不能白要，有买才有卖，我不是捡破烂的，是回收转卖，我也能多少挣点。”

朱查理和同事对视了一眼，心里羞愧起来。同事是抽烟的人，赶紧掏出烟递给男人，说：“阿叔抽烟，阿叔抽烟！”

“不抽烟，不抽烟。”男人挡开了，腼腆起来，“我姓胡，叫我老胡。”

全部收拾停当，屋子焕然一新。朱查理觉得过意不去，非要塞给这个叫老胡的男人两百块钱辛苦费，老胡坚决不收。

朱查理又把钱塞给那个中年妇女，她不敢接，朝老胡努努嘴，说，“我的工钱他付，收了你的钱，这个鬼人会骂我的。”

老胡得意地咧嘴笑了笑，像个吃得开的人。他给朱查理递了一张卡片，从此拉开了交往。等到与梅姨见面，朱查理才闹明白，原来那天来打扫卫生的，不是老胡的老婆，是老胡叫的帮手，他们有一帮老乡，忙不过来时，互相支援。随着交往的延续，朱查理也知道，老胡在外面有点架子，在家里却是说不上话的，梅姨才是家里的主心骨。

老胡给的卡片上，最大号的是四个隶体字“老胡、梅姨”，接着是电话号码、业务范围。这张卡片，一直被朱查理夹在钱包里，直至前年他在路上被人扒了口袋，钱包消失了，让他失落了许久。之后他又向梅姨要了张新的，重新夹进钱包。

老胡帮朱查理把旧家具处理掉了，朱查理很快也把新家安置好，一点一点把家私用具添置回来。没多久，公司写字楼搬迁，要处理一批桌椅橱柜，都还挺新的。朱查理想起了老胡，便自告奋勇，跟主管说，我找人负责处理。主管笑他，朱生这么快就在深圳结交上三教九流的关系，吃得开，实在是大进步！

老胡自己先来看过，然后找了几个帮手，一股脑把公司不要的物件全部拉走了。为了表示答谢，坚持要帮公司送物品到新址去。虽然这些事有搬家公司代劳，主管还是大为感动，说难得见到这么好的人。当即要老胡把新办公楼的卫生包了。于是，梅姨每天来公司两趟，早上开门，通风清洁，下班时来一趟，收拾垃圾。这样干了一年多，因为他们家住在黄贝岭，远了点，实在应付不过来，于是跟主管好说歹说，把这份活辞掉了。主管惦记这对湖南夫妻，公司偶尔发点东西，还会让朱查理给他们带一份。

朱查理承认，自己的成长是在深圳完成的，自从踏上深圳地界那天开始，他的工作生活，喜怒哀乐，就没有离开过这里。当然，他在内地的成长、发展，也与老胡、梅姨一家的相伴有着丝丝缕缕的关联。

如今胡叔走了，梅姨说“你忘掉他吧”，忘得掉吗？

在堵塞的虎门大桥上，朱查理的思绪一次次拉长，一次次回到与老胡见面的那个情景。老胡的皮肤黝黑，牙齿却白得出奇，只要他愿意露出那一口牙齿，看到的人都不会轻易忘记。当时，朱查理震撼于这口牙齿，也震撼于这个内地农民的善良，仿佛也找到了善良与牙齿之间的关系。他曾经有意识地琢磨身边那些会说话的人的牙齿，心术不正的人的牙齿、歪门邪道的人的牙齿、诡计多端的人的牙齿，它们有什么资格长那么白。

除了这个收旧家具的老胡，朱查理再也没有见过拥有这样的牙齿的人了。如今，这个人已经离开人世，世界上再也找不到这样一口牙齿了。

算了算，老胡今年也不过五十四岁吧，走得太早了。这些年，朱查理开始接受一个现实，那就是身边突然走了的人越来越多，有的是老者，有的是年富力强的中年人；有亲人、客户或某个偶然关联过的人，说病就病，说没了就没了。朱查理曾经和朋友感慨过，是不是有什么玄机，这年头死亡的消息如此集中？朋友说，不能说是身边亡故的人突然多了，而是你也不年轻了，开始感受人间的凉薄，感受生命的脆弱了。

在桥上堵了两个多小时，车终于开始像蜗牛一样挪动了。前方的车辆闪动着欢庆的车灯，桥面上一片耀眼的光。朱查理坐正了身子，给梅姨发微信："梅姨，明天我到深圳。"

不过一秒钟，梅姨就回了语音，好像一直在等他的音信，早已经把语音录好，随时按下发送键似的："你有事忙你的吧，我这边不着急的，先不管他。"

"我不忙。"朱查理回她。

和许多中老年人一样，李改梅不太习惯组织文字，而是用语音给他留言，或是为了省话费，用微信通话。朱查理却不太喜欢，好像怕被人听出言语中的破绽似的。常常是梅姨发语音，他用文字回复。

前方的车流松动了，车子终于跑快了一点，司机的心情也快乐起来，知道朱查理没睡觉，把音响的音量调高了。

朱查理反复听梅姨的语音，这个语气，他听了十几年，太熟悉了，此时，他仿佛听出了其中的悲伤与孤独。

梅姨比老胡小四岁，今年也五十岁了。

认识他们的时候，老胡三十八岁，第一眼看上去，老气得像是个快五十岁的人，而初见梅姨，她则像个年轻媳妇，与老胡像差了二十岁。后来打交道多了起来，慢慢熟了，知道了他们的真实年龄，那种第一眼看到的差距慢慢缩小，还原了真实的状态。老胡看上去大四岁，梅姨看上去小四岁，十几年的时间里，这种差距一直没有改变。只是，现在那个大四岁的男人不在了。没有了他在前面挡着，小四岁的胡家冲女人梅姨，会不会突然加快老去的速度？

老胡与梅姨的年龄差距是四岁，而老胡与朱查理的年龄差距是十六岁。从二十四岁来到深圳，转眼间，朱查理自己也是个快四十岁的人了。他认识老胡和梅姨一家时，并没有想过会跟他们有多长时间的交往，更不可能想到他会在十几年后送别其中的一位，和他的家人一样，承受这种失去亲人的悲伤。

“粤港澳大湾区建设，把几个大城市全部联通起来了，长期这样堵车肯定不行的，”司机抱怨起来，“我们这些跑出租的，送个客人去东莞、深圳，在桥上耗上半天，客人埋怨我，我又能有什么没办法呢，难道飞过去？”

朱查理没有回应司机，他看看窗外飞逝的灯火，过了虎门，离他的目的地松山湖就近了。

“不要送我去公司，直接回家吧。”朱查理对司机说。

“好嘞，你说去哪里，我就去哪里，除了香港我过不去。”司机终于听到朱查理说话，像得到特赦，舒畅了起来。

“以后办张两地通行证，就可以自由往来了。”朱查理道。

“我这破车，开过香港去，怕是走不了几步就要被香港交警拦下。”司机自顾自笑了起来。

此时，朱查理的电话响了，是公司打来的。他只顾“嗯嗯嗯”回应，没有说话。

挂掉电话，朱查理神情凝重起来，长长地叹了口气，对司机说：“下了高速导个航，去医院，加快点速度。”

“医院？！”司机像挨了一棍子，尖声道。

电话是公司副总打来的，只说了两句话："朱生，赵总在医院，情况有点麻烦。"

赵总是他的搭档，公司是由两人合伙创办的。从出资比例上说，朱查理是大股东，赵总是二股东。但是，朱查理一直没有这么分过，在他心里，把赵总尊为公司的灵魂，公司的创立和运行，这个搭档功不可没。"我是打下手的。"朱查理习惯这么说。他信任赵总，彼此配合默契。七年来，公司逐步走上正轨，在行业内的影响也越来越大。平时朱查理是不参与公司日常管理的，有约在先，他负责外围事务以及公司一些大的决策，除了偶尔开开会，或接待一些访客，他不常待在公司办公室，目的就是不给合作伙伴压力，避免彼此产生隔阂。

说起来，朱查理年龄小些，他还是赵总的老上司。

当年，朱查理在深圳的美资办事处工作三年多以后，辞职出来了，应聘到一家港资科技公司任生产总管，而后担任生产计划部总经理。这是他的管理专长，也是他的兴趣所在，工作上如鱼得水，在两千多名员工的大厂，忙碌的日子让他感到充实。赵总是他升任总经理后招聘进来的，比他大五岁，很快就成了他的好帮手，他们一起搭档了四年多。后来，因为公司股权变更，带来高层一系列人事变动，管理上也动荡不安，于是两人一前一后离开了。

从那家公司出来后，他们各自在江湖上混。朱查理休息了大半年，那时，他和女朋友正处于热恋之中，带着她全国各地跑了个遍，又到国外玩了一圈。

玩够了，回到深圳，朱查理开始谋划下一程该做什么了。

半年多时间里，他和人合伙开外贸公司，又在女朋友的鼓动下投资美容院、美甲店，结果都不顺，一向沉稳的朱查理有点乱了阵脚。折腾来折腾去，弄得他疲惫不堪，和女朋友的关系也逐渐出现裂痕，各种矛盾随之而来。朱查理不习惯被人牵着鼻子走，他感觉到了这个江西女孩的控制欲，以及不切实际的铺张心态，向他要钱的频率越来越高，种种迹象提醒他，必须勒马止步。

几番折腾、变故，朱查理冷静下来，重新思考人生，到底自己能够做什么？该怎么做？恰巧此时，父亲和老友外出吃饭，不慎摔了一跤，住进了医院，他放下深圳的各种杂事，回香港陪父亲。

朱查理面对受伤的父亲，又多了一个思考：是继续留在内地，还是回到香港？

父亲对他说，你是香港仔，但是你的成长却是在深圳、在内地，我希望你遵从自己的内心，想留在那里就留在那里，不要看到我的伤腿，因为我年纪大了，就萌生出退意，我还不到要你天天在身边伺候的地步！

朱查理也明白，父亲不接受这种刻意的孝心。自从母亲去世后，他已经习惯了一个人的生活，读书、研究、锻炼、会友，每天都按照自己建立的逻辑运行，他个人的精神王国其实已经牢不可破，不希望别人随意撞进。不到那一天，自己提前回来，对他的生活反倒是一种破坏。

陪伴父亲养伤的一个多月，朱查理自己也似乎在疗伤，父子关系的治愈效果也不错。“这一个月，我完成了对父亲印象的修正和校对，消除了许多误解，包括我以前认为父母之间的感情不真实，特别是父亲，没有做到一个丈夫应有的那种表现，通过这个月，我发现自己错了。父母之间的爱，超出了我的想象。”朱查理和朋友聊起这一个月的经历，感慨万千。

父亲的腿伤基本痊愈，可以自己下地走路了，朱查理决定继续北上，留在深圳。

这时，在广州、苏州、北京绕了一圈的老搭档赵总，也回到了深圳，两人相约见了个面。

“东西南北中，发财到广东，四处转了一圈，还是觉得广东好，”赵总感慨，“表面上我们好像东不成西不就，实际该检讨的是，自己不再适合给人打工，薪酬再高，也留不住自己的心了。”

至今，朱查理都还记得，赵总说这句话时的神情，那是一种介于骄傲与沮丧之间，无奈与激情之间的感慨。那天，他们在福田的一个咖啡屋里，从中午聊到晚上，天南海北，家长里短，前尘往事，能聊的话题都聊完了。最后，他们做出了一个重大的决定：合伙创办公司，做实体，搞制造业，重新回到老本行。

所谓的老本行，就是他们在老东家所干的，做电子研发，代工，这是他们的强项。

接下来是他们最忙碌，也是最高效运作的三个月，他们在珠江三角洲转了一圈，发动各人的社会关系，最后决定在东莞松山湖落脚，租下了厂房，注册了公司。根据事前的协议，朱查理为主要出资人，赵总作为主要管理人，负责公司的全程运行。事实上，从合作的第一天起，直至今天，七年多的披荆斩棘，他们的合作是成功的，虽然偶尔会因为某些事项出现争论，但都无伤大雅，不伤和气，尤其是从来没有在利益分配上出现矛盾，体现了两个合作伙伴彼此之间最大的诚意。

然而，半个多小时后，朱查理走进医院，他的合作伙伴躺在了急救病房里，无法再与他见面、交流。

公司的部分管理人员和员工站在医院的走廊上，无助地等待朱查理开口指挥他们，他们需要一个能够带领大家挺过这个艰难时刻的人。朱查理一言不发，仿佛他也在等待别人的指挥，而这个人目前尚不知所终。因为平时在公司直接打交道的机会不多，他跟在场的员工都不算熟络，有的根本叫不上名字。

据第一个发现赵总倒在公司洗手间的员工回忆，他找赵总签字，来来回回几次到办公室，门敞开，人却不在。因为单子有些急，他干脆坐下来等。可是左等右等都没等到人，他觉得不对劲，鬼使神差般地，他决定到洗手间去看看。虽然洗手间在走廊上，属于公用，但这一层办公的人少，平时基本上也就是老总和他的客人使用。他走进去，喊了几声“赵总”，没反应。洗手间里有两个厕位，他推了第一个，没人，推第二个时被挡住了，他又喊一声“赵总”，没反应，他心里就紧张了，用力推开，就看见了倒在地上的赵总，裤子没脱，整个人像刚走进去就支撑不住倒下去的样子。

“情况比较复杂，”急救室的门打开，主治医生走了出来，把朱查理叫到了办公室，“建议你们还是先报警。”

朱查理以为自己听错了：“有什么怀疑吗？”

经过一场艰苦的搏斗，医生极端疲惫，他拿过水杯，拧开盖子，发现没水了，又重新盖上盖子放回原位，长长地舒了口气，道："患者非常危险，你们要有思想准备。发现得太迟了！患者的致病因素很复杂，希望你们采取必要措施。"

"报警？"朱查理的胸口突突突地狂跳起来。

"事不宜迟。你们本来要同步做的，这跟抢救患者是两码事。"对他的反应迟钝，医生有点不耐烦。

朱查理弄明白了医生的意思，哪敢耽误，吩咐员工立刻报警。

很快，三个警察赶到了医院。先是到急救室看过病人，然后召集医生和公司员工，在医护办公室短暂接触，接着做出决定，兵分两路，一路留在医院，一路赶到公司。

已经在医院的公司员工，按警方的要求，一部分跟回公司，配合调查；一部分留在医院，一个也不能离开。朱查理选择留在医院，一来能够及时应对抢救需要，二来可以听到医院方面提供的更多信息。

紧张之余，朱查理才想起中山来的司机没有返程，一直跟在他身旁，忙碌中他都误以为是公司的员工了。他让司机赶紧回去，都到下半夜了，不安全。司机眼睛一瞪说："我走了，谁给你做证明啊？你忙你的，别管我。"

听了这句话，朱查理紧绷的神经突然松弛下来，双眼迷茫，张开双臂，抱了抱这个只知道姓陈，从没有问过名字的司机。他对司机说："谢谢你，请你相信警察，也相信我。你还是回去，趁早吧。"

看着司机走出医院急诊区，他才放心地回到急救室。

根据医生的描述，患者因脑出血倒地、昏迷，如果判断没错的话，此前患者服用过大剂量的安眠药。但是，从常识上来讲，安眠药与脑出血之间本没有必然的联系，这种巧合，只能理解为患者服用安眠药后，发生碰撞、摔跤、跌坐等，导致脑出血发生。至于为什么服用过量的安眠药，是自己主动的，还是外界因素导致的？

“说白了，是自杀还是他杀，这个需要警察做结论。”医生道，他之所以建议公司报警，是希望院方尽量避免事后不必要的纠纷。作为医生，他经历得太多了。

警察对医生的分析表示肯定，但觉得他话多了，制止他继续往下说。

自杀？他杀？这两个朱查理都不能接受，他认为都不可能。凭他们十多年的交往，他坚信赵总不属于选择自杀的人，他们做的是正当生意，更不存在他杀。

“你可以保留意见，但是不要随意下结论，法律要的是证据，”警察也制止了朱查理，“调查结果会说明一切。”

受到警察的断喝，朱查理背脊上掠过一阵凉意。在这种情况下，他无暇顾及自己的体面，他的心在急救室里，耳朵敏感地接收着从里面传来的动静。他在心里一遍遍祈祷，希望赵总一定要挺过来，他挺过来了，一切就都不需要争论了。

突然，走廊上一阵骚动，传来嘈杂的人声，原来是赵总的家属来了。朱查理赶紧迎上去。见到他，赵总的老婆哭喊起来：“你们快把人还给我，快把人还给我！我不要过这样的日子了，我们要回安徽，我们要回老家！”

身边的女同事赶紧抱住哭得肝肠寸断的赵总老婆，将她扶到椅子上坐下来。

警察厉声提醒，不可以扰乱医院秩序。

同行的一个是赵总的弟弟，一个是赵总的同学，两人朱查理都认识，分别吃过饭，喝过酒。此时感觉到他们好像来者不善，又像是从来不认识似的。

朱查理叫上他们一起走出长廊，来到门外的台阶上。外面空气流通，朱查理沉闷的大脑清醒了点。朱查理告诉他们，他刚从中山赶回来，半路上接到电话，没回公司，直接就到了医院，一切都要等待医生和警察的结论。

赵总的弟弟说，他们也是因为有急事要找他，电话联系不到人，才跑去公司，到了公司才知道出事了，“我哥已经有大半个月没回家，说公司一直加班赶货。”

“加班？赶货？我们这段时间恰好订单少，没加班，有的部门都放假了。”朱查理纳闷，脱口而出。他自己也正是考虑到公司生产不那么紧张，才特意回了几天香港，处理自己的事情。

赵总的弟弟和同学你看我，我看你，似乎意识到了什么不妥的气息，脸上的表情缓和下来，撤换下刚才那副剑拔弩张的架势，恢复了熟人本应该有的态度。

朱查理是个敏感的人，从刚才的言谈中意识到了一种不祥的感觉，不觉皱眉陷入了沉思。

“唉，朱生，真是多事之秋！”赵总的同学拍拍朱查理的肩膀道，“救人要紧吧。”好像情况反了过来，由他们来安慰朱查理了。

整个晚上，赵总的病情反复出现波折，抢救了两次，凌晨时被送进 ICU，没有熬多久，就宣告不治了。

无论从哪方面讲，这都是朱查理平生遇上的第一个大难题。这不仅是失去合作伙伴那么简单，也不仅是一次伤痛的生死之别，他还要应对公司因此带来的动荡不安。突如其来的变故导致谣言四起，公司内部出现各种猜疑，客户群中也存在诸多不安定因素，使得公司一时陷入被动之中。朱查理使出浑身解数，动用了诸多关系，经过一个个不眠之夜，终于把难题一个个化解。

而赵总的家属也没有善罢甘休，他们结成了一个同盟，住进了公司，分别抱着被子住在生产和财务办公室，不断施压，向朱查理要说法。

如果要问朱查理，此时应对的最大困难是什么？他的回答肯定不是对这种瞬间反目的人情世界的绝望，而是在这种绝望上，还要承受内心的悲痛。无论赵总的太太、弟弟和三姑六婆多么张牙舞爪，蛮不讲理，他都没有丝毫归罪赵总的意思，因为赵总肯定也不知道身后的世界会是如此。朱查理甚至想，要是知道亲人们会这样胡搅蛮缠，赵总肯定会选择活着。他们来自不同的地域，有不同的文化背景、不同的出身，哪怕性格上有很大的差异，但是七年的时间，足够让他们达成共识，那就是把公司视为两人共同追求的结晶。

在最初的几天，朱查理被警方限制出门，保证员工情绪稳定的同时，全力配合调查。他甚至被列进了第一批可疑名单，无论专业的还是坊间的，这种猜疑都具备极高的合理性，他就应该是头号嫌疑人。他感觉身边的人，包括门口的保安、扫地的清洁工，看他的眼神都有些异样。不过，现代通信技术和痕迹检验技术为他准备了所有必备的清白证据。监控显示，他最近一次来公司是在十天前，他十天里与赵总的通话、微信往来一条不落，他手中的船票证实了事发当天他自香港前往中山的行程，网约车司机老陈强有力的证言，也给了警方无可辩驳的证据。

谢天谢地，根据医院的诊断、第三方的检验和警方的调查，赵总的死因排除了他杀的因素，服用安眠药与摔跤也没有直接关系，有根据、有录像、有诊断，家属渐渐地也都接受和认可了。至于那个下午，赵总为什么要服用大量的安眠药？出于什么动机？这对自己的亲人和合作伙伴来说，都将是一个难以理解的大谜题。

警方从赵总的办公室找到了一本笔记本，上面有零星的文字记录，由此揭开了一个大口子——半年多的时间里，赵总欠下外债几百万元，他通过各种方法，拆东墙补西墙，窟窿越来越大，最终实在无法转动了，只好动用了公司的财务，拆借货款。朱查理邀请警方、工业区和法律顾问以及赵总的亲属，组成了一个查账小组，经过几天的内部摸查和外围走访梳理，终于弄清楚了赵总给公司，也给他留下的难题。赵总私自截留、转走的货款，成了一个足以掐断公司生存命脉的致命毒瘤。

在事实和证据面前，赵总的家属无言以对，撤出了公司。

这个真相太残酷了，很难让人想明白，赵总在这段时间里，到底经历了什么，才会让一个人跌落进难以自拔的深渊?

第三章 李改梅

从来到深圳的第一天起，李改梅就没在黄贝岭之外的地方过过夜，不知道深圳其他地方的早晨会不会比黄贝岭更早一点。她一直想，黄贝岭肯定是最早的了——每一天，天还没亮，那些做宵夜的摊点有的还没收起，有些流浪猫还在街上游荡，环卫工们就开始扫地了，在各自的作业区里挥动扫帚，“沙沙沙”的声音响彻大街小巷。

李改梅躺在床上，听着街上传来的声音，心里就知道今天扫地的人是谁。这些外包公司的人，没有一个她不认识的。也有人邀请过她去搞环卫，她从来没答应。她的男人不同意做这活，他们只做自己的本行。

“你有个鬼本行，你的本行就是种地。”李改梅取笑老胡。

“那是胡家冲老祖宗传下来的本行，我不爱干。”男人在她面前，从不避讳自己内心对农活的厌倦。

李改梅也厌倦，从少女时代起，她做梦都想嫁到城里去，摆脱这个一代代传下来的鬼本行。然而，有公主的梦，没有公主的命，最终还是嫁给了胡家冲的男人，成了胡家冲的堂客。

李改梅还曾希望通过读书走出山村，最后家里没让读，初中毕业就止步了。她写得一手好字，常令见者称奇。她喜欢看书，习惯把平时收捡到的好书都弄干净留着，老胡玩手机，她看看书，有时坐在三轮车上闲等，她也要拿本书翻翻。

男人说的“本行”，就是回收旧家具，也兼顾给人搬家、做家居清洁。这个行当自由自在，来的都是现钱。累了就回家躺着，不用求爷爷告奶奶地请假呀，看脸色呀。

在胡家冲，她的男人算不上有什么本事，说懒却排得上号。不过到了深圳，男人却有他的门道，挺吃得开。当年是老胡跟别人先到深圳的，没出两个月，就火急火燎地让老婆跟过来。那时孩子小，她还不舍得，放不下。男人冲她发火，骂她，要不出来就别出来了，一辈子在胡家冲种地吧，死了直接埋在脚下就可以了。

直至今天，李改梅还记得男人骂她的话，她觉得没有一句是错的。那时，没有手机，家里也没电话，男人的电话是打到亲戚家的，亲戚把她带去听电话。男人在电话里像吵架，急得李改梅都要哭了。李改梅拗不过，就说服了家里，把小孩安置好，来了深圳。这是她认为男人这辈子做得最正确的事情：他自己勇敢地走出胡家冲，然后把老婆也带出来了，儿女们最终也出来了。

尽管今天他死在了深圳，却还要送回胡家冲，“埋在脚下”。“那是命，由不得的。”李改梅这样说。那不能证明他的失败，那些大官、大老板们不也是如此吗，在外面风光几十年，最后死了还是埋回老家去。

住了二十多年的黄贝岭，每一个雷打不动的早晨，如今却不一样了。

她一醒来，身边是空的，再没有那条蜷曲的腿压在她的身上，该死的脚跟正好压着她的小腹，需要她用力扳开，再补上那句“狗脚！”了。老胡刚走那些天，她跟人说，我没事的，被他折腾了好几年，现在解脱了。慢慢地，第十天，第十三天，第十八天，她觉得不一样了，那不是解脱，是丢失。丢失的不是一件物品，不是一条狗，而是一个人。哪怕他瘦得皮包骨，也总有冷暖，哪怕他一句话也说不出来，但还会喘气。如今，都没了。

不知是第几天的早晨，李改梅听到巷子尽头传来“沙沙沙”的扫地声，就睡不着了，或者说，她一个晚上都没怎么睡着，从头天早上醒来之后，她就没有完整进入过梦乡。她的手习惯性地向左边伸过去，她知道左边什么也没有，只是习惯而已。今天，手伸过去同样什么也没碰到，李改梅却哭了，哭一阵，就拉过被角擦一擦眼窝、脸颊，接着又哭一阵，直至整个被套都湿透，窗外也大亮了，她才止住哭，再哭将没有足够的眼泪供她擦拭。她坐起来，把两条腿放下床沿，甩了甩，又开始后悔，为这个鬼男人哭上一个早晨，真不值得。

“哭他？我哭的是自己。”她对自己说。

她穿上拖鞋，走进洗手间，门也不用关，蹲下来就解决了问题。要说男人走后有什么不同，这就是不同，屋子里只有她一个人，关门多此一举。以前，她上洗手间，急了，偶尔也会忘记关门，一旦想起，便立即中止，把门关上再继续。男人嘲讽过她："着急啥呢，还怕我偷看呀！"她在里面回敬："你想得美，一眼也不让你看！"

经过那么些时日的整理，该扔的扔，该洗的洗，房间亮堂了。李改梅的潜意识里，不希望自己过度耽搁在失去男人的阴影里，生活要重新开始，要让自己亮堂起来。走了就走了，要不回来的，如何想，如何哭都没用。她把他送回胡家冲，埋在了他的父母身边。在坟前，她给他烧纸，开声说："你这下好了，在这里永生永世陪爹陪娘，不用再跟我回深圳去了！"

她心里晓得，他不愿意呢。对于老婆，他是十二分放不下的。在黄贝岭的二十多年，他没有一天离开过她，哪怕病得快要死了，他躺在床上还要朝门的位置，还要护着女人呢。

"姐，两个人的日子，走了一个，另一个总得适应新的生活，过得好好的。"昨天，社区的妇联主任，也是李改梅多年的小姐妹阿芳来看她，发挥她心理咨询师的专业特长，给她做心理疏导。

在李改梅看来，这是阿芳对她的过度担忧，她早就走出来了，或者说压根就没有陷入这种悲伤，她不至于如此。但劝人的话不都是这样说？她自己劝解过多少人？说来说去，还不都是这个道理？你不走出来，还能怎么样，难道一起去吗？

阿芳主任给她带来了一桶油、一袋米、一箱牛奶和一箱坚果。李改梅百般推辞，对主任的慰问表示感谢。阿芳和她肩并肩坐下来，拉着她的手说："姐，你我之间不用客气，这也不花我的钱，是姐妹互助基金的开支。你在咱们这里生活了二十多年，为社区做了那么多事，早就是我们中的一分子，我们对你的关爱是远远不够的。"

"哪里不够！我都受不得了！"李改梅的脸都红了。

她说的是实话。她和社区里的干部和一些员工都保持着很好的交往，进出社区就像进出自己家一样。社区有什么要回收、要清理的，都是直接找他们，干部们的家里、亲人有需要帮忙的，也都叫他们去。从老胡生病住院起，尽管李改梅没说，但是社区里知道的人都给了她很多帮助，有的要给老胡捐款，被她拒绝了。

聊了半天，阿芳转换了话题，给她提建议，如今老胡不在了，不希望她继续做过去那些活，该找个稳定的工作。"我们已经联系好了，如果你愿意，马上就可以去上班。"

李改梅突然紧张起来，沉默了半晌，说："我可从来没想过，干了二十多年，没什么不好的呀，是不是我们有哪些不对的地方？"

她心里忐忑不安，想到是不是男人不在了，社区不欢迎她继续待在这里了？李改梅不觉瞟了瞟阿芳的脸和她带来的一屋子东西，觉得有些怪，可就是说不上来。

"姐，您误会了，我刚才说的没有别的意思，大家是关心您，如果不愿意，您完全可以不去的。"阿芳拉过她的手，摩挲了好一会，好像要帮她把上面的皱褶和老茧磨平，把她在黄贝岭艰辛劳作的痕迹一一消除。

李改梅心跳得厉害，她哪里放得下心里的疑虑，止不住哆嗦着说：“小妹，谢谢关心了，让我好好想一想。”

阿芳原本想要表达的意思或许不是这样的，但话没有说到位，或者说得不是时候。相识那么长的时间，打了那么多交道，因为一次不合时宜的表达，阿芳自己也有些尴尬，于是起身告辞。

李改梅把客人送到楼梯口，就没再送了，这不是她的做法。要是往常，一定是送下楼，再送出巷子，总之能送多远就多远，有时候还要带上一点胡家冲捎来的东西。她把胡家冲的腊肉、竹笋干、地瓜干、白菜干、茶叶等，一批批拢过来，又从这里一份份分送出去，只要能送人的东西，她从来不手软，她怕的不是送多了，而是送少了，担心人家会嫌弃。

她要赶紧回到屋子里，好好回想、掂量刚才阿芳说的事情。跨进门，她重重地把铁门带上了，好像担心再过几分钟，会有另外一拨人来，把她的屋子收走似的。

当然，能够收走这间屋子的，只能是房东。而房东老早之前，也就是老胡病重那会儿就给她吃了定心丸，让他们放心住，不要有顾虑，除非真的有拆迁那一天，要不住到什么时候就是什么时候。

李改梅是个讲道理的人，她不想给人添麻烦，看到男人确实不行了，一会送去医院，一会回来卧床，她担心哪天会在这个屋子里断气，怕人家有忌讳，便主动找到了房东，跟他说明情况。

房东听她说完，手一挥，说没有的事，没有的事，我们不管这些吉利不吉利，你们能住在我这里，帮我管了十七八年房子，就是吉利的！

李改梅听得心里热热的，千谢万谢从房东家出来了。路上，她对自己说，房东如此信任我们，一定要对得起人家，不能把人家的屋子搞脏了，哪天不行了，断气也要断到外面去。

老房东担心她没领会全意思，当晚又叫孙子大老远开车过来，亲自登门，看望了躺在床上不能动弹的老胡，给他们送了一大堆东西，有吃的、用的，还塞了一个大红包。总之，就是让他们安心。

刚来黄贝岭的那两年，李改梅夫妇跟着老乡们住过铁皮屋，十几个人合租过一个房子。随着时日增长，他们有了些口碑，熟悉的人多了起来，各方面的条件也在随之改善。

他们与老村长的相识，注定是一次深刻影响未来的遇见。李改梅夫妇无数次跟别人说起，以消除大家对他们落脚黄贝岭的疑问，可是越说别人越难以置信。

他们口里的“老村长”是本地人，别人这么叫，他们也这样叫，总之他们认识的时候，老人家就不在村里上班了。

记得那天，李改梅夫妇骑着三轮车在兜街，老胡骑车，她坐在车厢里。这样出来兜街，是实在没有电话打来时，主动出去捞一捞活计。在一个十字巷子口，老胡没抓好把手，几乎就要与一辆轿车迎面撞上了。李改梅跳下车来，一双手死死拉住车厢，就差一个手指的距离时，三轮车和轿车都停了下来。好险啊，李改梅惊恐万分，夫妻俩都直愣在那，等待车里会走下什么人来。惊恐之余，李改梅心里极速思谋，该如何应对对方可能的各种出击。要对骂，要动手，要耍赖，她都必须做出反应，因为他们家这个男人，实在没有那份胆。在黄贝岭混，他们没少遭人欺负，没少遇到凶险时刻，都少不了她对现场霸气的掌控。

时间一分一秒地过去，轿车里的人并没有下来，围观的人有些不耐烦了，叽叽喳喳起哄。轿车缓缓地退了几米，然后避开三轮车，往前开走了。

“妈的！”老胡狠狠地骂了一句，箭一样朝地上吐了口口水，放开脚刹，准备前行。

李改梅往他头上狠狠打了一巴掌，嘲讽道：“人一走，你就嘴硬了？有本事刚才骂呀！”她嘴上这样讽刺他，当然不会希望他真的与人斗架、逞强，她要的是平安，不是打打杀杀。在广东的胡家冲人多，可被抓进牢里的也不少，有的还被枪毙了，她不要那样的结局。

就在夫妻俩拌嘴的当儿，没开出多远的轿车又停了下来，车门打开，走下一个人来，朝着夫妻俩喊话：“喂！喂！你们过来！你们过来！”那人声音洪亮，但是普通话不标准，本地口音很浓。

眼看绕过去的杀机又再现了，夫妻俩你看我，我看你，都希望对方拿主意到底要不要过去？过去，就是迎战，没什么好果子。

僵持了三分钟之久，老胡突然牛起来，狠狠把车刹踩下去，跨下座架，对李改梅说：“你不过去，等着我。”嘴巴朝车厢努了努，那里有一把长刀，是他们从胡家冲带出来的，压在板子夹层，作为夫妻俩的防身武器。李改梅心领神会，但她不想让老胡一个人过去，她不要用这把刀，她要陪着他。

那是一个矮胖的男子，五十七八岁的模样，远远地朝他们露出了微笑。不知道出于什么原因，说不清道不明，李改梅突然感到不好意思，好像刚才所有的防备，所有思谋过的应对办法，都属于小人之心。

她相信人与人之间的第一印象，而且几乎没有错过。她半开玩笑说过无数次，这辈子除了看错了老公，再没看错一个人。

那天，在黄贝岭的小巷道里，她意识到自己遇上了一个好人。如果那时她手里拿着刀或握着枪，她一定会当着他的面扔得远远的，就像电影里敌人缴械投降一样。

这个男人就是当地人口中的“老村长”。其实他还不老，因为心脏不好，早已没在村里上班了。他把李改梅夫妻俩叫住，是要跟他们商量，他们家刚刚搬到别处居住了，空出一栋五层的房子，请他们去打扫卫生，清理废旧家杂。

“要多少工钱你们直说，时间不急的，三两天搞好它。”带他们看过房子后，老村长说。

“不要工钱，怎么能要工钱？我把您这些旧家具收了，把卫生搞好就是。”老胡道。

这是老胡的规矩，看上了旧家具，如果价值等同或者相差不远，他会做个人情，拿出置换、互送的决定。有些人领情，有些人不领情，有些人不仅不给工钱，还要讨价还价，不仅要你给旧货的钱，还要占你的便宜，把卫生给他做了。

“那不成。旧家具送给你们，这不是条件。楼层多，也脏，你们两个人不一定搞得完，还得找帮手，不要钱怎么行呢？”老村长笑道，显然他对所需要的劳动投入和市场成本了然于心，不想亏待别人。

“再说吧。”老胡道，摆出了他逐渐养成的旧货老板的架子。他主要是来看货的，清洁是次要之事。

老村长显然被老胡幽默的表情逗乐了，说：“那行，听你的。”

一栋五层楼，十套房子，再加各个廊间楼梯，花了四天才搞下来，夫妻俩做得非常彻底，可谓是纤尘不染。老胡也把能整能修的沙发、橱柜，包括鞋架、衣帽架都弄好了，把它们一批批送到了旧货店，有的路上就被别人看上，直接给了新的主人。

老村长带了老婆和儿子儿媳来验收，一家人赞不绝口。老村长的老婆第一眼看上去就是个有修养有福气的人，慈眉善目，说话轻声细语，李改梅感觉特别亲切、投缘，她觉得跟他们说说话，再辛苦都值得。

村长给他们工钱，老胡还是推辞，老村长板起脸孔，生气道：“推来推去不好，人要实实在在，出门就是要挣钱，劳动就要讲报酬，你们老是说不收工钱，这就是不实在，我还不放心哪。”

老村长的诚意不容置疑，李改梅微笑着鼓励老胡，那就收下吧！

后来，彼此熟了，老村长跟他们聊起，若是那天他们继续坚持不收工钱，他就不会把房子装修的监工交给他们，也不会把房子的出租管理交给他们，当然，也就谈不上有后来的交往了。他坚持的是一个道理，君子爱财，取之有道，正当的钱你都不要，那就令人生疑，难以产生信任。

李改梅觉得有道理得很，这个观念，在胡家冲她是听不到的，胡家冲人只管自己得便宜，哪管你吃亏不吃亏。

老胡一直都念念不忘，与老村长的交往，实际上取决于李改梅最后的鼓励，“那简直是神来之笔。”

房子清理干净了，老村长要把整栋楼粉刷一遍，重新维护。这是深圳经济特区建立不久，村里统一规划建造的楼房，每家一栋，现在大部分原村民购置了新房，一家家搬走了，这些楼房也成了出租屋。装修工班已经找好了，老村长请老胡夫妇负责监工，每天来看看，有问题随时处理。

因为儿子女儿都在香港，老村长夫妇要过去住一段时间，在那里养病。

房子搞好了，老村长又给了他们一个活计，帮他把屋子租出去，出租九套，让他们自己挑一套住，免租金。

李改梅吓了一跳，哪敢相信，自己有一天会住上这样的楼房。他们每天在黄贝岭的楼群里兜兜转转，但从来不敢问津。他们舍不得花这个房租，出门在外，能省就省，他们不会把钱浪费在吃的住的上面，要说败家，那就是真正的败家。

老村长不容分说，让李改梅夫妇俩住进来。一来他们住得远了，没有精力来管理；二来他自己身体不好，老两口经常要去香港陪孩子呀、看病呀，没办法再操心这些事情。李改梅夫妇俩要是能答应下来，也是帮他们的忙。老村长的要求很简单，除了看好房子，挑选好租客，管理好水电安全外，其他事情不用管，平时该干吗还干吗，保证不干涉他们自己的事情。

这看似一个大好事，又分明是一个大难题，李改梅两公婆商量了一天又一天，他们自己拿不定主意，又去找走得近的老乡商量，请求参谋。

老乡们有的说好啊好啊，怕个鸟，住就住呗，本地人多的是钱，你在乎他不在乎呢。有的说，千万别上当，到时他们把什么责任都往你们身上推，就像他家养的奴隶一样，本地人没有什么好东西。也有的说，自己的事情，还是自己拿主意，别人拿的主意不算数，别人毕竟是别人，不是你自己。

“说了等于没说，问了等于白问。”老乡们的参考意见让李改梅很失望，也很不安，她觉得他们评价本地人的方式是错误的，缺乏善意的。由此，她也似乎悟出了一个道理，人们评价事物的方法不同，决定了跟人相处会有不同的结果。想到这里，她有点骄傲，似乎一下子明白了，为什么自己遇上的好人总是多于别人。在未来的日子里，当有人嫉妒他们“运气好”时，她总会毫不客气地把人说教一通。比如，“你对人好，人也对你好”“这个世界上没有无缘无故的爱，也没有无缘无故的恨”“你给人家半桶水，别人方会给你一桶油”。到底有谁愿意听进去，她才不管呢。

“这事我做主吧，咱不犹豫了！”李改梅做出重大决策，决定接受老村长的好意，住进去。

这个决策，成全了他们后来十七年的深圳生活。

十七年的时间过得真快，很多事情就像昨天发生的一样。如今，老村长真的老了，快八十岁了，由于糖尿病、高血压，腿脚也不好，不去香港住了，也基本不下楼，他们很少联系，平时都是跟他的儿子、孙子辈联系，也基本不用见面，有事用微信、电话告知，经济上由租客直接转账交接，不用他们管。

这次因为事情有点特殊，李改梅必须亲自登门去找老村长，这种事只有当面请求才合情理。

李改梅做好了准备，一旦老村长知道老胡的病情后不同意他们继续住，或者有忌讳，提出这样那样的要求，她不会怪他们，自己要么立即搬走，要么花点钱，早点把老胡弄进医院去。她万万没有想到，老人家会如此大度。老村长说话已经很吃力，但还是努力笑了，带着批评的口气说，你们太过于小心谨慎了，为这个事情专门来一趟。房子你们住的时间比我们还长了，你们就当自己的，不要顾虑什么。

走出他们家大门那一刻，李改梅的眼泪情不自禁就涌了出来。不是说受到了多大的恩惠，得了多大的便宜，而是受到了多大的尊重和信任。她想，如果回到胡家冲，跟人说个三天三夜，也未必有人会相信。没办法，胡家冲的人有些狭隘，换成他们一个个都做不到，所以也觉得世界上所有的人都做不到。

李改梅感动的不单单是老村长的大度，而是他们一家是那么的念旧、记恩。

十二年前，老村长的太太不幸得了肝癌，最后那三个月，指名要请李改梅护理她。看着这个自己第一眼就感到特别投缘的女人病得那么严重，瘦得皮包骨，李改梅心酸不已。她把自己的事全扔给男人，全身心投入护理，家里、医院，来回忙碌，特别是住院那些日子，她端屎端尿、洗身更衣、喂饭喂药，把照顾病人的活全包了。老村长私下对李改梅说，我们实在没办法，不管是自己亲人照顾，还是请高级护理，她都不买账，不知摔了多少东西，骂了多少人。最后那些天，老太太像个孩子一样，不断闹脾气，一定要李改梅在身边，才能安静。说实在的，李改梅宁愿扫大街，洗厕所，也不愿意陪护病人，太难受了。但是，这个病人不一样，她会为她悲伤，为她难过，就像跟自己有血缘关系的亲人。

时时痛得打滚的老太太，走的时候异常安静。头一天就对李改梅说，我要走了，辛苦你了，我走了，你叫我的孩子们不要哭，没什么好哭的。

说这些话的时候，老太太像跋涉了一段很长的路，疲惫但很平静。李改梅却哭了，她没有见过要走的人还这么从容。

老太太用拇指无力地擦拭李改梅眼角的泪痕，微笑着说，大病的人脾气都不好，我骂尽了家人，造了孽，有时候对你态度也不好，对不起了。人活在世上，就像去一个地方走了一圈，好玩不好玩，都是一圈，该走就得走。记住啊，对身边的人好一点，你们家老胡是个难得的本分人，你们要好好过日子，不要老骂他，男人的志气会被骂没的。

她们像姐妹一样聊天，一点也不像临终的辞别，聊着聊着，村长老婆睡着了，发出微弱却均匀的鼾声。

那个下午，病房里来了七八个身穿青纱的男女，为老太太念经。这些都是她的朋友，他们一起修行，一起吃斋念佛。在经声中，这个在李改梅第一眼中就显得与众不同的女人，呼吸完人间的最后一口空气，奔向了极乐世界。

因为对老太太三个月的护理，他们全家很受感动，对李改梅千恩万谢。李改梅心里十二分清楚，老村长之所以满口应承，让她安心，免于因老胡的病带来的所有顾虑，很大程度上是对她的答谢。因为他们的记恩，李改梅觉得，这一家人更值得自己感激与铭记。

如今，老太太所夸赞的“难得的本分人”老胡也要走了。

老胡的病不是一天两天，而是三年，从肠胃不好拉肚子，到胃痛，再到胃癌，好像一张课程表，由易到难，按部就班地来了。对于病啊，死啊，他们每天都聊，每天都讲，开玩笑讲，动真格也讲，讲着讲着都不恐惧了，该来的一步步就来了，尤其是老胡，显得很淡然。但是，他们聊过了各种各样的情况，就是绝口不提回胡家冲养病的事。

李改梅心里明白老胡的意思，他不想回去。好好一个人出来，拖着个病体回去，每天躺在祖屋里，他不想那样。“死了就死了，在外面随便处理就是。”这话他跟李改梅说过不下一百次。他之所以说“随便处理”，是坚信李改梅不会那样，一日夫妻百日恩，他相信李改梅的为人，无论如何会善待他的后事。癌症晚期，医院的熟人跟她说，人就这样了，也没什么特效药可用，平稳一点时回家待着，有什么特殊情况再来医院，少花点冤枉钱。

最后一次深夜把老胡送到医院，李改梅就知道，他不会再回来了。果然，没几天老胡就在医院里走了，总算没有拖累老东家，整栋楼的租客都不知道管理他们的湖南人老胡走了，再也不会来唠叨他们了，不会在那里破口大骂——谁的电单车？谁的电单车？不可以在门口充电！谁扔的垃圾？谁扔的垃圾？公共卫生，大家都要管好！

这真是一次漫长的回忆。想着想着，李改梅的眼皮不停地跳动起来，仿佛无端揉进了一把沙子似的。她心里骂道：又没说你坏话！

她把各种奇怪的现象归结为死鬼老胡对她的提醒或惩罚。她越来越感觉到，死鬼的骨灰葬在了胡家冲，魂却跟着她坐大巴车一块回到了深圳，时不时来缠搅她，比如洗头的时候脑袋碰到水龙头，吃饭的时候嗑到小石子，现在，眼皮又无故跳起来。

李改梅歪坐在沙发上，一脑袋的事儿让她备感疲惫。她环顾着屋子，怎么也摆脱不了回忆那根线，被缠得紧紧的。

屋子原来是一套三居室的，整栋楼共十套房子，随着后来租住的人越来越多，附近的楼房都在改造，把一套改成两套，这样既提高了使用率，多收了房租，又满足各类型租客的需求，比如有的人租不起一个大套房，只要一个单间或一个小两房即可。对他们提出的改造建议，开始老村长不同意，他不在乎这个钱。改造不是为了多收钱，而是能够适应形势，更方便租客，李改梅最终还是说服了他们。一套房变成两个单元，一个是两室一厅，一个是单间加卫生间，这样就好租出去了，整体算下来，租金肯定也多了。

改造之后，李改梅自己住起来也踏实了。原来住一套三房，她觉得太浪费了，好像霸占了别人的房产，自己受不起。改造后他们的选择就自由多了。改造后，他们住了套两居室，显得踏实多了，现在老胡走了，孩子们也不回来，她就又觉得浪费，住得不自在了。

李改梅不由得想起，住进这里的第一个夜晚。

在黄贝岭，他们住过几十块钱一个月的楼顶铁皮屋，也和十几个老乡合租过一个屋子，挨挨挤挤，怕了，也习惯了。突然住进了宽敞的三房一厅的大套房里，两人都难以置信。床啊沙发啊，都是老胡亲手修理、清洗过的，很结实，很耐用。两人在厨房里做了第一顿饭，再也不用跟同屋的人抢炉灶了。吃饭的时候，老胡提出要喝酒，李改梅便给他买了一瓶五块钱的酒，两个人坐在空空荡荡的客厅里吃饭喝酒，真不习惯啊。吃完饭，在洗澡的问题上，两人你让我我让你。这可是他们的新生活方式，过去的几年里，一到晚上，他们给彼此的任务就是抢浴室，自己洗了，又为对方霸着，大呼小叫“快点洗”。要是遇上停水，大家都洗不成，一屋子的汗臭味。而现在不用抢了，却有点不知如何是好。让来让去，还是李改梅先洗了，她烧了一大桶热水，洗了头，又好好地洗了澡，打上沐浴露，一遍又一遍擦洗，好像几年都没有洗干净过，今晚要彻底一点。

老胡在客厅里不停地喊，好了没有好了没有，是牛在洗澡吗？

李改梅心里就笑，她当然知道这个鬼人在打什么主意，想的是什么。想着想着，她自己也有那个意思了。

老胡进了浴室，没听见几声水响，就跑出来了，说洗好了洗好了，狗日的，真他妈舒服！

李改梅骂了他两句，嘴巴臭！

我就日，我就日，怎么啦！老胡嬉皮笑脸就扑了过来，把她推进了卧室。

想到这里，李改梅又心酸起来。因为那是一个让人羞愧又难过的夜晚。那么多年住在不成样子的合租屋里，床挨着床，他们都没有好好过过正常的夫妻生活。晚上躺在床上，他们不敢碰对方，一碰就难受，在那样的环境里，谁敢放任呢。如今突然没有了任何顾虑，迎来了真正的二人世界，他们就像两头被拴得牢牢的牛羊，意外被投放到广袤的大草原上。一开始牛哄哄的老胡，刚爬上她的身子，就不行了。后来又重新来了一回，还是那样。老胡自己抓狂，埋在枕头里哭了。李改梅被弄得难受，但她知道原因，更理解男人，这些年的委屈他们都是一样的。她想着办法安慰男人，她越安慰，男人哭得越凶，像个孩子似的。哭着哭着，两个赤身裸体的人抱着入睡了。显然，是老胡得到充分的安慰后先入睡的，李改梅像抱着一台慢慢熄火、冷却的发动机，临睡之前，她也安慰自己，人生没有那么多的非分要求，只要两个人能在一起，哪怕从此不做这个事了，也没什么不甘的。

天快亮的时候，李改梅还在梦中，老胡突然翻起身，再次爬了上来，不容分说，理所当然的样子。这次老胡成功了，一言不发，似乎要把所有荒废的岁月一起补回来。像一头老黄牛，不愿意省一丝力气，不允许自己留下任何一个死角。李改梅的嘴好像被什么堵住了，她说不出话，想喊却喊不出来，就像被一个歹徒绑进了深山老林，她的双眼被蒙住，看不到任何光亮，她只能放弃所有抵抗，任由他胡作非为。

从此，老胡有了吹牛的资本，老在她面前说，老子是在深圳的胡家冲男人里，最他妈幸福的一个。

李改梅任由他吹，其实也没夸张到哪里。想起前面那些压抑的窝囊日子，难道还不算幸福吗？

那时，他们的年纪，他们的身体要得起，一点就着，一旦要起来，不吃饭也可以。慢慢地，年纪上来了，再好的身体也有使用的限度，吃饭、瞌睡比起那个事越来越重要。后来老胡病了，这些事也就删除了。条件再好，这也不再是重要的事了。

有一次，老胡满含愧疚地对她说，老婆，我不行了，你可是还有需求的，如果你有想法，无论怎么样，我都不会怪你。

病中的老胡一个字一个字说得很认真，像要给她亲授一份法律文书。李改梅却被激怒了，扬起巴掌，停在半空，怒道：“你是羞辱我吗？想让我比你先死是吧？”

老胡让她平静下来，给她说道理，真个是掏心窝一样。为了让她完全相信他说的是实话，特意举了个例子：“你可能不晓得，桂平早年被人打过一次，身体就不行了，他可是个大度的人，支持他老婆跟老同学好，那是真好，你看他们，来往得像一家人似的。”

“那是鸡！胡家冲出来做鸡的女人还少吗？你不要再说了，再说我撕烂你的嘴，也不再管你，爱怎么死就怎么死！”李改梅发疯了，也气哭了。她不要老胡打什么比方，她说到做到，没什么大不了的。

唉！想到此处，李改梅叹了口气，不觉又湿了双眼。其实，她根本没有怀疑那个时候男人所说的每一个字的真实性，她完全相信他是由衷地为她好。那时她才四十五六岁，但是，她能把他的话当真吗？她要是按照他的意思去做，还有脸面回胡家冲吗？

昨天，送走阿芳后，李改梅把她带来的东西，一股脑拎到墙角，她一时半刻也吃不动喝不动，在没有给自己答案之前，她也不想动这些东西。

李改梅还是起了床，出去买了几样菜。回来后这里动一下，那里动一下，感到头脑昏昏沉沉的，不想动了。坐下来又想起，前几天有个公司的门卫联系过她，说他们搬走了几个部门，还没来得及清理办公室，让她过去看一下。这些都是老熟人，联系你也是给你面子，当然，他们也可以得到点好处。这是老胡立下的规矩，除了一把手自己联系他们之外，其他手下人找来，他们都会给些感谢费，大家都是出门人，这也是他们应该得的。老胡在家怕种田，不愿意出力，落得个懒名，到了深圳，虽然没有什么大的本事，在黄贝岭的大街小巷，却吃得开，有他的一套，这也是李改梅不得不佩服他的地方。如今，老胡没了，李改梅真的不太想去碰这些事了，从湖南回来都个把月了，她没出去接几次活，三轮车停在那里，都快生锈了。像这种关系的熟人，还真不好推，彼此合作也十几年了。她决定去看看，如果实在搞不定，再帮他们另外找人吧。

电话打过去，门卫老头没等她说话，瓮声瓮气就嚷道，老板催了我几回，你们又不来，我只得随便叫了伙人，狗日的还把老子坑了。瞧，这算你们害我的吧？下次吧，下次你们得请我喝酒！

“下次？下次我到哪儿找你？轮不到下次你们就都搬光了！”李改梅把他怼回去。

门卫老头口口声声说“你们”，指的当然是老胡和她两个人，他还不知道，这个湖南老胡已经走了。

近两年来，黄贝岭和深圳的许许多多城中村一道，都开始搬迁、改建，很多熟悉的公司呀、单位呀都开始搬走，今天一家，明天一家，有的搬得很远了，联系人还偶尔会打电话来，问能不能过去帮忙。有的一搬迁，人也散伙了。

放下电话，李改梅有点如释重负的感觉，不必过去了，省了件事。

她也就不打算出门了，这里摸一下，那里摸一下，一个早上就过去了。

看到昨天堆到墙角的阿芳带来的东西，李改梅突然觉得，自己这样做，有点不对，于是又把东西分拣好，该放起来的放起来。弄完了，她坐下来，开始回想阿芳说的话，觉得昨天的情绪反应过于急了，妹子那样说，还真有些道理呢。

男人走了，你一个女人家，还能做什么？逞强能逞到几时？难道像老胡嘲讽的，去做黄贝岭的村匪村霸？阿芳是关心你，你却把事情想歪了。答应不答应，不该给人家不好的态度。按照城中村的搬迁、拆迁势头，不出多久，说不定还真的需要他们帮忙找个地方待着呢。

想到这里，她感到脸上发烫，拿起手机，给阿芳打过去，要道个歉。

阿芳压低声音说，姐，我在开会，没事我先挂了。

“我没事，你开会。”李改梅道，手机里已传来嘟嘟声。打通了，虽然没讲上话，但是也等于道过歉了，她的心情也舒畅开来。

这时，响起了敲门声。

租客吗？不像。租客们敲门没那么斯文，每一个要找她的，都是火急火燎的，边敲边喊，把要他们出面办的事顺便喊出来。

会是谁呢？李改梅犹豫了一下，把门打开了，先开了个门缝，看了一眼，再缓缓打开。

天哪，门口站着的是朱查理。

“梅姨。”朱查理腼腆地笑了笑。

“我的天，怎么不打个电话，我到路口接你？”李改梅惊愕不已，朱查理没打声招呼就直接来了。记得他来过几次，也是好几年前的事了，“记性真的好！”

李改梅把朱查理迎了进来。见他双手提着大袋小袋的，她急了：“带这么多东西干什么！我吃得动吗？”

朱查理把东西放下，不知站着还是坐下的好。屋子里突然进来一个一米七几的大块头男人，好像装进了一头大象，显得有些局促。

虽然二十多天里，李改梅一直在盼着他的消息，也在猜测、担心他的情况，如今突然来到眼前，她还是有点不自在，要是提前打一个电话，她有足够的时间换套衣服，洗一把脸。尽管她老是自嘲“五十多岁的老太婆了”，自己也不是臭美的人，可这是起码的礼貌。平时跑街，怕脏，他们都穿得随意，要是去单位或入家户做事，她一般都要换上干净衣服，注意好形象。

她让朱查理在沙发上坐下来，自己端过一张小塑料凳，隔着茶几而坐。说了好一会话，才想起没给他拿水，便起身从冰箱里取出一瓶矿泉水。朱查理还真渴了，拧开盖子，咕嘟咕嘟喝下去大半瓶。

那仰起脖子喝水，喉结上下滚动的样子，跟十几年前还在深圳时的小伙子一模一样。在李改梅的眼里，朱查理与自己的亲人没有两样，说看着他成长也错不到哪里。

那时，他还是个二十岁出头的小毛头，一个人在深圳上班，到了周末也不回香港。刚开始，李改梅觉得奇怪，又不好问他。时间长了，他们之间也熟络了，朱查理自己讲起家里的事，他们才知道，这是一个过早失去妈妈的孩子。从此，李改梅的心里对他多了一层关心。有时候去给他打扫卫生，会顺便给他做点饭菜。开始老胡制止她，人家讲究得很，谁知爱不爱吃你做的东西，会不会怀疑你下了毒，转身把它扔垃圾桶了。

“谁都像你那般小肚鸡肠！”李改梅怼他。她很自信，这孩子不像她认识的其他香港人，她所做的事，他一定会明白。

她心里是这么想的，天底下没有一个孩子不爱吃母亲做的饭菜。很多时候，面对这个香港小伙子，她把自己扮演成母亲的角色了。哪怕他们只是萍水相逢，她只是他雇请、委托的保洁员，时髦一点说是钟点工而已。

果然，朱查理第一次吃就喜欢上了她做的饭菜（按他的原话说，吃第一口就喜欢上了），一度提出，请他们每天给他做一顿饭。但是李改梅做不到，时间太难安排，他们不能为了这顿饭，放弃其他活计。

有一次，和老胡聊起这个事，李改梅自己都笑了：如果我接下这个活，每天去给朱查理做一顿饭，我在黄贝岭，到底是个什么身份呀？又是搞卫生的扫地婆，又是收废品、买卖旧家具的，还是帮人收租管理房屋的，又是做饭的……

老胡揶揄她，算么子身份？村匪村霸呗，黄贝岭治安队打击的对象。

与朱查理认识，是从老胡开始的。李改梅起先不当回事，黄贝岭住的香港人太多了，多半是深港两头跑的货柜车司机，鱼龙混杂，非议也多，她并不太乐意跟他们打交道。

认识了朱查理，李改梅说，这还是个孩子呢，可不能像那些人一样学坏。

老胡说，你放心，这是有作为的青年，斯文，有教养。

朱查理在东门上了三年的班，后来又去了宝安，尽管有点远了，他还是一直回到市内居住。李改梅夫妇帮他打扫卫生，一周上门处理两次。李改梅观察，这孩子的生活蛮节约的，过日子很有计划，不是那种大手大脚的人。当听到他说要买房子的时候，他们一点也不惊讶。朱查理说，“与其把房租交给别人，不如交给自己”，这句话留给李改梅太深的印象了。

陪他去办房产过户的时候，老胡问他，你这是打算在深圳扎根吗？

朱查理笑笑，没答话。

后来，朱查理又买了一个小面积的写字间。老胡恍然大悟，跟李改梅说，这小子在搞投资呢，真是人小计大，以后房子涨价，他手上的钱就不断翻倍了。

李改梅想，投资不投资，买房子就是存钱，不然就吃光花光了。那些年，他们也开始把攒下的钱弄回湖南，托人在县城看房子。他们计划要买两套房子，儿子一套，女儿一套，手心手背都是肉，做到不偏心，没有厚薄，姐弟俩公平对待。她把朱查理在深圳买房，跟自己回湖南买房的道理等同起来，她觉得，钱不够，一年一年凑，有计划总比没计划好，目标总有实现的一天。

接下来，朱查理谈恋爱了，这让李改梅隐隐有些不安。她不喜欢那个江西女孩子，涂脂抹粉，说话假里假气，不知哪句是真的。她私下跟老胡说，这个女孩子不踏实，我得跟查理讲一讲。

“管好你的臭嘴，他还是个孩子吗？三十岁了，自己会有主见，”老胡骂她，“现在的年轻人，或许人家就是玩玩，又怎么啦？”

是啊，转眼这个毛头小伙子都三十岁了。

后来朱查理没上班了，带着女朋友玩了大半年，接着开这个店那个店，又开公司什么的，折腾了大半年，最后和江西女孩子也分手了。那是李改梅他们相识以来，看到朱查理最低落的日子。他们都担心，这孩子的生活中发生了什么创伤，有没有被骗。

果然，后来发生了一件事，该暴露的都暴露出来了。说好了分手，江西女孩又杀了回来，跟朱查理说她怀孕了，要他拿一笔钱，要不就把孩子生下来。

朱查理是绝对不会继续跟她交往的，也断定不可能有怀孕这回事。可他没办法，对付不了她。他不得不找到李改梅，老老实实跟她和盘托出，坦白说被这女孩害惨了，已经以各种理由被榨去了二十几万元。

“天哪，二十几万，这也太黑心了吧！”李改梅气愤极了，如果女孩子在眼前，谁也别想阻止她，她要把这个妖精撕烂。

让朱查理咽不下这口气的，不全是钱的事，这个女孩子不仅跟他好，同时跟老家的男朋友仍然保持关系，趁他不在深圳，还跟另一个香港人不三不四地来往，染了一身的病。他们已经好几个月没在一起了，她竟然拿怀孕来讹他，背后肯定有人在支着儿。

“太嚣张，太下贱了！得想个办法。”李改梅鼓励朱查理。

朱查理的想法是，如果她承诺放弃讹诈，给她点钱算数，从此各走各的阳关道。

“给钱？一分也不能再给！”李改梅说，对这种歹毒下贱的女人，我们胡家冲有的是办法。要么给她面子，自己带上脚，滚远点；要么狠狠教训一顿，打残她，打到脑壳出浆。李改梅说得咬牙切齿，把朱查理吓坏了，他当然不希望梅姨采取第二种办法。

“唉，真是个心善的孩子，被讹上门了，还不愿意伤害她。”李改梅哭笑不得。

那就让她带上脚，滚远点。李改梅出马，约江西女孩见了面。她们是认识的，朱查理叫梅姨，她叫“大姐”，李改梅还纠正过她，辈分搞反了。

李改梅跟她说了一箩筐好话，提出带她去做检查，如果确定怀孕了，并且是朱查理的孩子，她一定担保，让朱查理负责到底。如果不是，那就好聚好散。

“大姐劝你，事情到此就差不多了，绝对不能再有其他想法，你不傻，要想到别人也不会傻。”女孩子一开始嘴硬，信誓旦旦说他们最后一次是什么时候，没采取措施云云，有鼻子有眼的。后来还是答应了李改梅的提议，但是提出要到她指定的医院去。李改梅一听不对劲，那是一个私人医疗机构，声名狼藉，黑得很，去了就上当了。她不同意，坚决要求到深圳市人民医院去，不容女孩子反驳，约好时间在医院见面。

这一招真灵，这女孩没敢去见面，而且从此消失得无影无踪，连电话号码都销号了。

朱查理对李改梅的出面协助感激不尽，对她的机智也佩服得五体投地，口里直叹，“看不出来！简直看不出来！”

因为了解他的家庭成长环境，通过这件事，李改梅也对朱查理多了一些同情。她跟老胡说，不是这孩子傻，上人家的当，还不是缺少关心，才会胡乱谈个女朋友，被人利用了嘛。

记得那段时间，从来不会在香港待上两天的朱查理，回去得特别勤，一回去就好几天。原来是他父亲摔跤，骨折了，他回去照顾病人。李改梅听说后，给他送去一瓶樟树油，那可是胡家冲人的宝贝，对跌打损伤特别有效，让他带回去给父亲用。

朱查理说，父亲用了樟树油，效果很好，尤其是气味芳香，老头子特别感谢。

喜欢我再给，樟树油可管用哩，不仅可以护理跌打，平时头疼脑热也可以用，李改梅道。

父亲的腿伤好些了，朱查理也回到了深圳，重整旗鼓，要到东莞中山去发展。他把公寓和写字间的钥匙交给李改梅，请他们打理。

朱查理在东莞落下脚来，这一去就又七八个年头了。

此刻，坐在面前的朱查理，显得疲倦、苍老，两个黑眼圈就像画上去的那样，让人看了心里泛酸。

“梅姨，对不起，答应你的事，拖了那么久才来。”朱查理道，话没说完，眼睛竟然红了。

李改梅心里咯噔一下。这二十多天里，没有一星半点音讯，她纳闷，还以为电话里哪句话把他得罪了。或许是不该提土菜馆张老板去香港开店的事，她还自责过，是不是把不该揽的事揽下来，还添别人的麻烦，让他见笑了。

接下来，朱查理把近段时间发生的事，前前后后跟她说了，李改梅听得惊心动魄，一颗心一直吊在嗓子眼上。她怎么能想到，一个合作伙伴，昨天还好端端的，今天就死了呢？她怎么能想到，一个死者的背后，会藏着那么多的秘密呢？

“也许，这是一劫吧，命里注定的。”在她还没有找到安慰他的话语之时，朱查理苦笑道，自己安慰自己。

“是的，看开点，是福不是祸，是祸躲不过，该来的早点来，来了就过去了。”李改梅道。

这次朱查理来黄贝岭，一是来看望她，二是要把写字间卖掉，急需这笔钱给公司救火。

“没有这笔钱，公司可能就要关门了。”朱查理道。他要用这笔钱填补窟窿，要清算赵总家属提出的退股要求。

合作伙伴突然死亡，给公司造成的负面影响，不仅仅是资金上的，还有社会信誉，他现在的燃眉之急是要让公司缓口气，活下去，再慢慢处理各种难题。

真是人算不如天算。李改梅翻开朱查理发给她的最后那条微信——“梅姨，我明天到深圳去看你。”她再会算、预感，又怎么能知道，在虎门大桥上发出微信没几分钟，一场波折就降临了呢？她又怎么能想象得出，这二十多天里，他是怎么过来的呢？

朱查理仰起头，强忍着眼里的泪水，他肯定是不想让梅姨看见自己的脆弱。李改梅能体会这种心情，如果是自己的儿子，此时她一定要好好抱一抱他，亲手给他擦去泪水，鼓励他，没事的，有妈妈在。

然而，眼前的孩子没有了妈妈，没有人会向他伸开臂膀。

“查理，如果你难受，就哭出来吧，哭出来心里就轻松了！”李改梅对朱查理说。说出来，她又有点不相信这话出自自己之口，而是电视上哪一个人物说出来的。

朱查理没有哭，他眨了眨眼睛，坐正了身子，努力挤出一个笑容，说："梅姨，昨晚我想起了胡叔，想起了很多过去的事，真舍不得他，这些年非常感谢你们！"

"想到他了？哈哈，想他干什么！"李改梅道，故作轻松地笑了一声，她想转移话题。

"世事难料，都快一年没见过你们了，"朱查理道，声音有些低沉，似乎字斟句酌般慎重，"只要你过得好，坚强些，我就放心了。"

如果说事情过去那么些时日，李改梅自以为差不多要走出来了，其实是全错的。朱查理的一句话，让她瞬间陷入了绵延压抑的悲痛之中，仿佛眼前这个人，是来送达最后的死亡确认书的。在此之前，他们所经历的，只不过是一些假设，包括火化证明、死亡证明，等等，都不足以证实老胡的离世，今天送达的才是。她的错觉还在于，作为一个失去丈夫的女人，以为早已哭够了，实际上，今天才算正式开始，未来的很长时间里，她将无休止地为他哭泣，为自己哭泣。

李改梅顾不得场合了，放声大哭起来，在痛哭中她终于愿意承认，自己是一个不幸的女人。

第四章 朱查理

梅姨隔着一张茶几，两手支在膝盖上，哭得肝肠寸断。哭声有时尖厉，有时嘶哑，有时因为节奏的原因，来不及换气而突然阻塞中断，带来一次干涩的咳嗽。眼泪像决堤的江水，伴随着鼻子里的清涕，让哭泣的人难受不已，顾此失彼，根本无法控制。

朱查理起初有些为难，不知该如何来劝慰她。后来，他终于释然了，这怎么就不是一个适合痛哭的场合呢？这是一场压抑了太久太久的哭泣，他似乎闻到了因为长久滞留而变得酸涩的眼泪的味道。

梅姨的痛哭，加剧了他的自责。他是知道胡叔生病的，之前偶尔回深圳办事，也会约他们见个面，到那家熟悉的茶餐厅吃饭。但是他没有想过，这个病最终会夺去胡叔的生命。每次见面，夫妻俩都是谈笑风生，互相挖苦、嘲讽，跟进入生命倒计时的情形相去甚远。他们最后一次见面是去年冬天，梅姨打电话说管理处更换了门禁系统，需要业主本人刷脸验证，重新登记信息。他拖延了很久，才利用回香港的空子，过来了一下，顺便给他们带了几瓶奶粉和救心丹什么的。那时的胡叔尽管消瘦不堪，但是精神还蛮好，完全不像一个即将不久于人世的人。

“哭吧，哭出来就舒服了。”他心里对眼前这个痛哭的女人说。这句话，刚才她也对他说了一遍。如果悲伤是相通的，劝慰的语言和方式也必定是通用的。

看着痛哭的梅姨，朱查理想起了自己的妈妈。

如果她还在人世，如今已是一个六十多岁的老太太了。遗憾的是，妈妈的年龄，静止在四十三岁那年，静止在家中的相册里。

所有人的妈妈都是世界上最好看的女人。但是他从来没有在妈妈身上使用过“漂亮”这个词，他觉得，这个词就是一把过于精确的尺子，必须非常慎重地使用，失之毫厘，差之千里，稍有误差都是对妈妈的冒犯。

第一次见到梅姨，他怔住了，有那么三分钟的时间，他的视线停留在她左眼眼角那枚黑痣上。也许是被他看得不自在，梅姨转过来身子，故意跟老胡说话。这颗黑痣比普通纽扣要小一圈，好像并没有规定要长在那儿的，只是无意间滴落在宣纸上的一朵墨影而已。他之所以怔了一下，是因为他妈妈的右眼眼角也长了一颗黑痣，两颗黑痣的大小和浓淡几乎一模一样。小时候，在妈妈的怀里，他总是喜欢用小手抠这颗痣，有时被他抠痛了，妈妈会打一下他的小手。后来，慢慢地，这颗痣在妈妈的脸上不再那么显眼，在儿子的心中已经和妈妈的脸长成了一个整体。

看到梅姨那一瞬间，朱查理想，如果此时妈妈来到这里，和这个叫梅姨的女人站在一起，会是什么情形？一左一右，两颗黑痣会达成何种共识？它们之间，是否会有一个密码？如果这个密码是存在的，又由谁掌握？

人与人之间的交往是很奇怪的，也常常是一种冒险。

刚到深圳工作，香港同事提醒朱查理，跟内地人打交道，要多留个心眼，内地人心计多、贪财，坑蒙拐骗，什么都干得出来。

当知道他和一对湖南夫妇来往密切，又有同事提醒他，可得特别注意啊，那些地方男的出来打劫，女的做鸡，你这处男之身，可别被害了。

在香港同事的眼里，朱查理就是个明知山有虎，偏向虎山行的人，是个书呆子。有人取笑他说，小孩子嘛，没吃过亏，当然不知道险恶。

在朱查理的眼里，胡叔和梅姨，并不存在内地人、湖南人的身份差异，朱查理觉得自己和他们一样，都是黄贝岭乌泱乌泱的人群中普通而独立的外乡人。

慢慢熟络之后，胡叔和梅姨也把他的卫生清洁问题接下来了。他记得非常清晰，有一次，胡叔非常认真地对他说：“朱生，我有句话对你说。”

“您说。”朱查理以为他要说什么特别的事呢。

"看你是个好人，平心而论，我们都不希望你住在黄贝岭这个地方，尽管没什么，别人可不会这样看。"老胡说得郑重其事。

"哈哈，没事的，没事的，人家爱怎么说就让他们说去。"朱查理被老胡的认真逗笑了，他当然知道老胡所指的是什么。他拍拍老胡的肩膀，真诚地表示感谢，"放心，我不会和那些人一样的。"

对那些香港同事的提醒，朱查理之所以没有给予回应，答案就在这里。你们香港人如此看待内地人湖南人，你们又知道自己留给湖南人内地人的印象是怎么样的吗？

没错，因为天南地北的人，香港人内地人的汇聚，黄贝岭才有了它的张力。

梅姨哭够了，缓过神来，跟朱查理说，对不起，查理，你那么有情有义，提起你胡叔，我才真正觉得，这个屋子里真的没有他了。不论过去，他是个多么无用的男人，但是我一天也没离开过他！

说到这里，梅姨又接着哭了一阵，不过这回很快就收住了。

情绪缓和过来了，梅姨陪朱查理去看了他那个小面积的写字间。路不远，他们走着就到了。

以前，这一带太旺了。"哪怕走廊上摆个桌子的位置，也能收到租金。"现在淡下来了，不再有当年的光景。

如今的深圳，与十多年前相比，功能结构、城市布局都发生了很大的变化。市区呀、黄金地段呀，这样的概念已经均分出去，过去的“关外”被视为郊区或城乡接合部，而现在顺应发展，成了功能不同的区，各自成为自己的闹市区、自己的黄金地段。

朱查理最早产生在深圳买房置业的念头，并非像别人那样抱着所谓“投资”的目的，他自认为，自己不是一个“经济动物”。很多人以为，这个香港仔应该是一个很会赚钱的人，出生在一个经济发达的地区，又有英国留学经历，说什么也比别人有经济头脑。事实却相反，他对金融啊、投资啊，不了解也不感兴趣。至于后来走上经商办厂之路，完全是无心插柳。

当时，他们这些香港员工在内地的薪资待遇是较高的，要不为何那么多香港青年跟随大量港商北上就业呢！那时，港台企业都习惯自带管理方面的人才，因此对香港人来说，到深圳就业的概率比在香港大得多，再加上不低的薪资待遇，与留港的高消费相抵销，也算是不错的选择了。朱查理赶上的，是一个时代的尾巴，因为随着内地企业的发展，港资企业的优势逐渐少了。在市场竞争中，港资企业也要背负人才成本，香港员工不再是首选，他们不愿再负担这笔高于内地员工的工资成本了。

朱查理自己管自己，父亲不用他管，他到深圳上班后，父亲也从来没管过他。尽管父亲也经常来深圳开会、办事，时不时到深圳买书、听讲座什么的，但他从来没有看望过儿子。朱查理独自一人在黄贝岭租房而居，慢慢觉得，这房租出得有点冤枉，住个十年八年，一套房的成本就帮房东赚出来了。这么一想，他就有了自己买房子的打算。上班几年，他又是一个节俭的人，有了些积蓄。当时深圳的房价不高，在罗湖地段，一平方米也不过六七千元。“在香港买一套房的钱，在深圳可以买十套。”他是这么对比的。好些香港同事、朋友知道他有在深圳买房的念头，都笑他，别干这种没眼光的事。“假如政策变了，你连渣都没有了。”朱查理觉得，这简直是杞人忧天。

真是无巧不成书，朱查理想到要去看房买房时，正在租住着的房子的业主要移民美国，急着把房子转手。朱查理二话没说，跟房东做成了交易，由房客变成了业主。房东夸他，一个未婚青年，理财理得这么好，真是了不起。朱查理乐了，这哪里是理财的结果，最多也就是自律吧。很多香港同事的钱都浪费在了酒吧、歌厅，或者去桑拿按摩挥霍掉了。

购入这个小面积的写字间，也算是歪打正着。他辞职出来，自己转行做外贸生意的时候，租下这里。租了几个月，业主生意做垮了，被几个债主告上了法庭。他跟朱查理商量，如果物业被法院查封拍卖，卖不了几个钱，真的很心疼，要是他有需要，趁没有走司法程序，帮他拿下来。朱查理想想，业主给足了折扣，又帮上了人家的忙，于是就成交了。所以，折腾大半年，即使这个不顺那个不顺，朱查理却并不认为这步棋走错了，至少他收获了一个写字间。

从租房第一天认识胡叔开始算起，也就七八年的时间，他手上有了一套 70 平方米的住宅和一个 50 多平方米的写字间，一前一后成为他在深圳的房产。老胡和梅姨对他赞不绝口，也受他的委托，帮忙管理这两处房产。

朱查理决定要处理的是这个写字间。如果能够顺利转手，这笔资金可以帮他渡过一个难关，而这个难关，也是他在内地事业的重要关口。他不甘心就此败阵而逃，他必须闯过去。

早些年，这里旺的时候，租户都是高端的，像香港公司或内地大企业在深圳的办事处，租客好打交道，后来不好租了，整栋楼的租户档次都不高，用途也五花八门。好在胡叔和梅姨人面广，没让它空过一天。现在要卖掉了，朱查理看得出来，梅姨有些舍不得。是啊，他自己不也是艰难做出的决定吗？眼下的处境实在没办法。要让梅姨去理解这个几百万元的难关，显然是有些不现实的。

梅姨带他找了两家熟悉的中介，请他们估价，然后正式挂上了牌。行情把朱查理和梅姨都吓得不轻，当时花不到一百万元买的，如今却翻了五倍不止。

“我们说积老谷防天旱，真的是对的啊。”梅姨啧啧称奇。

为了看房方便，朱查理按照中介的要求，写了委托书，交给梅姨处理。

这些事情办完，也过了中午。朱查理说，梅姨，有件事可不能忘记了。

梅姨有些奇怪，问道：“什么事？”

“你那位老乡到香港开店的事。”朱查理笑道。

梅姨的脸一下红了，连连摆手推辞：“查理，你这么忙，遇上这么多事，不能再添你的麻烦了，我们不管他了！”

答应过的事，怎么能不管呢？朱查理心里道。他特意跟香港的朋友了解过了，内地餐饮企业过去香港开店也不是多难的事。对他而言，牵线搭桥，不也就是举手之劳嘛。

他们来到了张建奇的湖南土菜馆。

对于朱查理的到来，这个土菜馆的老板显得非常惊讶，没想到李改梅竟然把他随口说说的事放在心上，真的帮他找到了人。

“事情办不办得成，我都要好好和朱生喝一杯。”张建奇就是这种风风火火的性格，把话先放出去，把气氛搞起来。午饭时间都快过了，客人渐渐散去，张建奇亲自到厨房交代厨师们准备酒菜。

李改梅是看着张建奇从愣头愣脑的湖南伢子，变成湘菜厨师，又做了老板的。如果说这些都是寻常不过的，很多湖南人来到深圳都走过一样的路子，比他做得更发达的多得是，那么最让李改梅感到了不得的是，明明这是一个谁开张谁倒霉的店铺，竟然在他的手里成了名气一天比一天大的家乡菜馆。

这可不是谁都做得到的，没有点头脑，恐怕办不成。李改梅曾经当面夸过他几次。

“哪有什么头脑，姐姐过奖，完全靠碰运气！”张建奇谦虚，“托姐姐的福，没有你，我又怎么能盘到这个店！”

尽管路上听梅姨夸过，朱查理和张建奇见面寒暄时，心里却没有多少感觉，至少跟梅姨在他面前描述的存在一点差距。严格说来，这个土菜馆老板，不仅不是他喜欢的那种性格，反而是他最忌讳的那种，比如有点张扬，嘴巴过于甜，甜得让人觉得失真，有滑头之嫌。跟各类客户打交道多了，在识人方面，朱查理自认为还是有一点心得的。

不过，哪怕心里有了些许抵触，他也没有表现出来。他明白，要把自己喜欢不喜欢与帮梅姨办事分开来，不能因为自己不喜欢这个人，就拒绝帮梅姨完成她的心愿，何况事情八字还没有一撇呢。

想到这，朱查理心里不觉嘲笑自己：你这不也是滑头的表现吗？

张建奇不管他们答应不答应，坚持要喝酒。从前台取了一瓶茅台，好像担心别人反悔，直接开了再说。

初次见面，朱查理推辞了一番，只好客随主便。

他能喝酒，酒量也不算差，但是他很少喝，若无太大的必要，他是滴酒不沾的。平时公司有应酬，除了赵总去喝酒外，公司还有一波酒神顶着，都没让他出面。从小父母对他讲得最多的，就是自律、自我管理。父母提心吊胆，总担心在香港这个大染缸里，他会禁不住诱惑而变坏。的确，大部分五毒俱全的人，都是在青少年时期就沾染上坏毛病的，他能自律，终归是个能让父母放心的孩子。

菜上来了，梅姨却扒了几口饭，放下筷子说，有事要先走，你们好好谈谈，办得成办不成，交个朋友总可以。

说完，梅姨起身就匆匆走了。

朱查理才抿一口酒，有些纳闷，不知道是不是哪里惹梅姨不高兴了。

“这个答案你就找不到了，”张建奇猜出了他的心思，呵呵笑了笑，对他说，“不是我们哪里不周到，而是大姐就是这样一个人，她不想让人说闲话。老胡还在的时候就是如此，从来不随意在外面抛头露面，她认识的人有多少啊，政府的、公安局的、社区的，整个黄贝岭的人都叫她梅姨、大姐，可她从来不跟人拉拉扯扯。今儿我们两个大男人喝酒，她在一旁一分钟都坐不住哩。”

说着说着，张建奇竟然眼圈红了。他自个喝了一杯酒，跟朱查理忆起一件事：他刚来深圳的时候，就是个小孩，通过老乡的关系，到福田一家湘菜馆做学徒。有一天晚上，生意差一点，厨房下班早，他自个跑到公园去逛，人好奇，这里瞄瞄那里看看，不小心碰到了一对在花丛中幽会的男女。被男的骂了，他也不害怕，顶了对方几句，结果人还没走出公园，就被一帮人拦住，打了个半死，身上的钱和身份证都被抢走了。那时候跟老乡在饭馆做学徒，老乡要上班，老板也不同意留人，老乡管不了伤重的他，就联系了他们胡家冲的同村人梅姨和老胡，拜托他们照顾。梅姨和老胡骑三轮车把他接到黄贝岭，给他找医生看伤，让他在家里住了半个月，还通过兜兜转转的关系，找到了那晚行凶的一帮人，居然还要回了他的身份证。

“我记下了这份恩情，”张建奇道，“以前吧，不懂事，收入也不高，就很少来看他们，等到懂点事了，有时来看他们，可是他们自己却不记得这些，我说感谢的话，他们还批评我，说我瞎说乱编。现在，老胡不在了，我们都很难过，我在黄贝岭养伤的半个月，可是老胡一天几次给我换药的啊。”

说到这里，一个大男人，哽咽着说不下去了。情绪缓过来，张建奇又自顾自端起酒杯，一饮而尽。

听着张老板的讲述，朱查理的眼前，像打开了一扇从未开启过的门窗，豁然看到了另外一片天地，不由得陷入了沉思。

他认识的梅姨和老胡，跟土菜馆老板认识的，肯定有所不同。

他也觉得，土菜馆老板和自己一样，在长达十余年的时间里，根据自己的需要，对他们进行了塑造，让这一对夫妇按照自己的意愿慢慢成形，而他们最大的特点，就是从不拒绝，配合着他们，完成塑形。朱查理所塑造的梅姨，是一个温和、有爱心的内地妇女，有时候像母亲，有时候像大姐，在母亲和大姐的身份交替中，受他的委托做事，不辜负彼此的信任。而土菜馆老板张建奇塑造的梅姨，则是一个富有侠义心肠，敢于逆行担当的乡村女子，而且心底无私，不求回报，胜过许多男人。

在黄贝岭，肯定还有形形色色的人，按照他们自己的需要，赋予梅姨各种角色，与他们结识并持久交往，且获得永恒感动的人，绝对不止自己一个。朱查理竟然生起一股淡淡的失落，又仿佛冒出了一丝醋意。

他端起酒杯，邀请张建奇："来，张老板，为了我们的相识，干了。"

至于去香港开设分店的事情，朱查理已经请朋友了解过了。"主要是食品卫生和消防安全方面的要求，没有太麻烦的手续，"朱查理道，"若有决心，主要是托个可靠的人，找好地方，做好市场调查，有备而行。"

朱查理一句话说到张建奇的心坎上，之所以拖拖拉拉大半年，一是他自己的主意摇摆不定，二是那边委托的人也不靠谱，为了这事，他自己去了三趟香港，通过朋友找了个中间人，今天找个租金高得离谱的门面，明天找个偏僻的巷角小店，让人无法定夺，总觉得这个中间人是个敷衍人的角色，事没办成，已经花了不少钱。

香港人还是喜欢内地菜系的，也有不少品牌成功打进了香港，像海底捞、唐宫、小肥羊，等等，生意还蛮火爆，像渝味重庆老火锅，在香港都有七八家分店。朱查理还跟朋友去荃湾那家吃过几次，每次去都得预订座位，不然要排上半天。这说明，香港的餐饮市场是欢迎内地菜的。

“有些朋友说我不怕折腾，在深圳多开几家就可以了，为什么非得去香港，人生地不熟的。其实去香港开店，以前是吹牛皮，慢慢地我又觉得这没有什么不可以的呀，做餐饮也要有梦想，要大胆走出去，不要在一个圈子里打转，”酒喝到三分，张建奇开始吐露心底的想法，“尽管前期不顺利，我还是坚决不放弃。”

之所以要来和张建奇见上一面，朱查理当然是带着帮忙的诚意的，他答应了梅姨，就一定要把事情帮人办好。他看了张建奇的店，了解了他的真实想法，也慢慢消除了乍一见面时那种“不踏实”的感觉，觉得这个土菜馆老板还真是个有些想法的人。不过，他也提醒张建奇，不论如何，要有风险意识，要预估到可能出现的各种情况。

“那当然，我对失败的准备，比对成功的准备还多一些。”张建奇道，显得沉着、自信。

朱查理答应尽快帮他在香港物色一个可靠的朋友，全程协助他找店面，跑报备事项。他不是个轻浮的人，答应张建奇的当儿，心里已经有了谱，找什么人帮忙，店面大概选在什么地方，他甚至勾画出了张建奇的湖南土菜馆在香港开张的样子。

在这个被酒意醺满的下午，两个第一次见面的湖南人、香港人，聊得越来越投入。张建奇一次次与朱查理回忆起从湖南来到深圳的过往，一些被他本人视为惊心动魄的细节，被反复提及。朱查理没有打断他，让他沉浸在对往事的追溯之中。

“我不喜欢重复自己，也不喜欢重复别人。我文化水平不高，但是关于厨艺的书，我看了不下一百本，”张建奇指着桌上的菜，有点骄傲地说，“我迟则三个月，勤快则个把月，就要亲自对菜品进行一次提升改造，自己下厨房，不依赖别人，你尝尝，我们家的菜跟你常吃的湘菜有什么不同。”

朱查理没尝出来，因为每道菜都被吃得差不多了，无法再品尝出它的独创性来。

第五章 李改梅

那个中午，李改梅从一个老客户家做完清洁出来，实在太累了，不想回家做饭，就在街上找了个面馆，吃了一碗武汉热干面，然后走回家。

这家的孩子上了五年级，把原来专门的玩具房清理出来，爸爸喜欢上了石头收藏，要摆放从全国各地找来的石头。清理出来的玩具，李改梅一辈子见过的都没有这么多，虽然大部分已经旧了，或者玩坏了，但是要全部丢掉，李改梅还是觉得怪可惜的。她想，要是留起来，洗一洗修一修，以后有了孙子外孙，就不用花钱另买玩具了。不过，她又想起老胡说过的话，他说，我们搞废品的人，最不该的就是捡衣服穿，捡玩具玩，哪怕是成色再新也不能要，那样的话给人看不起，格调就低了。这样一想，也就不感到可惜了。

刚回到楼下，李改梅就看到了一个熟悉的面孔，那是社区民警吕警官，吕警官身边站着三个治安员。

从看到她回来那一瞬间他们脸上的表情，李改梅断定，他们在这里等候有一些时间了。她心里“咯噔”一下，生出一股不太好的预感。尽管没打过交道，吕警官她还是熟悉的，路上碰见彼此都会打招呼。像这样登门，却是头一回。

她正要打招呼，吕警官开口了：“李大姐，等你好一阵了。”

李改梅“哦”了一声，似乎听到的是一个意味深长的告知，而不是礼貌的招呼。

“所里有点事情，需要你配合一下，麻烦跟我们去一趟吧。”吕警官带着不容分说的口吻。他的话刚说完，三个治安员就训练有素地挪动了身子，自觉形成了一个围合的队形，这时候李改梅若是想摆脱他们，恐怕有一定的难度。

“吕警官，我刚做事回来，一身臭汗，让我上楼换个衣服吧。”李改梅试图缓和一下气氛，争取一个喘口气的机会。

“很快就回来，不上楼了。”吕警官迈开了步子，他相信这是自己的最后指令，也相信这个湖南女人不至于出乱子，更相信三位治安员有能力控制场面。

有那么一瞬间，李改梅想过跟他们对抗一下，转念一想又放弃了。她实在联想不起来，自己做过的哪一件事情会与公安扯上瓜葛。老胡病重三个月，她什么事也没做，三轮车停在那儿都生锈了。老胡的后事处理完，有两个月了，她也只是零零散散地做了几次清洁，凡是收购什么的，她都拒绝了，她不想干，也干不动，这些事情没有老胡，她一个人搞不了。一个女人，稍微笨重点的东西搬不动，也无法判断成色，不会讲价，修修补补的事更不会搞，以前这些都是老胡一手包揽了的——面对警察的突然上门，她真的想到，过日子没有男人不行。要是老胡在，他们断不敢贸然在楼下就把人拦下带走，老胡会跟他们理论，至少有个男人的大嗓门，他们会给回旋的余地。

当然，在黄贝岭待了二十多年，李改梅算是见过场面的人，她不会把心里的慌乱表现出来。她也不会惧怕，现在她是没有男人的人，要比男人在世时更不让人小看。

这么一想，她就坦然了，跟上脚步，坐上了他们的车——这可是李改梅平生头一次坐警车。在这个过程中，她还扬起头，朝空中露出一抹笑容，她知道，楼上的那些租客，肯定也在关注着楼下的动静，站在窗前、阳台看着她。她要以这种方式告诉他们，不要过度猜想，梅姨没事的。

二十多年里，李改梅夫妻俩不知进进出出过多少次派出所，那是所里请他们来帮忙，要么是搞卫生，要么是去收纸皮报纸，换句话说，在派出所他们也是被欢迎的人，只要他们的三轮车在院子里一停下，“李大姐”“胡老板”的招呼声此起彼伏。可今天李改梅的身份变了，她不再是来帮忙的，而是来“协助调查”的。

李改梅被带进了问讯室。虽然是派出所的“常客”，这个地方却是她唯一没进去过的，也是她一辈子都不想进去的地方。

等到开始做笔录李改梅才明白，把她牵涉进来的是两个月前从黄贝岭搬走的那家公司的案子。

“我是接过他们的电话，但是没去，这样说也不对，应该是等我准备过去时，他们已经叫别人处理了。你们知道，我们家老胡清明前死了，我本打算不再干这一行，我是干不动了。”李改梅对讯问她的警官说。

“李改梅，请根据我们的提问回答，无关的话题一概不要涉及。”笔录警官提醒她，这是一个非常年轻的小伙子，李改梅对他没有印象。

李改梅心头震动了一下，到了这个屋子，自己不再是“梅姨”“李大姐”了。

接下来，警官问到，你们是如何与那家公司的两个保安认识的？

——不是我认识的，是我老公老胡认识的，也谈不上打过什么交道，这样的关系在黄贝岭数不过来。我们印了名片，到处散发。

在此之前，你们到该公司收的都是哪些物品？

——废纸皮，这是他们公司最多的，这笔钱保安不敢私自收，因为量太大，要交给后勤。除此之外就是写字楼平时扔掉的报纸，还有车间里一些零星的杂物，这个由保安自个收钱，老板允许给他们的，算加班福利。总之我们是等电话，他们说要清掉什么我们就来收什么。

我再问一遍，收购的除了废纸，没有别的了吗？

——没有了。不是纸皮废品，还能是什么？他们也只有这些东西。再说了，假如他们把贵重东西私自卖出来，我们也不敢要，这是我老公反复讲的原则，不然我们就混不下去，就讨不到饭吃。

我们相信你，但是，根据相关人员提供的情况，实际不是这样的。你再想想，除了纸皮，还有什么。

——没有了，真的没有了。

再想想！

——“没有了，真的没有了。”李改梅心里开始不那么沉稳了，被反复问得发毛，有些脾气要上来了。

没有？！你能保证没有？

——我们从湖南农村来到黄贝岭，一不偷二不抢，行得正坐得端，我说的没有，对天发誓也是没有！我脑壳笨，想不起来，干脆你们告诉我，不要再为难我这个老太婆了！

李改梅！请注意态度！

——我什么态度？我什么态度？叫所长来，我也是这个态度！叫，麻烦叫所长来！

小伙子停下敲打键盘的手，双目注视着眼前这位正在发怒、浑身抖动的妇女。气氛一下子凝固了，足足五分钟之后，僵局才被打破。

此时，有人推门而入，李改梅一看，真的是所长。

“李大姐，没什么事的，你如实跟他们讲，讲完就没事了。”所长对李改梅说。

“所长，你们今天到底怎么了？为难我一个扫地的老太婆？我过去一二十年，出出入入派出所，来扫地帮忙，难道你们也一直怀疑我偷了派出所的东西吗？！”李改梅不坐凳子上了，站了起来，提高音量，“所长换了好几个，哪个怀疑过我们？我们一张纸都没有多拿过！”

“不不不，李大姐，你话说重了，不是我们怀疑你，这样说不符合事实，”所长朝两位执行问讯工作的警察挥挥手，示意暂时放下，“这样吧，我们换个地方，和李大姐仔细讲一讲，好好解释一下工作需要。”

“叫我来我就来，叫我走我就走？你们不讲清楚，到底怀疑我们什么，我就不走，我老公光明正大在黄贝岭二十几年，别让他死了还要背个恶名下阴间！”李改梅动感情了，放声哭了起来，她想到了老胡，若是老胡没死，今天的情况就不会这样。是的，她一万次骂老胡没个鬼用，不像个男人，但是哪一次需要男人出现的时候，老胡回避过？她就觉得，老胡是胡家冲最像男人的人，除了他，谁可以带老婆在黄贝岭待个二十几年，谁可以在黄贝岭死得安安心心！

李改梅的态度，显然超出了大家的意料，这样一来，事情的走向发生了变化。

这个案子本来就有些波折。涉案公司已经搬离黄贝岭，新厂开工后，内部盘点时发现有两包电子元件去向不明，价值二十多万元，不是小数目，因此公司内部进行倒查，从采购到仓管，再到生产部门，一路查下来都没有发现可疑之处，最后到了搬迁环节，也没有发现破绽，各个环节都显示没有问题，最终的焦点到了保安部门。要追究保安部门的原因，至少有两个方面，一是处理废品时有没有误把包装好的电子元件混在其中，二是放行所有物料时有没有检查把关，逐一盘问。因为搬迁，公司保安部门仅剩两个保安员，事情一出，两个家伙互相推诿，把水搅浑了。既然事情已经出了，公司原本打算只要梳理出了责任路径，也不打算过多深究，可两个保安推来推去，老板生气了，只好选择报警。报警是在公司新迁入的辖区报的，但案子发生在原辖区，于是案件转到了公司原归属地黄贝岭。

李改梅就这样被绕进了这个调查圈。实际上，被通知配合调查的包括公司清洁工、平时打过交道的废品收购人员、物流快递人员，等等，也包括给食堂送菜的驾驶员，李改梅只是其中的一个。如果她稍微冷静一点，做个笔录就结束了，或者说吕警官和笔录员稍微把话解释得明朗一点，再或者说知道她家的实际情况，能够照顾到她的丧夫之痛，那事情就好办多了。

就在李改梅的情绪一触即发，局面走向被动之时，有人提议，社区妇联主任阿芳跟李改梅是交心的好姐妹，她或许能把这事处理好。于是，警官们打电话给阿芳。没出几分钟，阿芳就赶到了派出所。

了解过情况后，阿芳把吕警官埋怨了一通，说得他毫无还口的机会。阿芳的一张嘴，可是讲道理的嘴。她说，如果我们对李大姐表示怀疑，那么就是对黄贝岭长期的妇女工作的不信任，如果连李大姐都被纳入怀疑的对象，那黄贝岭就没有什么值得信任的人了。等她唠叨够了，吕警官委屈又严肃地对这位妇联主任说，公安工作不是按你这个逻辑进行的，要不大量案件的真相会让淳朴善良的老百姓大跌眼镜，到死也无法相信呢！

阿芳和所里交涉、担保，办案人员最终答应让她把李大姐先带回去，有需要再具体沟通。可是，李改梅这边却不干了，非要警察们当面说清楚，消除影响，不然她寸步不会离开。阿芳转过头来又对李改梅进行百般安抚，好不容易才答应离开。

阿芳让李改梅坐她的摩托车，李改梅又来了牛脾气："我坐什么车来的，就该坐什么车回去。"

这让阿芳哭笑不得，可心底里又被李改梅的硬气、霸气所折服。没办法，阿芳又请社区领导出面，请派出所通融，把李改梅送回住处。

"我可不是无理取闹，这是名节问题，给我多少钱都买不到，"李改梅对随后骑摩托车追来的阿芳说，"你知道他们为了抓我，警车守在门口多久，楼上的租客们看了多久吗？"

"那不是抓。"阿芳笑道。

"跟抓有什么不同？"李改梅瞥了阿芳一眼。

看到李改梅的气也消了，阿芳还是旧话重提，动员她别干老本行了，听从大家的建议上班去。

"阿芳，你急着让大姐去上班，就像我们老家急着要把女儿嫁出去，一天也不愿意多留，到底是什么原因呀？是不是大姐已经成了黄贝岭的负担了？"李改梅故意套阿芳的话。

"不是这个意思，大姐，"阿芳忽然眼眶红了起来，"人心都是肉长的，你现在的情况，我比谁都了解，如果你不找个单位上班，像今天这种事还会发生，找麻烦的人会越来越多，为什么？因为以前有胡大哥，你们是一家人，即使有这样那样的事儿，他们也不敢怎样，现在是你一个人，很多人觉得如果你还在干，就是对他们利益的破坏。"

"利益？哈哈，笑死个鬼，收几个破烂，还垫一身一身的力气，讲鬼的利益，谁爱干给谁干！"李改梅道。

"大姐真是可爱又天真。"阿芳笑道。

李改梅是个聪明人，也不是不讲道理的人，阿芳把话说得这么透彻了，她能听不懂吗？她晓得，继续这样干，肯定是行不通的，转眼就是老人家了，她也要考虑，迟早有干不动的一天，得为退路做准备。到这个年龄，别人该办退休，享受安闲生活了，自己能退吗？闲得下来吗？那不是笑话嘛！现在黄贝岭是进入了大改造大拆迁的时期，很快就会规划到这个片区，她还能管理老村长这栋楼多久，可不是自己说了算的。

阿芳要介绍李改梅去上班的，是一个幼儿园，规模不小，到那里管管清洁，也兼顾后勤上的事。一说幼儿园的名字，李改梅再熟悉不过了，三天两头要从它门口经过，上学放学站在门口迎送的老师们，她都能一眼认出来。能去幼儿园工作，和孩子们在一起，李改梅竟然心动了，这当然是个体面的地方，可转念一想，自己文化水平不高，说是大老粗也不为过，能适应得了吗？加上幼儿园里都是年轻的老师，她一个半老太婆，能相处得来吗？

有了顾虑，又犹豫了两三天，还没来得及给阿芳回话，事情又有了变化——老村长一家知道了李改梅被派出所传唤的事，特意叫人来找李改梅，他们也和阿芳一样，动员她转行，别干了。老村长出面给李改梅联系好了工作，只要她点头，马上就可以去上班。

老村长的条件很简单，李改梅去上班归上班，这栋楼还要她兼顾管起来，哪一天拆到这里，她就管到哪一天。

老村长委托来找李改梅的是他的一个堂侄女，嘴巴很甜，比阿芳还会说话，把李改梅夸得心花怒放。对黄贝岭人的好感，李改梅从来没有减少过一分，他们对外来人都好。

“说这里是个村子，实际上早就是市区了，我们随便在哪一条巷子碰见的本地人，都是千万富翁，但是他们从不摆有钱人的架子，不会欺负外地人。”她不止一次地向别人提起，仿佛带有一份责任，要证实以黄贝岭为代表的世道人心。

老村长介绍李改梅去的是一家地产公司，老板和老村长是很早以前就结识的朋友。公司总部在黄贝岭边上的沿河大道，设在自建的小区里。如果李改梅愿意去，公司将安排一个后勤岗位，负责公司一大一小两个会议室的保洁和日常管理。“很清闲的工作，董事长大部分时间在广州，希望是熟人介绍的员工打理，可靠一点。”老村长的侄女特别说明。也正是这句话，触动了李改梅的内心，一种被需要的感觉涌上心头，让她觉得自己还能为关心自己的人出去做事，而不是个被排斥、被驱赶的对象。

“梅姨，要不您跟孩子们商量一下？决定下来了，我陪您去公司报到上班。”老村长的侄女说。

“商量个鬼，不用跟他们商量，”李改梅朗声笑道，“这个我可以做主，明天就去上班。”

“梅姨，您去上班了，好多人找不到您，怕是会不习惯呢。”老村长的侄女说。

“不习惯个鬼。”李改梅脸上笑着，心里却又伤感起来。是啊，二十多年了，要彻底换一个活法，要跟一群人分开，与一个老营生说再见，内心里肯定是五味杂陈。

李改梅嘴巴里虽然硬气，说是不跟儿女们商量，转念却又软了下来。自从上次女儿当着一众亲友的面发脾气，拂袖而去之后，母女俩只通过两次电话，面也没见。

犹豫再三，李改梅还是给胡丹丹打了个电话，把事情跟她说了，要她晚上过来一趟，在家里煮个饭吃，“以后上班了，家里的锅啊灶啊怕是用得少了。”

胡丹丹说，饭就不吃了，不论多晚，都会过来一趟。

“我八百个赞成，早就该把那辆三轮车扔了。”女儿扔给李改梅一句话，把电话挂了。

放下电话，李改梅陷入了久久的沉思。她早就明白，胡丹丹、胡根平姐弟俩都不喜欢父母在深圳搞这个行当，他们从来没有觉得，父母靠搞清洁、收废品这个行当养大他们，给他们置业，是不偷不抢光明正大的职业。他们从老家嫌弃到深圳，人到了深圳，翅膀硬了，都自己跑出去，也不愿意在父母的窝里多待片刻。

“好了，从明天开始，不让你们讨厌了。”李改梅心里冷笑道。

吃过晚饭，李改梅一边等女儿，一边收拾屋子。她希望胡丹丹早点来，陪她去东门买两身衣服，出去上班，总得穿得体一点，不能像以前，为了方便干活，总是穿得没鼻子没眼睛的。

不多一会，胡丹丹到了，给李改梅带来了两套夏装，母女俩竟然想到一块去了。说起来，胡丹丹长这么大，自己都嫁人了，这还是头一回给老娘买衣服。李改梅接过衣服，心里暖暖的，似乎一下子把过去那么多年对女儿的怪怨全清除了，所受的儿女之气也都烟消云散了。

胡丹丹逼着老娘把两套衣服都试了试，还真合身。试过衣服，胡丹丹又从包里拿出一瓶香水和一支口红，教她要学会打扮打扮自己，每天出门前，给自己化个妆。

李改梅的脸一下子烧红了似的，说："都老太婆了，还化个鬼的妆！"

胡丹丹突然抱住她，说："妈，在我的心目中，你很漂亮很年轻，别再老太婆老太婆地叫自己了！你很能干，我和弟弟是这么看的，我们的朋友也都这么看。不论去公司里做什么，都是你的新开始，你会做人，会说话，人缘好，肯定会有一个新天地，会带给你很多快乐！"

李改梅感觉自己的嗓子哑了，不能开口说话，眼睛也湿了，任由女儿紧紧地抱着。

"没有爸爸在身边，如果你和胡家冲的女人们一样，回到老家去，很快就是一个农村老太太了，你不愿意，我们也不愿意，你都在深圳生活二十多年了，不会习惯的。"说着说着，胡丹丹哭了起来。

女儿说的每一句都是实话，都戳进了李改梅的心里，她都听进去了，没有一个字不赞同的。她不想回胡家冲，也不想那么快老去，只要不回胡家冲，她就可以像年轻人一样工作，她还可以做很多事情。昨天她跟老村长的侄女说，只要公司不嫌弃她这个到了退休年龄的老阿姨，她可以不计较工资，干到六十岁。

胡丹丹帮忙收拾好屋子，准备要回去了。李改梅叫住她，把手里的老手机递给她："丹丹，你说要用这个手机和号码，妈一时有气，误会了你对爸爸的感情，是妈妈不对。你拿着，明天我去上班了，用另外一个号码。”

胡丹丹接过手机，怔了一会，在老娘的额头上亲了一下。

李改梅推了推她，说：“如果有人打电话来，你就说老胡跟梅姨回湖南了。”

李改梅以为晚上肯定会失眠，整宿睡不着，却出乎意料地睡了一个好觉。以前每天晚上都会想一下老胡，或者他自己跑进梦里来，这个晚上怪得很，什么也没有。等她醒来时，天已经大亮了。按往常，那些环卫工的扫地声一起，她就醒了。她睁开眼，伸手就往枕头边找手机，发现手机不见了，一骨碌坐起来，老半天大脑才清醒过来，想起昨晚把手机给了女儿。

李改梅起床，从抽屉里找出那部平时没用的手机，插电充电，然后登录了微信，给老村长的侄女留言，告诉她新的号码。

下载软件、网上转账支付、使用手机银行之类的，李改梅熟练得很。按她的话说是“逼出来的”，儿女们不住在一起，年轻人不帮她，老胡有空只会刷抖音、看搞笑视频，只能靠她自己摸索，慢慢就成了老手。对生活中的新事物，她从来不抗拒，以前和儿子住在一起，她还经常用他的电脑上网查查东西，看看新闻呢。

老手机有老胡的气味，一二十年了，两个人一直都用一个号码，既是对外的业务联系号码，家里亲友们也打这个号码。去年老胡的病情反反复复，不是卧床在家，就是在住院，为了联系方便，她特意去买了个新手机，加了个号码，然而，住院出院，两个人几乎形影不离，新手机也没怎么用上，闲在抽屉里。

李改梅拿起扫帚，把楼上楼下过道打扫了一遍，然后又去社区垃圾站把三轮车挪好，尽量不碍人。弄完这些，她走到一个熟悉的客家早餐店吃肠粉。对这个一年光顾不到一次的稀客，老板娘热情有加，特意送了一杯豆浆和一份客家捆粄。

“梅姨，一大早打扮得新娘似的，好年轻，好漂亮，要出远门吗？”老板娘夸起李改梅来。

“哈哈，七老八十的老阿姨了，还新娘似的！”李改梅好不容易止住笑，把杯里的豆浆喝干，想了想说，“不出远门，我要去上班了。”

“上班？！”老板娘的脸从热气腾腾的蒸箱后面扬起，像是要开足马力广播，“梅姨要到哪里上班？！”

李改梅擦擦嘴巴，举起手机扫码付款，没有正面回答。她以这样的方式给老板娘透露信息，就等于是告诉了整个黄贝岭的人。

董事长到广州分公司去了，报到的程序自然简化了很多。办公室提前做好了工作安排，“梅姨”的人未到，公司里就传开了，见到真人来到眼前，大家都说比传说中年轻，果然是个漂亮的大姐，听得李改梅合不拢嘴。

一位外表看上去比儿子胡根平还小的人事文员，很热情，手把手教李改梅办好了入职手续，几分钟就给她做好了工作牌，给她领出了工作服。

“梅姨，您的字写得真漂亮。”人事文员扬着手里填好的表格，啧啧称赞道。

几个小年轻闻声从一个个工位上冒出头来，纷纷传递欣赏新入职阿姨的字迹，发出由衷的赞叹。

“哈哈，一双扫地的手，哪里写得了好字。你们年轻人都在电脑上工作了，写字不重要，要写也写英文了！”李改梅脱口而出，引来办公室一片笑声。李改梅的字写得好，是因为她小学时在爷爷的要求下练过字，爷爷是村里的老秀才，红白喜事的字都非请他写不可，过年时全村的春联都是他写的，为了有所区别，老人还要变换各种字体写。爷爷过世后，全村统一张贴手写对联的风气就断了。

“梅姨，您不是来扫地的，是我们办公室的一员！”办公室主任纠正李改梅的说法。

这可不是给人家下台阶的客套话，主任很快就给李改梅调整出了一个办公位。

在自己专属的办公椅上坐下来那一刻，李改梅有点恍惚，好像来到深圳，在黄贝岭待了二十多年，一直在街巷中不停歇地行走，这是第一次坐下来。

是的，从胡家冲来深圳二十多年后，她第一次真正意义上开始“上班”，而且有了自己独立的办公位，有了自己的办公桌，有了带钥匙的私人抽屉。她把小包轻轻放到办公桌上，有了一种船到码头车到站的踏实感，尽管她尚无法知道，这个团队对她的欢迎程度如何，自己能不能适应所安排的工作，到底来得对还是不对。

这是沿河大道上的一个花园小区，李改梅不知从旁边走过多少遍，有时步行，有时候骑三轮车，这在他们的活动半径之内，包括附近的湖贝路、向西村、罗芳村、东门等等，一个电话，他们就可以赶过去。有一回跟老胡路过这里，老胡骑车，她坐在车厢里，老胡指着小区的楼房说，这里住的多半是香港人，深圳的房价贵，就是他们抬起来的。老胡说得咬牙切齿，好像他无法在深圳买房，就是因为香港人的缘故。

集团办公室在物业会所的一楼，一条漂亮的波浪形花廊与小区广场连通，草木葱茏，环境十分幽雅，一张口满嘴都是花香。主任带李改梅里里外外转了一圈，介绍说，这里虽然是集团的总部，因为这几年业务外延发展，地产业务目前主要在广州，其余的主要是分散在深圳、东莞、广州的物业公司，员工都外派了，所以总部办公室的人员并不多，董事长平时也主要在广州和东莞上班。

“这里住的多半是香港人吗？”李改梅突然问主任。

“哈哈，好多人这样问，实际不是我们这里，是那个小区，”主任笑道，转身指了指旁边一栋高楼，“二手房都卖到了12万一平方米了。”

“哦。”李改梅为突然问起这个话题感到不好意思，这本不是她关心的事情。

一位老员工因家事离职，岗位空了很长时间。李改梅的到来，正好填上了这个缺。暂时分配给她的工作，除了协助做一些复印收发，就是负责大小两个会议室的卫生清洁和使用。小会议室是公司内部日常会议使用的，大会议室则要集团开大会时才用得着，有时会借给外面一些客户单位搞活动，因此需要做些日常维护和管理。

李改梅所顾虑的各种入职尴尬都没有出现，而且有一种特别的亲切感。她心想，要是不出意外，我就在这里一直上班，做到自己做不动了，人家不用了，把我赶走为止。当天，她就把两个会议室打扫得干干净净，又里里外外熟悉了一遍，茶水纸巾、保洁用品、用电开关，投影播放等等，全都搞清楚了，即使此刻马上要开一场会，她也可以应付自如了。

“我以前是在公司对面的黄贝岭村里搞清洁、收废品的。”李改梅这样跟办公室的同事们介绍自己。

年轻人哄堂大笑，都不相信这位亲切好玩的阿姨的从业经历真如自己所说，他们甚至认为梅姨过于谦虚了，以自嘲的方式做自我介绍。

第六章 张教授

张教授平常从福田口岸过关，再坐地铁转中心书城或罗湖书城，这是他到深圳必去的两个目的地，或者说他来深圳的目的就是去这两个地方。

以前，老婆看到他买书，心里不乐意，会说一说他：买那么多书看得了吗？你一个小小的脑袋，装得下吗？因为老婆唠叨，张教授会节制一下，到书城看看翻翻，过过眼瘾，实在放不下的才买。老婆过世后，没人唠叨，他不需要顾忌太多了，过深圳看书买书，成了他最重要的出行目标。通常是上午去下午回，有时候下午去晚上回。最近几年，通过在深圳书城或图书馆听讲座，他认识了几个年轻的书友、学者，偶尔过来也会与他们相约吃个饭，喝杯咖啡，几个年轻人也喜欢跟这个香港老头交往，保持跟他分享深圳的讲座和展览资讯。前些年他们还相约去过广州、东莞看展览，听讲座，不过这样的远程奔波，张教授渐渐吃不消，慢慢也就少了。

除此之外，张教授来深圳还有一个去处，就是参加深圳劳动保障学会的一些活动。作为同行，也作为香港社会保险研究会的副会长兼秘书长，他有促进两城同行联谊的责任。很多时候，除了开会、拜访，他还给深圳学会的年轻朋友们带些香港的饼干、罐头、奶粉。深圳同行有时候过意不去，他就说，我一个老头子，不需要申请经费，不需要特别办理证件，说来就来，说走就走，带点东西给大家，是我的快乐呀。一年一度的“海峡两岸劳动保障研讨会”办了七八届了，张教授也是发起人，这个活动由加盟城市轮流值班、承办。香港打的头炮，承办了第一届，而后就是其他城市轮转了。因此，赴内地城市开会，成为他和深圳同行的年度乐事。每次到轮值城市参会，张教授都是和香港同事先到深圳，再与深圳学会的代表组团出发。有几年，社团经费紧张，匀不出钱来，他就自费参会，一个人就代表了香港研究会。同行们称赞说，张教授，您宣读一篇论文，代表的就是香港学术界的声音。

张教授喜欢出门，并不等于他很喜欢开这样的会，反之，他不希望这样的会议太过频繁，一来香港的社团是没有财政经费支持的，理事们业余兼职，都是义务的，出去开会的支出全靠社团筹措或个人自费；二是他觉得会议的论文不能太过泛滥，每年写一篇两篇就差不多了。他认为学习最重要，通过广泛研判世界各国各地区的先进经验，对香港、对内地的劳动保障、社会保险事业发展有借鉴意义。

他这次过来，不是去书城，也不是去访友，而是到沿河路参加一个企业组织的"在深港企劳动合同管理研讨会"，他是作为港资企业协会邀请的专家代表前来参会的。会议下午召开，他上午就出发了，先是到深南大道上的罗湖书城看了会书，然后在楼下茶餐厅吃了个快餐。每次来这里，他都要点一份广式腊味饭——这是他的最爱。他的祖籍地是盛产腊味的顺德，尽管没有在那里生活的经历，基因里却有着对广式风味的偏好。这家腊味饭做得好，他吃了十几年，一点也没吃腻。

吃过饭，他坐了几站地铁，还步行了一段路，到达了会场所在的小区。有时候，张教授也特别佩服自己，不论人到世界上哪个角落，只要有个文字地址，他就可以准确无误地找到目的地，不需要地图，也不需要导航。有一回去安徽安庆开会，在合肥下了飞机，坐快巴到了安庆，东道主让他在车站等候，他们派人来接。他没答应，自己慢慢转，没走弯路，很快就找到了接待的宾馆，沿途还赏遍了风景。东道主感动不已，说这位香港专家太平民化了，没有一丝半点的架子。有人夸赞这是"特异功能"，他总是笑言，需要什么特异功能，多用点心就可以了。多年前他做生意，满世界跑，从不走冤枉路。

这个背着双肩包、步履轻盈、头发花白的老头，刚进入小区，立马就被会务小组的接待人员认出来了，热情地接了进去。

会议时间还没到，张教授在小区里走了走。小区不算大，但是布局合理，建筑风格雅致，绿化程度也高。从香港拥挤的楼宇中切换到这样的环境，张教授感到赏心悦目，不住地拿手机拍照。一圈走下来，除了赞叹、羡慕，张教授的心底，也涌起些许的遗憾。

对深圳各区的房地产行情，张教授平时也算有所关注。十几年前，房价还没怎么上去之时，他就动过来深圳买房的念头。他还专门做了考察，看上了几个好楼盘，也和几个老友去周边的惠州大亚湾、中山等地看过房子。和他一起看房的好几个香港老友，真的付诸了行动，现在他们大部分时间住在深圳或者惠州，偶尔才回香港几天。香港太拥挤了，老年人退休后选择到内地生活，显然是非常惬意的。

遗憾的是，张教授当年刚有买房的念头，就被儿子几句话压了下去。儿子在深圳上班，对他想在深圳买房表示强烈反对，希望他不要为房子的事情在两个地方来回折腾，双城生活不适合他们这个家庭。说到家庭，张教授不由得就把念头收了起来。他理解儿子的心情——自从他妈妈去世后，父子俩的话就少了，所谓的家，不过是两个男人偶尔的碰头之处。如果非要在深圳买房，香港的家就空了，可有可无，就没有了家的实质意义。

老婆是在儿子留学英国期间去世的，儿子为此耿耿于怀，责怪爸爸没让他留港照顾妈妈。没有了妈妈，儿子对家的态度变得抗拒、勉强。他不希望爸爸在深圳买房，冷落香港的家。

知子莫若父，张教授能感受到儿子内心最不忍心碰触的隐忧，那就是担心父亲在深圳买了房，然后找到新的伴侣，建立一个与他没有关系的新家庭。孩子的心思虽然显得自私，但是又何其合理。张教授无数次想跟儿子坦陈，请他放心，老爸不会有这个打算了，多少年都过去了，已经习惯了这种生活模式。但是，好几次父子俩坐下来，话到嘴边，又咽了回去，他只能用日渐衰老来佐证他的人生抉择。

张教授四十多岁就失去了生活的伴侣，一直没有再娶，有朋友说他们夫妻感情深，忠于婚姻誓言；也有人说，张教授不是不想再续婚姻，而是为了照顾儿子的感受。实际上两个说法都不无道理，他却都不以为然。有知心的朋友说得一针见血，你是读书读坏了，心境过于清高，没有遇上能够再次打动你的女人，要是有那一天，你一定不会继续苛责自己。

这话可是没说错。但是，他渴望遇上吗？不！他不希望那一天的出现，他没有迎接那一天的任何意愿与准备。

儿子从英国留学回来，在香港没待多久，就到深圳工作，父子俩一个月或两个月才在家里见一次面。尽管张教授时不时来深圳买书看书，开会公干，父子俩也很少见面。他曾经试图找理由去儿子的公司、住处看看，总是被他委婉谢绝。被拒绝几次后，他释然了。就像儿子上中学后，在自己的房门上贴上“未经邀请，禁止入内”，他明白，孩子有了自己的领地，有了自己的隐私、尊严，不希望被无端闯入。现在儿子已经独立了，难道不应更受到尊重吗？

罗湖书城楼下的茶餐厅，是父子俩固定的见面之地。父亲雷打不动吃广式腊味饭，儿子喜欢吃他的港式套餐或意大利面。后来儿子的工作越来越忙，接着又去了东莞，在深圳见面一起吃快餐的机会也少了。让张教授哭笑不得的是，反对他在深圳买房的儿子，自己却在这里先后买了住房和写字间——这不是儿子主动告诉他的，而是他的小伙伴无意中透露的。他也没有去过问，不论如何，对儿子的节俭置业行为，他打心底里高兴。这一方面，有他妈妈的遗传。

年龄是人生漫途中最大的拦路虎，张教授转眼已过花甲之年，即使现在叫他在深圳买房，遇上再漂亮的楼盘，给他任意挑选的机会，他也不可能心动了。房子不仅是用来住人，也是用来安家的，他现在对家的需求越来越小，越来越萎缩，有时候他把家浓缩在心底的一角，不需要再去寻求新的房子和多大的空间来安放自己。

他现在来深圳，买书看书也只是个出行的由头，目的是走走路，练练脑子，尽最大限度减缓衰老的速度。他害怕老年痴呆，害怕脑萎缩什么的病症，身边有几个老友已经出现了不同程度的阿尔茨海默症，家里人已不让他们出门，担心哪天出去就找不回来了。尽管身体各项指标一直显示良好，张教授还是无法放松对这类病症的恐惧，对一个独居老人来说，一旦脑瓜不灵，记忆丧失，那实在太糟糕了。

再好的书买回去，能看进去的太少了。现在很多出版物只讲究装帧，不讲究内容，好书越来越少。张教授也开始有意识地处理家里的藏书，有的当废品送给保洁工，有的打包送给自己任过教的学校图书馆，平时也邀请一些爱读书的朋友上门挑选，无偿赠送。妻子曾经赌气对他说，别说一套房，就是有两套三套，也堆不下你的书。那时他特别生气，对反感书籍的人他都生气，现在不了。妻子没有错，房子安置的是一个家，家里最重要的元素是人。这些年，他家里缺的是人，所以缺失了家的磁力。成千上万册书簇拥着他，看着他在孤独中成为一个白发老者。

张教授走到小区广场边上，四株高大笔直的海南大王椰树围成一个圈，椰树树干挺拔，直指长空。张教授仰头一看，天蓝得像一块布面，没有丝毫杂质，他不禁心潮澎湃，涌起了发微信朋友圈的冲动。他举起手机，仰拍下如此纯净、壮丽的景致。站在树下，迫不及待就发送了出去，并配文："深圳蓝"。为了保持与外界的关联，他每天保持发两三个朋友圈，分享阅读心得或随手拍的街景，有时没什么好发，就拍拍正在喝的咖啡或茶，也算是发了一个圈。虽然点赞、评论的就是几个固定的老友，也就达到了他的目的，儿子偶尔也会点个赞，这会让张教授格外高兴。果然，"深圳蓝"一发出，刷刷点了三四个赞。

儿子没有点赞，而是私信问他：在深?

张教授回复他：是，开会。

儿子又问：几时返港?

张教授想了想，回复：下午会议，结束后即回。

儿子很快回他：老豆，会后早点返，尽量不留下吃饭，路太远，注意安全。

贴心的提醒，让张教授很受用，他回了个 ok 的表情，收起手机，向会所走去，时间差不多了。

按邀请方所说，今天开的是个"小会"，总共才十三个邀请代表参会，不过准备得很认真，参会单位有港资企业，有内地企业，有人力资源服务机构，有专业代理劳资官司的律师，像张教授这样的学术代表有三个，其中两个是真实的教授，来自深圳大学，张教授则自称是"冒牌"货。

在嘉宾介绍环节，张教授就着主持人的话头，先自嘲了一番，说，我的真实身份只是香港的一个中学教师而已，“张教授”是平时被大家忽悠成的。主持人马上纠正，说张教授是名副其实的劳动保险研究专家，常年热衷并致力这项事业，从事的时间长，研究成果卓著，而且为促进与内地的学术交流默默无闻地工作。主持人提到张教授他们这些香港学者义务投入工作时，所有与会者，包括会务人员，都报以热烈的掌声。

张教授起身，向大家鞠躬，口里说，实在是过誉了，不值一提，不值一提，在我的亲人朋友眼里，我就是百无一用的书生，搞劳保研究也是个人兴趣而已，不过，如果不干这个，这一二十年，还不知道怎么过来的呢。

他这番说法却是大实话。想当年逐渐退出生意场，因为受朋友的邀请，去听讲座，接触到了香港搞劳保、医疗保险研究的这帮学者，而后又接触了几起发生在熟人身上的劳资纠纷，逐渐就对这一行感兴趣了。二十来年的时间，算是紧密关注香港劳保政策的变化，看着这一民生领域的不断完善，不论是个人还是机构，能够为市民的福利权益做些贡献，他内心是非常充实、骄傲的。二十多年的光阴，也因此变得富有意义。要知道，这二十多年的时间里，有些朋友生意破产了，有的在一场意外中亡故了，对于健康地生活着，又能有自己喜欢的事做的人，是何其幸运。

在接下来的会议发言中，张教授做了个“深港企业劳动合同主观意识差别”的主题发言。值得一提的是，他是唯一使用PPT的嘉宾，发言清晰流畅，效果非常好。不论在香港，还是去台湾、澳门，或到内地交流开会，他都要做认真做准备，从不胡乱应付。在适应电子化的过程中，他是从不落伍的，刚兴起 PPT 时，他就认真琢磨，自己学会了制作，从此，不管到哪开会，他必定提前制作一个漂亮的 PPT。除非不具备播放条件，要不他的每一个课件，都少不了引起参会人员的赞叹，抢着拷贝。今天这个做得也非常不错，他引用了大量港英时期的劳工图片和香港早期的生产作坊图片，新旧图片互相对照，产生了相当的冲击力，令人难忘。他的发言刚完成，几个与会者就从包里拿出 U 盘，拷贝他的 PPT。

发完言，花甲老人的生理控制力也到了极限，张教授出去上洗手间。

从洗手间出来，他站在会所门口的花池边，甩甩双手，扭了扭腰，做了一下运动，忽然感到一阵晕眩，赶紧停下，一边举手揉搓额头，一边走到回廊，在公共座椅坐下来。近两年来，这种情况偶尔会出现，做了各种检查都没有找到原因，医生认为最大的可能是长时间待在室内，大脑缺氧所致。遇上这种情况，他只要坐下来，喝口水，擦擦风油精，深呼吸，休息一会就减缓了。可是，风油精没带在身上，还在会议室的包里。

“张教授，不舒服吗？”这时，一位中年女士走到他的身边，弯腰低声问他。

张教授一看，正是刚才在会议室忙碌的工作人员，应该是物业公司的人吧。

“没事没事，老人家了，头晕，坐一会就可以了，谢谢你，”张教授道，“你忙吧，不用管我。”

“您坐一会，先喝口水。”这位女士把手里的矿泉水瓶拧开，递给他，转身走开了。不一会，又快步回到他身边，递给他一个小玻璃瓶，说：“这是樟树油，可以试一试，擦擦额头，会有效果的。”

“樟树油？！”张教授接过小瓶子，一看，感到多么熟悉，七年前有次他摔倒，卧床治疗一个多月，儿子回来护理他，从深圳给他带过一瓶，说是湖南朋友从乡下带来的，要求他每天坚持擦患处。不过，在先进的医疗设备和药物面前，也不知道这种民间药物起的作用有多大比重。但是对樟树油的气味，他却深深喜欢，有点不舒服就会拿出来滴上一滴，闻一闻。瓶子早就空了，还没舍得扔掉。

“你是湖南人吗？”张教授摇摇瓶子，拧开瓶盖，用右手食指摁住瓶口，倒过来，将手指润满樟树油，而后揉搓额头。

“我是湖南人，这是乡下人家的随身物件，土气，”女士笑道，“喜欢的话，教授留着用。”

“呵呵，不可以，不可以！”教授沉浸在按压额头带来的舒适之中，不停地吸气，似乎不让一丝气味流失。

等他感觉舒适多了时，身边已经没有了那位女士的影子。张教授起身回到会议室。会议已经开过半程了，重新坐回位置上，张教授感觉自己像个不礼貌的人，刚才的离场，是对发言者极大的不尊重，他努力让自己尽快回到倾听的状态中来。

会议结束后，组织方邀请大家到旁边的酒店用晚餐。张教授谢过了美意，他要趁早回香港去。他是个自律也自重的人，刚才瞬间的不适，更是提醒他，自己是个老人了，不要随便给别人添麻烦。儿子在私信里的提醒，想来也是这个意思。这二十多年来，他参加过几百场会议，年老与会者在会议期间出事故的，并不少见。

当然，张教授还谈不上老，走起路来健步如飞，干什么都还不知道累，把自己的生活打理得井井有条。不过，来自年龄的怯意，他也不能豁免。他尽量少去别人家做客，出门尽量早回，除了一年里一次两次的参团出游，他逐渐减少了单独旅行的次数。像这样眩晕的情况如果多出现几次，估计他将谢绝所有单独出行的机会。

好不容易才跟热情的主办方解释清楚，张教授动身离开，走了几步，忽然停下来，他的手心还捏着那瓶樟树油，他要还给它的主人。

张教授转身走回会议室，果然，那位中年女士正在收拾桌椅，张教授的返回，让她感到一丝愕然，肯定以为他忘了什么东西。

“这个还给您，我不能带走。”张教授走过去，微笑着把瓶子递给她。

“哈哈，教授真是，我说过送给您，这东西不值钱的，在我们那里家家户户都有，”女士接过教授递回的瓶子，朗声笑起来，“您是看不起这东西吧？”

她这一笑，教授的脸上竟然有点发烧的感觉，脱口道：“方便吗？我们加个微信。”

张教授觉得自己有点唐突，这不符合自己的性格，他可是不太喜欢主动跟人要联系方式的。他也无法解释，刚才那一瞬间，为什么会产生这个念头，与会的十几个专家代表，他都没有留电话加微信，为什么偏偏问这位女士要？会不会难为别人，让人对一个香港老头产生误解？可是话已经说出口，他只能等待对方的回应。

显然，对方有所犹豫。张教授留意到，她极其快速地瞟了自己一眼，似乎在发出疑问的信号，他几乎都译出了她眼神里的电文：天，这个老家伙，怎么会是这种人！

也就在她瞟过来的那一瞬，张教授的心里“咚”的一声，像砸了一个重物。

他看到了她左眼眼角的那颗黑痣。

此时，她已经找出二维码，递到张教授面前，说：“你扫我吧。”

张教授承认，在扫码的那一刻，自己的手是抖动的，他又悄悄看了一眼那颗黑痣。那颗黑痣似乎也发现了他的目光，报以他羞涩的表情。在这颗偶然遇见的黑痣面前，张教授的心跳加速，他有点不敢过久停留，赶紧离开。

“梅姨”——这是女士的微信名。

“好名字，好名字！我记住了。”张教授给她发去一朵鲜花，把自己的名字、手机号码发给了她，表示从此建立了联系，成为好友了。一般情况下，对方也会如此这般发回相应的信息，表示尊重。但是，梅姨并没有发回来。

从福田口岸过了关，坐上了回香港的地铁，张教授才感到真的疲惫了，他坐在座位上，轻轻闭上眼睛养神。可是，闭上眼睛，那颗黑痣像一只蝴蝶，轻盈盈地飞过来飞过去，似乎在寻找另外一只与之对称的蝴蝶。张教授知道，它的寻找是徒劳的，因为，那只蝴蝶已经飞走很久了，飞去了另外一个世界。

世间万物，仿佛都在一个一个地关联着，只是彼此没有知觉而已。张教授看到梅姨眼角这颗黑痣那一刹内心的震动，显然是除他之外，不会有第二个人能体会到的。孩子妈妈的右眼角也有这样一颗黑痣，大小、位置都一致。那一刻他想，要是两人站在一起，一左一右两颗黑痣，谁说不是一道奇观。

张教授睁开眼睛，才发现坐过了两个站点。赶紧下车，又坐了回去。

回到家里，拿出一盒饼干随便填了下肚子。洗过澡，张教授冲上一杯红茶，在沙发上坐下来。到家的踏实感，渐渐驱散了从早到晚在外跑的疲惫。很多老年人晚上睡不好，不敢喝茶，他却例外，不喝上一杯茶，翻上几页书，就不能安稳上床入睡。

他架起双腿，打开手机，翻出梅姨的微信。这个过程，心里竟然有种说不清楚的紧张，似乎一个少年正要爬上邻居家的院墙往里窥探，试图获取他心中暗暗猜摸多时的画面一样。

可是，她的微信里，除了四个月前发过一条朋友圈，什么也没有。她那天的朋友圈是转发一首王菲唱的《南无阿弥陀佛》，附了一句话：你升天了吗！

张教授点开链接，天籁般的声音传来，一股慈悲的力量在四室一厅的空间里流转循环。他的脑海里不住地生出问号：她问的是谁呢？是她的亲人，还是好友，抑或是一个毫不相干的人，仅仅是为了转发这首歌而随意写下的文字？

听过一遍，再听一遍，他居然迷迷糊糊睡着了。睡梦中，感觉有人给他盖上了一条毛毯，身子变得暖和起来，等他睁开眼，才发现空无一人，身上也没有毯子，只是一份摊开的《明报》。已经是凌晨时分，他揉揉眼睛，定了定神，起身去上了个厕所，拖着棉鞋，把自己送回卧室。可是，无论如何努力都是徒劳的，他再也睡不着了。

独身二十多年过去了，他最怕的就是半夜醒来，每一次半夜起来，对他而言，都是一场艰难而漫长的回忆苦旅。短暂而平淡的婚姻，留给他的却是漫漫无期的回忆，仿佛一个没有终期的判决。他会想起他们的相识过程，想起恋爱过程中的点点滴滴。不论她在世时还是去世后，他都不觉得两人的恋爱过程有哪些被牢记的细节。而她不同，高兴时也好，不高兴时也好，总能一件件数出来，就像不厌其烦的淘沙工，似乎要通过那样的方式，最终确认一件值得纪念的爱情往事。

她是班上成绩好、身份好的学生——那时，土生土长的本港居民子女，相比于他这种移民二代而言，当然有一万个优越之处，至少，他家住的是平民区，而她家早已住上了电梯楼房。然而她却不顾这种身份的差距，主动和他交往。当然，他必须承认，自己从来都没有过自卑感，他有非常良好的心态，直至读完大学，两人双双出来工作，也正式向双方家长提出结婚。为了打消双方家长对他们婚后生活的顾虑——条件有差异，到底住到谁家？他大胆地做了主：两边都不住，新婚家庭，他们自己出去租房子，标志着正式独立，也标志着新生活的开始。

二十年的婚姻里，如果要说她在哪方面给他的影响最大，倒是有两个——在她离世后，他无数次跟亲朋们说起，好像是对她的另类缅怀：一是同意他辞职出来经商，要知道，多少人不看好他，觉得一个穷书生，教书匠，怎么可能涉足波诡云谲的生意场。这一点，恐怕只有她了解他，别看他一副文弱书生样，身体里可藏满了侠客义气。从少年时代起，他可是金庸小说的追随者，《明报》的连载一天也没落下，宁可省出早餐钱，也要把当天的报纸买到手。金庸的每一部小说出版时际，他剪辑装订的自制本也成型了。武侠精神若有若无地影响着他，有江湖人的单纯、有侠客的果敢，也有对浪迹天涯的向往。

她支持他出来经商，也可以说是激励他做出改变生活现状的决定。那时候的香港，大部分工薪阶层的生活水平差不多，在物价飞涨的形势下，很多人在想办法改变自己，包括他几个在政府及警队工作的同学，也都摇身去做了老板。所谓的香港腾飞那些年，国际贸易极其活跃，他算是搭上了这趟车。他不仅没有像别人担心的那样碰壁失败，反而真的发了点财。女人就是这么怪，当他做得风生水起的时候，她又开始担心他，也有意识地限制他。所以当他决定收手不干时，她满口答应，而且也同意他按照自己的意愿，想怎么过就怎么过——这个世界上，了解他的人，真的莫过于她了。她深深知道，本质上他不喜欢商旅人生，瞧不起铜臭味过浓的人，不愿意自己慢慢变成那个样子。如果没有她的点头默许，就没有他后来的书斋生活，就没有“张教授”之名。他不是个拖泥带水的人，有他的担当。他给老婆孩子置换了大房子，给了老婆一笔闲时炒股的储备金，也给家里准备了一定的存款，让女人感到踏实了，然后洗足上岸——当时间往后步步推移，当年岁开始不客气地来了，当香港和世界的经济格局不断变化，当身边一个个发了财又亏回去的例子出现，他不得不感叹，因为有一个能够把握男人心理的妻子，他没有走过多的弯路，他们总算是按照自己的意愿生活了。

老天也有不眷顾他们的时候——当她被确诊乳腺癌的那一刻，他几乎失去理智，像一个狂野的浪子，在原野上呼喊狂叫。不过，他面对的不是峡谷、原野，而是人潮汹涌的香港大街。他跑到玛丽医院外面的大马路上，突然吼叫了几声，不顾路人怪异的打量，喊出心中的难受。不过，他们很快就接受了现实，他这才真正领教到，面对生活的巨大波折，她的接受能力远比自己要强大得多。她拒绝了去国外治疗的建议，平静地接受常规、传统的疗养。她皈依了佛门，每天虔诚地读经听经。他们做出了共同的决定——继续让读完中学的儿子去英国留学。尽管儿子不愿意，他要留在香港陪伴母亲。她耐心地开导儿子说，儿女大了，始终要离开父母，而任何一对父母，都终将老去。看不到你的成长，父母又能如何安心？我们要一起来学习分离，学习独立成长，习惯彼此不在身边的世界。

对这个决定，他一开始也是拿不定的，后来逐渐理解。所以，儿子怪罪于他，他也从来不觉得委屈。他陪着她度过了生命中最后的三年，这三年里，他们把香港的每一个角落都走遍了，世界上大部分想去的国家也去了。他还陪着她去了内地的五台山、峨眉山、九华山，朝拜了几大佛教道场。她的病情有过几次反复，应该说最后走得很平静，按她的佛友们的说法，已经蒙佛接引，往生极乐了。临走的前夜，她忽然提出一个要求，指指自己右眼角的黑痣，要他亲一亲。当他俯下身子，吻向那颗黑痣时，眼泪情不自禁就出来了。她却笑了，抚摸着他抖动的背脊说：“假如来生有缘，你就认准一个长黑痣的人吧。”

他说：你不是要去成佛，再不轮回人间了吗？！

这么一说，他就控制不住地哭了出来。这是他们相识成婚以来，很少有大动感情的场面。

她没有哭，一直在微笑，第二天合眼时，嘴角也还是带笑的。

陪伴他们几十年的黑痣，在分开的时候，成为一个泪点。青葱少年时，他注意到了她的长辫子和这颗黑痣，他们相识了，相爱了，看着这颗黑痣变大，变得稀松平常。有一次，她和好友去旺角吃饭，碰上一个看相先生，神神秘秘地吓唬她，说你这颗痣不好，以后会克夫，一定要点掉。吓得她饭也吃不下了，坐了车赶回来，抱住他大哭，哭得地动山摇。她舍不得他，也舍不得这颗痣。这个大动静，把他笑坏了，他向她保证，一定强大自己，保证不会被克，也坚决反对去点痣，要把这颗特别的痣留下来。

想到这里，张教授躺不住了。他打开床头灯，坐起身子，从床头柜上拿起那个镜框，镜框里是他们的合影。在橙黄的灯光下，他仿佛看到她眼角的黑痣像一只蝴蝶，扇动着翅膀，扑闪着飞了起来。

第七章 朱查理

这个世界上，只要有痕迹的事情，终归要水落石出。合作伙伴赵总挪用公司资金的事很快有了结果，不过，也与朱查理料想的如出一辙，家属坚决不承认，不买这个账。因为当事人已经死亡，警方也拿不出处理办法，一时僵在那里。要解决这个事情，唯一的途径就是打官司。一想到打官司，朱查理头都大了。不论在东莞、深圳还是在香港，摊上这样的事，就注定是一场马拉松，都没有好结果。他深知过程的漫长曲折，倒吸一口凉气，真的不想把时间精力耗进去，那是对生产企业最致命的打击。

虽然接受了赵总的死亡事实，撤出了公司，但是赵总家属不承认挪用款项，在股权补偿方面也是分毫不让。经过艰难的谈判、调解，朱查理最终做出让步，满足了他们的要求。

折腾几个月，如同病去抽丝，公司的结构也不可避免地发生了变化。原来赵总培养、重用的一批员工，有的在事发后就早早离开，有的见尘埃落定，也开始谈条件要走人。管理层的波动，势必影响员工队伍，陆陆续续走了不少人。朱查理每天疲于奔命，深陷混乱之中。不过，谢天谢地，因为有信誉保障，客户并没有受到特别大的冲击，有的客户还挺理解，虽然风雨飘摇，公司生产总算在正常进行。

只是朱查理的角色，被迫从过去的“外围协助”转为主心骨，业务、生产、行政，胡子眉毛一把抓。由于过去和赵总分工明确，很多东西对他来说都是陌生的。那阵子，他吃住在公司，从头开始，重新学习。股东死亡事件，也让朱查理意识到，不论何种合作模式，作为主要股东，都要在场，不能游离在外，不然一旦有突发情况，就会完全陷入被动。他也暗自庆幸，幸亏此前有十几年的企业一线的锻炼，还不至于两眼一抹黑，随风倒下，也庆幸有好几位公司草创阶段就进来的技术干部，坚定地跟着他。

为了全身心投入公司的管理，朱查理退掉了外面的房子，住进了公司，如无外出事务，他一天二十四小时都待在公司。公司就像一条从风浪中过来的船，差点被巨浪打翻，也差点触礁，从今往后他要担负起船长的职责，不再做旁观客。

公司准备的宿舍虽然不宽敞，但是方便。和朱查理一起住进来的，还有一只传奇的猫。

当他决定要退租住了七年的房子时，发生了一件离奇的事。那天晚上他回到住处，门口蹲着一只猫，见了他，没有叫，也没有跑，目不转睛地看着他。他以为是邻居家的猫，因为心情杂乱，便没有理它。等他进了屋子，关上门时，它却在外面叫了起来，好像被扔出门的孩子那般委屈。他又打开门，这才认真打量起这只灰色的猫，他觉得自己的眼光还是可以的，起码一眼认定它是一只猫，而没有觉得是一条狗，不过它实在太像一条狗了。他学着“喵喵”叫了两声，马上得到它的回应，并且一个箭步冲进了屋里。显然，这家伙错误领会了他的意思，人家正百事缠身，焦头烂额，哪有什么闲工夫来搭理你。何况，百物有主，怎么可以随便把你留下。

这家伙进了屋，好像回到了自己的乐园，一点也不陌生，跳上沙发、茶几，又在地毯上打了几个滚。在白炽灯下，朱查理看得更清楚了，这确实是一只猫，是自己从未见过的品种——或许它并不稀奇，只是自己对猫科动物了解太少。他从不同的角度给它拍照，这家伙也非常配合，摆出各种造型——不能用“萌态”来描述，因为这家伙身上没有萌态，而是高冷和孤傲。它的配合只是一种需要，不是本能。

朱查理用识别软件比照，反复几次，结果都是“暹罗猫”。

百度介绍暹罗猫为世界著名的短毛猫，原产于泰国。在二百多年前，这种珍贵的猫仅在泰国的皇宫和大寺院中饲养，是足不出户的贵族。如今，暹罗猫已经从深宫内宅逐渐走进普通人家。正统的暹罗猫通常身体是白色的，尾巴、四肢、耳朵和脸中间是黑色的，所以它们有一个绰号：挖煤的。

但是，这家伙通身是灰色的，而非白黑相间，到底是不是正统的？朱查理又把照片发到同学群里，立即引起一群夜猫子的兴趣。有的狂赞，说遇上宝猫了，真是太可爱、太帅了，改天组团去东莞看猫。有的说到底是狗还是猫？别忽悠人。有的说，朱查理，你胆子也太大了，深更半夜把一只来历不明的猫引入屋内，不怕上演聊斋吗？有两个同学则马上私信给他，竟然不约而同地，建议他把猫放出去，“你最近运气欠佳，不要招惹这些野东西”。

就在朱查理与同学们探讨它的身世、凶吉，决定是否要多留它片刻时，这家伙竟然偎依到了他的怀里。朱查理赶紧把它推开，三步并作两步把门打开，驱赶它离开。很奇怪，朱查理以为它会反抗、拖延，不肯出去，谁知它没有多少犹豫，一溜烟跑出去了。后来，朱查理想，这种表现，肯定包含了两个意思：一是本身的傲气使然，你不欢迎，我也不强留；二是高贵的猫自然有高贵的表现，虽然希望你留下它，却也愿意给你思考的时间。

第二天晚上，这家伙竟然又蹲在那里。朱查理和昨天一样，把它让进屋去，玩了一会，然后又开门把它放走。他想，明天抽空去买点猫粮，如果再遇上，无论如何都把它留下。

果然，第三天晚上，他回到家都十二点了，这家伙仍然蹲在那里，他一下子就感到心里暖暖的，好像最终得以确认，找到了散失的亲人那般。

就在朱查理开门的当儿，对面邻居也“啪嗒”一下把门打开了。

这是一个中年女子，在这里陪护老父亲，朱查理偶尔跟她打个照面。

“朱生，这只猫看来跟你有缘，天天在这里等你，我以为是只流浪猫，想让它进来我家，它偏不进，你就把它养起来吧。我家有猫砂和盆碗，为了迎接它，我昨天洗干净了，你拿去吧。”邻居道，口气里满是新奇和遗憾。

“可是，我后天就退房了。”朱查理有点为难。

“只要不坐飞机，你去哪里就把它带去哪里，不然它会跟去的，动物找人很辛苦的。”邻居说得有点动情了。

这一瞬间，朱查理感到心都被融化了。他把猫让进屋里，也从邻居手里接过了猫砂、盆碗。

这一晚，他没有睡。同学群里给猫取了个名字“莱克”，谐音“来客”，昵称“小克仔”。

搬家公司把莱克以及它的家当一起搬了过来。莱克一下子成了公司的明星，它的活动范围不再是一个狭小的屋子，而是无所不在，写字楼是它最喜欢去的地方，那里女孩子多，它受到的待遇也好，不像去到别的地方遇到一些不喜欢宠物的人，会狠狠瞪它，吼它滚开。

对养猫的各种繁琐，朱查理并不陌生，小时候家里养过猫。当年养了没多久，那只猫就自己跑掉了。他还能依稀记起，那只胆小的猫见到老鼠时，瑟瑟发抖的样子。

莱克住进来了，朱查理打理它的时间并不多，补充猫粮，铲屎、换水这些事情，都是宿舍管理员在做，有些爱猫的女同事自行加入照顾莱克的行列。莱克的到来，就像公司多了一个需要人们共同照顾的同事。

风波平息后，朱查理提出组织一次赵总追思会。一些管理人员不理解，认为赵总给公司造成这么大的麻烦，差点没把公司搞垮，既然事情已经处理完毕，也就没有举办追思会的必要了。

“事情的发生，肯定不是赵总愿意看到的，如果不出意外，他自然会把各种债务处理好，就像他处理公司的大小事务一样，生命无常，赵总和我们每个人一样，来不及处理这些事情了。至于家属所带来的负面影响，更不是他所希望的。我们追思的是公司的大功臣，是我们的同事，也是我的好兄弟。”朱查理所言发自肺腑。

参加追思会的，不仅有公司员工，还邀请了一些客户以及平日里与赵总打交道的各方面人士。大家回顾这么多年里，赵总工作、生活中的点点滴滴，说到动情处，有些人禁不住哭泣起来。通过不同身份、不同角度的描述，一个立体的赵总形象，替换掉了朱查理心目中的老赵，集体描述的赵总更有血有肉，有情有趣，有拙朴之处，也有过人之处。通过众人的回顾，朱查理也更加明白，公司从无到有，从小到大，赵总付出的实在太多，只是在特殊的兄弟式合作中，来不及论功行赏和按贡献分享成果，就遇上了生命的不测。在追思总结时，朱查理说，事情发生后，有人提议说公司不顺，要么搬迁，要么重新装修，把赵总留下的不吉利的东西丢掉。今天我宣布，一切照旧！

当然，朱查理也听到有人在背地里说，他这是在作秀，是为了做表面文章——这令他哭笑不得，持这种看法的人，显然对他的了解实在过于肤浅，不值得他为之辩驳。

总算把乱象理出了个头绪，公司开始按照新的轨道运行了，朱查理去了一趟深圳。

这次回到深圳，一是见梅姨，委托她联系中介，把自己手上那套小面积的写字间挂牌出售。梅姨不太支持，为他感到可惜，但是没有办法，他急需这笔钱，只有解决了摆在眼前的困难，公司才能喘过气。为此，梅姨也费了不少心力，找了好几家中介，确定了一家最靠谱的，总算较为理想地完成了交易。朱查理此行，也为了却梅姨的心愿，与土菜馆老板张建奇见了面。说来两人还有些投缘，居然挺谈得来。张建奇到香港开分店的事也有眉目了，朱查理委托香港的同学全程帮忙，应该用不了多久就可以落地了。

对老胡的去世，朱查理难过了很久，有时候闲下来，脑海里就会浮现出这个湖南汉子的音容笑貌。第一次碰见老胡，他那自以为有点小聪明的派头，让他现在想起来还想发笑。跟他们认识十多年了，这种感情远远胜过跟身边的很多朋友、同学，甚至亲人也难以产生这种高度的关联。

朱查理有时会产生这样的预感，如果哪天他们一家突然离开深圳了，他到哪里去找他们？对，他一定会找到湖南去，找到那个叫胡家冲的村子去。

他承认，自从离开香港去英国读书，又来到深圳工作生活，中间存在一个情感的真空地带，而梅姨和老胡，恰恰在这个时候填补了他的需要。他们从遥远的湖南山村带来了樟树油，也带来了朴素而粗粝的情感，包括老胡笑起来露出的那口洁白的牙齿，在黄贝岭的街头，给了他无限的信赖感。这种信赖感成为朱查理生活的一部分，不论他走到哪里，都不觉得孤单，出了什么事都觉得不用怕。也许，每天骑着三轮车在黄贝岭转悠忙碌的老胡和梅姨，压根无力支持他应对稍微大一点的波折，他们那看似无人敢欺的霸气，仅仅适用于湖南胡家冲、适用于深圳黄贝岭的几条小巷。然而，他需要他们，需要就是合理的。因为他需要他们，主动赋予了他们无止境的能量，让他们在自己的脑海里，成为无所不能的化身。在他内心的塑造下，梅姨大方漂亮，老胡幽默有趣，跟他们在一起，比跟那些富贵人家、那些所谓的教授知识分子待在一起要舒服多了。然而，老胡却一病不起，如此匆忙地离开了人世，他没有送他最后一程，这也将成为朱查理长久的遗憾，他想不起能为失去老胡的梅姨做些什么。

当公司重回正轨之时，朱查理想到了一个人，那就是梅姨的儿子胡根平。

小伙子初中毕业从湖南来到黄贝岭的时候，有些叛逆，父母恼火不已，后来到深圳技师学院读了五年书，成了一名技校生，听说成绩还蛮不错。朱查理记得，在黄贝岭他们见过好几次面。有一回，当着朱查理的面，胡根平还跟父亲大吵一架，朱查理好不容易才把这头犟驴拉开。朱查理记得，胡根平读的是电子通信类的专业，从专业上来看，跟公司的业务或许有接近之处，算一算，毕业也有好几年了，不知他现在在干些什么，混得好不好。

想起来了，朱查理迫不及待就想联系上他，了解他的情况，如果可以，争取把他带到身边来，也是给自己物色个帮手。

他给梅姨打电话，问她："梅姨，记得根平毕业有几年了，现在在哪里上班？"

朱查理竟然会问起这个浪荡子，让梅姨感到意外。

"梅姨，您不要把浪荡子挂在嘴上，这样对他是不够尊重的。"朱查理觉得梅姨不应该这样说自己的孩子，每个人都有独立的人格，即使是父母对子女，也要有基本的尊重。

说起"尊重"，梅姨就来气，在电话里发了一通牢骚，大致告诉朱查理，这些年胡根平的情况，"他是不见我们心不烦，我们也不想烦他，由他去呗"。不过，梅姨是一个敏感的母亲，马上就往坏处想，意识到是不是儿子找了人家麻烦，或借了钱什么的，于是提醒朱查理，不要随便相信他，"有手有脚的，让他自己混混！"

朱查理听出了梅姨的弦外之音，不禁笑出声来，安慰她，不是胡根平找他麻烦，是他要找胡根平的麻烦，"想请他到公司来帮忙。"

"查理，说什么梅姨都没意见，要他去公司帮忙，我看帮倒忙还差不多！"梅姨一口否决了朱查理的想法，"你另外找个可靠的人，别浪费了感情！"

朱查理本想问问胡根平的手机号码，梅姨不合作，只好作罢。放下电话，他想到了张建奇，便发微信请他帮忙。没费多少周折，张建奇就把小伙子的微信、电话一起发来了。

朱查理急急忙忙找胡根平，让张建奇感到蹊跷，知道事由后，便夸起了小伙子："根平是个聪明的小伙子，脑瓜子好用得很。因为与父母的关系搞得不好，他的表现也被大家忽略了。我听一位老乡讲，有个朋友的公司，搞电子的，前段时间遇到技术上的问题，请了好多大咖，都没解决，谁也想不到，最后是胡根平帮他搞定的，很多人都不相信。”

“对，我们要相信他。”朱查理道，张建奇的一番夸奖，更激起了他要尽快跟胡根平见面的念头，他甚至觉得，相比于他的父母，胡根平在他面前，应该会有更好的交流，至少没有太多的障碍，他自认为对现在的小青年，他更能理解。

朱查理的自信，很快就在胡根平那里碰了壁。他们加上微信后，刚聊到正题，胡根平就一口回绝了他的邀请。小伙子坦言，他要的是自由，不要太多管束，他现在自己在网上卖点东西，帮人改装改装设备，看看程序，想怎么样就怎么样，自由得很。朱查理打开他的朋友圈看了看，好家伙，卖酒、卖手机、卖电子元件啥的，琳琅满目，仿佛有着自己的一个大世界。翻看着胡根平的朋友圈，朱查理思绪万千，他甚至产生了下单买一箱酒、一款手机，做他的客户的冲动。

“一个男孩子，家里家外有着截然不同的两副形象，偏偏把不好的那副给了父母。”朱查理陷入了沉思，显然，胡根平无意改变自己在父母心目中“浪荡子”的形象，而刻意把另一面隐藏起来。

他决定到深圳与胡根平见面，更近距离地了解另一副形象的小伙子。当然，要自然地见个面，还需要点艺术。

三天后，朱查理来到深圳，给胡根平打电话，说随身带的笔记本遇到点问题，因为急用，想请他看看。

“没问题，我看看。”胡根平爽快地答应见面，给他发了个位置。

见到朱查理，哪有笔记本的影子，胡根平哭笑不得，知道自己上当了。不过，见到几年未见的香港哥哥，小伙子心里显然是高兴的，至少见不到抗拒的神色。微信里口气轻狂的小伙子，实际上并没有那样霸气，甚至还带点腼腆。那神态与老胡有七八分相似，尤其那一口洁白的牙齿，使朱查理一下子产生了亲切感，也感到胜券在握。

胡根平请他到旁边的一家小茶馆喝茶。

“这是我和客户们见面的地方，”进了茶馆，胡根平轻车熟路，“平时大家在网上聊事，很多问题远程一下就搞定了，除非特别需要的才线下见个面，这里就是我的会客厅。”

“会客厅？有意思，真是羡煞我们这些做实体的人哈。”朱查理笑道。

“都是谈业务的。”胡根平努努嘴，示意朱查理看看店里的情景。

果然，一对对、一簇簇的，都在热火朝天地讨论或压低声音交谈，也有在噼啪不停打字的。朱查理下意识压低声音，生怕影响了别人。

“没想到吧？这就是我们这些游手好闲的人！”胡根平道。

“浪荡子！”朱查理道。

胡根平笑了起来，道：“见过我妈了吧？在她眼里，不听她的话，不按照她的意愿行事，就是浪荡子。”

朱查理暗自道，一群人有一群人的生活和事业模式，我等实在是隔行如隔山哪。

为了找话题，他从胡根平的微信昵称聊起，马上把小伙子的谈兴调动起来了。胡根平的昵称是“胡家冲技师一号”，让人过目难忘。

“老师给取的，好玩。”胡根平笑起来满脸通红，跟梅姨嘴里的浪荡子形象相去甚远。“我原来的昵称是‘中国技师一号’，张狂吧？有次集训开了小差，搞砸了，老师很生气，命令我当场改成‘胡家冲技师一号’。”

“就像孙悟空被压到五指山下，不得翻身？”朱查理道。

“正是！正是！”朱查理的话勾起了胡根平对往事的记忆，“我们老师的激将法就是一个字：狠。”

聊天中，朱查理了解到，在技师学院读书时，胡根平曾经入选学校代表队，到过香港、澳门和内地多个城市，交流、比赛，最牛的纪录是，和另外两位同学代表深圳到北京参加全国职业技能大比武，拿过通信技术类铜奖。

如果没有前面的铺垫，朱查理还真不敢相信这个辉煌经历与眼前的小伙子有关，肯定怀疑他是吹牛的。

“部长给我们颁的奖，”胡根平翻出收藏的新闻，把链接发给朱查理，“我们院长说，虽然拿的是铜奖，我们要像金奖一样对待，太不容易了。”

说到“不容易”，胡根平的心情变得凝重起来，他告诉朱查理，对于初中毕业就读技师学院，又是通信电子类的专业，他们所面对的困难，比高中层次的学生要多百倍千倍，最头痛的就是数学知识的欠缺，成为他们最大的拦路虎。但是，因为自身对专业的痴迷，他咬牙应对，耗尽九牛二虎之力补课。学校对他们这些“种子选手”也特别重视，入读第二年，就安排他们报名参加同类专业的大学自考课程，一帮老师陪着他们，恶补短板，大部分节假日他们都是在学校度过的。为了把基础知识补上去，他有两个暑假特意回湖南，住到一个教高中数学的远房亲戚家里，他帮老师干活，老师闲下来就给他讲课，硬是吃透弄懂。

“那时，我爸妈以为我跑回湖南去玩，其实不是的。”朱查理苦笑道，“因为毕业那年参赛攻关的时间花去太多，我的自考课程没有按时考完，毕业一年后才过关，拿到文凭，唉，差点坚持不下去了。”

身披各项大赛获奖的光环，毕业时的校园招聘会上，胡根平被一家知名大企业录用了。可这小子刚上满一年的班，不喜欢无止境的加班，便辞职出来了。父母对他责怨，“游手好闲”“浪荡子”之名，因此而起，他和家里的关系就这么杠上了，一气之下自己出来租房子，不再回去。

“你知道那个超级大公司，把我们这些技师生放进去，就像把小鸡赶进鹅群，”胡根平笑道，“不过，一年的大厂经历，确实是跟高手过招，等于再读了五年的书！我的一个同龄搭档，是个海归，他的拼劲，你都不敢想。”

在小茶馆聊了整整一个下午，他们彼此保证，不会跟梅姨透露见面的任何信息。

朱查理要埋单，被胡根平一把抢过，道：“这个面子得给我，这可是谁的地盘？”

临分手时，胡根平答应，一定会去趟东莞，到公司看看再决定是否前去上班。

朱查理突然找胡根平，成了梅姨心里的顾虑。第二天，她又给朱查理打电话，换了个口气，要他说实话，是不是这小子有什么事瞒着她。

“你可要说实话，要是有事，我今天挖地三尺，也要把他找出来，活活打死。”

梅姨着急的样子让朱查理差点就如实招来了，不过想到两人的约定，话到嘴边又忍住了。他呵呵一笑，跟梅姨说，您多虑了，是我突然想到根平学的专业，有个问题要请教他，不过现在已经解决了，暂时不找他了。

梅姨将信将疑，挂了电话。

尽管相处中问题多多，嘴里说“不想管他”，但作为一个母亲，梅姨放不下对儿子的牵挂、顾虑，担心儿子有不良之举，在外面跟人学坏。

放下电话，朱查理久久不能平静，大多数的家庭问题不都是因误解而起吗？天底下的父母子女，又有哪一家没有点误会、隔膜？有的适时消除了，有的相伴终生。触景生情，他想母亲了。从手机相册里翻出母亲的照片，这张照片定格了四十三岁的母亲，那是父亲陪她去五台山朝拜文殊菩萨道场时拍的。母亲身穿一身素净的衣服，背景是五台山的标志建筑大白塔。那是母亲最后一次出远门，在五台山上，她每去一座寺庙，就给远在英国的儿子许一个愿，希望他好好读书，学成归来，成家立业……

母亲的愿望留在了五台山。十几年过去了，自己却事业不稳，家也没成，还把老父亲丢在香港，孤独一人。想到这里，朱查理不觉泪流满面。

胡根平是五天后来到公司的，一早从深圳出发，刚上班没多久，人就到了。没有打招呼，自己搜索到地址直接就杀到了门口。他在大门口拍了张照片，发给朱查理。

真是无声胜有声，来访的方式如此富于个性。

朱查理正在车间巡查，半个小时后才看到微信。他大喜过望，三步并作两步跑出厂门，把久等的“胡家冲技师一号”迎了进来。

显然，胡根平对这次出行极为重视，把头发修理过了，胡子也刮得干干净净，换了一身新衣服，脚下也不是上次见面时穿的鞋跟踩塌的布鞋，而是一双洁白的运动鞋，背着个双肩包，整个人精神十足，时尚帅气，朱查理还注意到，他上次戴的两个耳钉也被摘掉了。

也许感觉到朱查理的注意力在自己的装扮上，胡根平腼腆一笑，道：“来到朱总宝地，可不敢随便。”

朱查理想起第一次见到从胡家冲来到黄贝岭的胡根平，在那间拥挤的出租房里，一副山村少年叛逆的样子：他手里拿着游戏机，窝在沙发上，对他的到来不理不睬。朱查理故意跟他套话：“哥们，你叫什么名字？”“别理他，他没名字，是头犟牛！”老胡抢过话头。少年白了父亲一眼，一个翻身，双脚落地，套上鞋子，摔门出去了，直到朱查理离开，也没有回来。第一次见面留下的印象太深刻了，往后每一次涉及他的话题时，朱查理都会情不自禁地想起。

打游戏机的少年已经长成眼前一米八的大小伙子，一口尾音浓重的普通话，与老胡“别理他，他没名字，是头犟牛”毫无二致。

朱查理领着胡根平，先到车间、仓库，一个个岗位看，然后在厂区里走一圈，看过宿舍、食堂，再到写字楼走一遍，最后才回到办公室。

朱查理忙着烧水泡茶，胡根平却不感兴趣，阻止他。

“不喝茶，我给你冲杯咖啡？”朱查理道。

“我喝这个。”胡根平从包里取出一瓶可乐，拉开瓶扣，小心地侧了下身子。

“年轻人都喜欢喝这个，”朱查理道，“我们不敢喝了，骨质松弛，钙流失厉害。”

“哈，朱总是老人家了吗？倚老卖老了。”胡根平喝了口可乐，笑道。

“比你大十几岁，有资格。”朱查理感觉到跟胡根平的交流路障正在撤除，很快可以建立起信任。

三几口喝完可乐，胡根平起身把空瓶子扔到垃圾篓，说道：“朱总，你还是让我看看公司这几年的产品吧，我的兴趣在那里！”

“好嘞。”朱查理放下茶具，把胡根平带到了走廊尽头的产品展厅。

这里既是公司创立以来所有产品的陈列，也是一个小型的厂史展示。从前几年主打的代工手机部件，到如今最热门的智能打卡系统等，几十款陈列品，可谓琳琅满目，七年里，同款及周边产品更迭迅速，四五年前的东西摆在那里，已经很有点年代感了。胡根平边看边拍照，若有所思，沉浸其中。从这些产品中，可以看到公司七年时间里所涉及的领域，所走过的路，从纯粹代工，到尝试性的仿制产品，再到今天的部分自主研发，企业努力的轨迹清晰可见。

回到朱查理办公室，胡根平从双肩包里取出笔记本，开机启动，噼噼啪啪忙碌起来。

一位财务人员进来，请朱查理去商量事情。等他忙完，却不见了胡根平的影子，背包和电脑摆在沙发上。朱查理坐下来，继续把茶泡好，自己喝了几杯，仍然不见小伙子回来。他有些纳闷，起身出去，试图找找这家伙会出现在哪里。不过，才走几步，朱查理心里就有了答案——他直奔三楼的研发部办公室而去，他料到，胡根平此刻肯定正在那里。

果然，研发部十几个工程师、技术员，正和胡根平这位访客一道，围着一张操作台，台面上是图纸、线路板、拆开的部件，大家你一言我一语，交谈热烈。

朱查理在门外站了一会，没有打扰他们，悄悄回到了办公室。他的内心感动之余，也陷入了沉思。他独自喝着茶，也没打电话催促这位“胡家冲技师一号”。下班了，饭点过了，人还没回来，朱查理猜到，肯定是研发部的人把他带去吃饭了，他甚至也联想到，一帮年轻人从办公室聊到食堂，打了饭又堆在一张桌子上继续讨论的情景。

朱查理暗自感慨，这小子对专业的痴迷，果然不是虚传，跟人打交道的能力也不差，短短的时间里，就如此主动热烈，跟一帮同行混在了一起。朱查理没有去食堂吃饭，饿着肚子等待“胡家冲技师一号”回来。

一直到下午三点多钟，胡根平才余兴未了地回来。

非常不巧，刚和胡根平坐下来，一拨预约来看厂的客户也到了，朱查理起身要去迎接。胡根平赶忙收拾电脑背包，匆匆挥别，赶回深圳。

陪客户看厂，开会，签协议，然后带他们去附近的松山湖转了一圈，晚上公司生产、研发几个部门一起，请客户吃饭。回到公司，已经十点多钟，喝了点酒，朱查理有点兴奋，在厂里兜了一圈，自个回到办公室。

此时，公司里各个部门都下班了，显得幽静。公司保安陪他上楼，开了灯。要是碰上业务好，生产紧张起来，此时应是灯火通明，忙碌加班。自从赵总事件后，业务受到一些影响，朱查理有意识缩小了用工规模，各个部门都进行了不同程度的缩减，最大限度降低成本消耗，非常时期，不得不这样做，这才让公司有了喘气的机会。

但是，有个部门不仅没有裁减一员，反而还招了好几名新员工，那就是研发部。这也暗含了朱查理对公司未来的期待，他希望逐步打造一个有力的研发团队，能够攻克难题，创造属于自己的东西，引领公司业务更快转型，产品更有技术含量，最终实现自主品牌的研发。

"说来容易，做来难哪。"作为目前唯一的老板，朱查理一肩挑下了所有，他迫切希望转型，但他更清楚，在重重的困难面前，所谓的蓝图太容易被击碎了。

晚上带客户去吃的是湘菜，不知厨师的脑壳里出了什么错，每道菜都偏咸了，加上喝的是白酒，朱查理感到口渴难耐，赶紧动手烧水泡茶。

此时，他才又想起，今天胡根平来过，又匆匆忙忙走了，忽然感到愧疚，没有好好招呼这位"胡家冲技师一号"。

他赶忙打开手机，要给胡根平发个微信，表示道歉。

真是巧合，七分钟前，胡根平刚刚发了私信，发来的是一个文件包，"请朱总过目"。

朱查理迫不及待点开文件，一个制作讲究的PPT文件——

按公司创建的时间线，以产品演变的时间、路径，再演绎出国内市场同时期、同款产品的地区分布，代表性竞争对手的实力评估和发展现状，再回到公司现阶段产品的技术分析、市场风险……

看得朱查理目瞪口呆，心里大惊：这小子实在太神了！如果不是对这个行业的超常了解，没有用心观察跟踪的热情，怎么可能做出这个分析！

这是一份没有分析结论的"体检报告"，朱查理是聪明人，他当然知道，胡根平要阐述的结论一定是这样的：企业经营套路老化，缺乏自主研发的能力，抄袭跟风，为山寨厂家服务，靠运气拿订单养活企业……胡根平所揭开的现象，其实不是朱查理一家，而是大多数同类企业的现状。不过，这位“胡家冲技师一号”也点赞了公司研发部的同行们，专门做了一个板块，对公司现有技术能力、产品方向做了分析。

“谢谢，哥们！”朱查理给胡根平回复道，送上一朵花。

“嗯，累了，睡觉去。”

“胡家冲技师一号”发来一个犯困的表情包，不想跟他再聊。

朱查理发去一个拥抱表情。放下手机，他斜躺在沙发上，脑海里仿佛出现了胡根平一回到深圳，马不停蹄埋首工作的情景。如果说梅姨口里的浪荡子胡根平，与湘菜馆老板张建奇描述的传奇人物胡根平，是两个不同的形象，那么，他今天所见到来到身边的，又是另外一个形象——那是一个更贴近于职场新生代的形象，行动不拘，却又专注热情，不再是一个刻板的“IT 男”。

这时，“喵”的一声，莱克鬼头鬼脑地出现在门口，好像是久等不见主人回家，一路找来的亲人。朱查理朝它招招手，报以一声“喵”，莱克一个箭步，跳上沙发靠背，犹豫片刻，再一个飞跃，扑进朱查理的怀里，仰起头，狠狠蹭了蹭主人的下颌。

轻轻拍着莱克的背脊，朱查理陷入了沉思。

第八章 李改梅

顺利度过试用期，和那些老员工一样，李改梅进入了按部就班上下班的行列。每天早上起来，她把出租屋整栋楼层的楼道清洁一遍，然后收拾一下，吃个早餐，再慢慢走路去公司。

从黄贝岭过去，也就二十分钟不到的路程，大多数时候，她是第一个到公司的。等她把门窗敞开通风，把卫生搞好，同事们陆陆续续才到。他们有些住得远，要坐地铁转公交；有些要送小孩上学，火急火燎的；有的年轻人则贪睡，不到最后一刻不愿意起床。当然，也有例外的情况，那就是老板从广州回来，在深圳总部蹲点的那几天，同事们能赶早的都赶，抢在老板之前冲进办公室，在自己的卡位上忙碌。

李改梅习惯了这种打卡上班、打卡下班的模式，说到底，她内心里是渴望有规律的生活的，她越来越感激阿芳、老村长对她的理解，说实话，她一个五十岁的妇女，是不可能独自一人骑着三轮车走村过巷继续往日营生的，老胡走了，意味着这条路就断了，即使阿芳、老村长不出面劝导她，过不了多久，她自己也会知难而退的。领了几个月工资，不多不少，她感觉很满意，只要比原来好，怎么样都无所谓。按她跟同事们说的，别人到我这个年纪，急着办退休，养老休闲去了，而我却开始来上班。本来要退休的人，就不是要来发财，来搞竞争的。李改梅的豁达热情，可以说让公司的氛围都变了，哪一天少了她的身影，少了她的声音，要让大家重新适应，恐怕有点难。

不过，李改梅很快就感觉不习惯自己的岗位了：每天早上到岗，忙不了几下，然后就没事干了，会议室不需要天天打扫，会议也不是天天有，办公室的文印活计也零星有限，同事们请她帮忙分担的事情实在太少。很多时候，她就窝在那里，不停地喝水喝茶，也装模作样翻翻报纸，和年轻人说话。她学会了做会议记录，学会了在例会上汇报个人小结，办公室要做的事情，她学学就会了，然而，一天一天过去，她这种不适感慢慢就变成了空虚、烦躁。在黄贝岭的二十多年，尽管风来雨去，但是每天都很充实。她不能闲，一闲下来就感到不踏实。

一个星期天，胡丹丹来家里，一见面就抱住她大呼起来："妈妈，你这样下去，不用多久，就变成一头大肥猪了！"

"大惊小怪的，有那么严重吗？"李改梅知道自己胖了，却没有担心过会变成"大肥猪"。要是像以前那样，每天骑上三轮车转几圈，身上怎能长一丁半点的赘肉。

"不信，你自己照照镜子。"胡丹丹笑道，摸了摸她的肚皮。

“有什么好照的！我不怕。胖点有什么不好？过去的人想胖都胖不起来，现在的人倒是奇奇怪怪的，害怕发胖。”李改梅嘴巴上这样说，心里却有点慌乱了。再不怕，她也不希望自己真的变成个大肥猪。

人闲下来了，休息、吃饭也有了规律，又到了这个年纪，要不胖才怪呢。李改梅理解了那些跳广场舞的人，过去她是瞧不上的，以前和老胡路过跳舞的人群时，都会嘲笑她们吃饱了没事做。

这样下去可不好，得让自己每天有事情做，人要动起来。李改梅去找办公室主任，跟他商量，能不能换个岗位，哪怕是去下属的小区物业搞清洁都可以，总之每天要有事做。

“怎么没有事做？梅姨每天做的事够多了，大家都说年终集团年会时，要把办公室的先进评给您。”对李改梅的请求，主任哭笑不得。办公室结构，每个人都像一个独立的零件，恰到好处地组成运行的整体，每个岗位都少不了，都一样重要。任何一个人说没事做，就是对整体劳动量的否定，意味着所有人都处于同样的状态。

李改梅第一次提出的时候，主任以为她多半是说说而已，也就没有当回事。可没过多久，在一个例会上，李改梅再一次提出，而且是当着全体办公室同事的面。场面一时有点尴尬，同事们为了化解气氛，七嘴八舌开起了玩笑，夸赞梅姨的各种优点。

李改梅公开提出来了，主任一时不知如何答复，只能说我们研究研究。

在胡家冲种地打田，到了黄贝岭搞清洁收废品，风浪里来风浪里去，与各式人等打交道，也算见多识广，可是在职场上，李改梅毫无经验，就是一个新丁。她可以毫不畏惧地喝止黄贝岭街头聚众闹事的小混混，可以拍胸脯为人做担保，却怎能弄明白这种办公室小江湖？她只是不想让自己闲着，也算是有自知之明，不愿在办公室混日子而已，她没有考虑到自己的举动会给别人增添麻烦，甚至引发不良的余波。要是早知道这样，她宁愿回胡家冲种地去，也不会来这个鬼地方。

例会过后，同事们私下就议论开了。大家都没有想到，一位本已到退休年龄可以回家安享晚年的阿姨，靠着董事长个人的关系，好不容易安置下来，也看见她脱胎换骨，终于进入办公室工作的状态了，她却突然来这么个举动，到底是什么用意呢？是经过几个月的相处，感觉办公室这个群体有问题，还是想借此机会表达自己的其他诉求？显然，同事们越议论越离谱了，不仅误解了梅姨的初衷，甚至对她的良好本愿产生了伤害性的看法。

办公室最后形成一个意见，必须尽最大努力留住梅姨，因为这个事实不可忽略——她可是由老村长直接推荐给老板的，也是集团办公室有史以来最特殊的用工。安抚好了她，就可以避免她继续去找老板。如果找到老板那里，必然会引起老板的猜忌，误以为办公室在对待她的问题上有失误，若是这样，谁都不好解释。

授权做李改梅思想工作的同事，显然也没有料到这个来自湖南胡家冲的阿姨，性格如此倔强。或许梅姨自己感觉到了，因为她提出不合时宜的请求，这个集体对她已经产生隔膜之意。没等同事说完劝解之词，她一口回绝："感谢几个月里大家的关心，我就是个农村妇女，不懂那么多兜兜转转的东西，你们不方便，我自己去跟老板讲，老板同意，我就干，不同意，我辞职，不会给大家留麻烦，我干自个的事去！"

这个口气好硬道！最终，事情得到圆满的解决，果然没有给谁留下麻烦。同事们感叹了许久，也等于重新认识了这个霸道风格的梅姨，又都消除了对她的警惕，恢复了良好的互动。

李改梅找到老板，没有过多铺垫，开门见山提出自己的请求。老板开始不理解：为什么办公室的工作不好好做，非要去物业扫地？！他甚至也和办公室的同事们一样猜测，是不是她对团队有什么看法？抑或有什么个人要求？

然而，李改梅的两句话，把老板逗乐了，也理解了她的请求。

李改梅说，我一个农村妇女，天天坐在办公室，山猪吃不来细糠，太不得体，再者，我女儿都说我快成大肥猪了，身材走样就是因为缺少劳动。

老板被李改梅生动的两句话逗得哈哈大笑，笑过，认真地说："平时我很少在深圳，最近几次回来，集团办公室几个年轻人都在我面前夸你，说梅姨做事上手快，比很多读过大学的年轻人还适应办公室工作，说你做的会议记录很认真，一手字也写得漂亮，我想，他们怕是舍不得你离开办公室团队。"

"哪有舍得舍不得，这个团队那个团队，还不都是大老板手下的团队，进门不见出门见，今天不见明天见，再说了，只要有空，办公室的事叫我，我还是可以做的嘛。”李改梅从老板的口气里，听出了希望。

李改梅一席话，说得通通透透，老板频频点头。

“我现在答应你，调你到小区物业去，管理清洁组，你可要有心理准备，到了那里就没有人夸你了，十几个人，天天搞斗争，家长里短，没完没了的。”老板答应了她的请求。

“老板，你放心，大家把这些做清洁的阿叔阿姨想复杂了，我有的是办法，人心都是肉做的嘛。”李改梅道，这一点自信她还是有的。

就这样，被大家想得过于复杂的事情，被李改梅轻松解决。当天，她就和办公室的同事愉快地交接了工作，到小区物业中心报到，主管这个小区的清洁工作。

虽然同在一个小区里办公，但是李改梅从集团办公室下调到物业中心管清洁，这让物业中心一帮人感到诧异。不过，很快他们就了解到了第一手情况，热烈欢迎这位自甘“降级”的大姐，从主任到文员、水电工，都对李改梅表现出极大的热情。

很多时候，一个人的身份就是在这种转换中被传奇化的，在不断的描述中，李改梅的“来头”一再被赋予神秘色彩。

出于控制人力成本的需要，许多物业机构采取同样的办法，把清洁业务外包，这样只出钱不管人，貌似减少了许多麻烦。前几年，公司也采取这种办法，然而，因为第三方公司要确保利润点，在员工工资上做文章，工资压得很低，造成员工流动性太大，保洁质量没法保证，业主投诉得厉害，还出现过清洁工罢工事件，业主意见太大。虽然几次更换外包公司，结果都差不离。公司不得已收回外包业务，由物业服务中心招聘清洁工，直接管理。这样一来，虽然管理的线短了，清洁质量有了保障，但是人员不好管了，一年到头矛盾不断，闹跑了几任主管，现在是中心主任直管，其他人压不住。

李改梅的到来，最高兴的当然是物业中心主任，终于可以把担子撂下了。

这是集团在深圳开发的一个代表性小区，集团总部设在这里，作为老板眼皮底下的第一物业，承受的压力可想而知。

出出入入几个月，虽然不在一处办公，李改梅对小区的情况也算了解了，和物业员工，尤其是保安们也已经熟络，对小区里的卫生状况也清清楚楚，在老板面前夸下海口，她心里是有底的。

主任带李改梅熟悉了清洁责任区域划分情况，巡查了小区十五个楼栋以及会所、广场、车库、外围等等，向她移交了清洁组的花名册、保洁质量监督标准、管理细则等，把清洁组的办公室钥匙交到了她的手上。

接过钥匙，李改梅突然有点心虚，也有点不真实的感觉。因为一时感到闲散，加上女儿一句“就变成一头大肥猪了”，促使自己产生变动岗位的念头，一下子调到了这个地方，会不会显得意气用事了？不过，要是因此而退缩，而后悔，那不是她的性格，她不会引来那样的笑话。自己说出去的话，自己拿的主意，哪怕只她一个人干，她也要硬气到底。

说是清洁组的办公室，其实就是清洁工们的休息室，在下沉式地下车库的隔层。一间是工具房，一间是办公室。办公室有两张写字台，几把椅子，上面搭着清洁工们的帽子、外衣、手袖，一张长沙发已经显得陈旧。物业中心给配了一台微波炉，中午自己带饭的，可以在这热着吃。

报到第一天，李改梅只是跟当班的工友们打了个照面，没有坐下来说话。

第二天凌晨五点，她和工友们同步上班，对楼栋进行例行清扫。等物业中心上班时，他们的早洁也完成了。李改梅请主任来主持她到任的第一次会议，她懂这个规矩，没有领导来开场，正式亮相就缺少点威信。

李改梅不会料到，她的到来，会在清洁班里遭到反对。班里的刺头准备好了要给她一个下马威，他们没用太多时间就准备好了对付她的重磅炸弹。

当然，这些老油条也万万没想到会迎来一个狠角色。

主任站台，并没有给这个见面会带来多少护持。之前指定的代理班长，那个看上去六十多岁的男工老丁，首先向主任发难："主任，您管大家，我们心服口服，忽然来个新人，怕是得有个说法。"

"错了！梅姨不是新人，是集团派下来的，希望大家给予配合。"主任赶忙把苗头压下去。

"哟，搞个卫生，还要集团下派领导呀！"带头者的冷嘲热讽不断升级，引起一片嗡嗡的附和声。

李改梅猜到了这位老兄的用意。她也想到了，因为自己的到来，打乱了他们原来的模式，他们觉得自己干得好好的，突然派个新人来管，自然有抵触情绪。

对这个行业的熟悉程度，李改梅恐怕不会比他们其中任何一个低。别看一个扫把一个篓，里面文章多得很呢。

“请这位大哥放心，我是来和大家一起工作，不是来抢饭碗的，请大家以后多多支持，有什么问题，大家一起解决。”李改梅站起来，欠了欠身子，诚恳道。

“不是来抢饭碗的？哼，说得好听。”老丁斜睨了一眼李改梅，又环视大伙，似乎提前和他们统一了口径，他只负责带头，提高声音说出来。

“这位大哥，我们昨天见面，今天开会，你怎么就觉得我是来抢饭碗的呢？”李改梅心里的火苗呼呼正蹿。此刻，她不再是办公室的老文员，而是转换回黄贝岭骑三轮车的梅姨了，只有那个梅姨，才具备这等霸气。

“你自己不晓得？还要我说吗？！”老丁边说边继续环视大伙，但是，这回他的底气明显受到了挑战，他认定的阵营里出现了波动，一位长发大姐朝他摆了摆手，说：“老丁！老丁！你胡说啥呀！”

李改梅的脾气来了，对长发大姐说：“别拦住他，让他说说！我倒要听听！”

长发大姐反过来劝李改梅：“主管，你也别多心，他的德性就这样！”

本来左一劝，右一劝，针锋相对的局面也就过去了。没想到老丁霍地站了起来，视死如归般指着李改梅，大声道：“你不是在黄贝岭收破烂的吗？你不是弄了人家公司的电子元件吗？你能说来这里不是抢饭碗的？！你说，是，还是不是？！”

李改梅的脑袋“嗡”的一声，脸像火烧一样。半辈子以来，从胡家冲到黄贝岭，她遇到过无数次大大小小的冲突，比这次更剑拔弩张、更激烈凶险的多了，但是这一次对手出语是最伤人的。令她恼怒的不是“收破烂”的身份被揭出，她从没觉得这是不光彩的，她恼怒的是被无端扯到莫须有的“偷盗电子元件”一事，这是侮辱，不是误会！

只见李改梅“呼”的一声起身，跨前一步，扭住老丁的右手，狠狠道：“姓丁的，你马上跟我去一趟派出所，再去一趟社区工作站，跟我去了解了解，到底是谁弄了公司的电子元件！走，现在就走，谁也别拦！”

估计一屋子的人都没有料到，这位新上任的女主管会来这一手。真的没人敢拦，包括主任，都张大了嘴巴，不知该说什么。情况变化太快，所有人都没反应过来。后来主任无数次跟大伙描述——“简直是闪电一般，梅姨就扭住了老丁的右手，把老丁制服了”。事后，老丁也以同样的方式描绘——“这娘们，闪电一般就出了手，我还来不及还击，她就钳子似的锁了过来！”

老丁的描述显然有些出入。现场的情况是李改梅一出手，老丁应声从椅子上滑落倒地，“哎哟哎哟”叫唤不停。这一叫唤，李改梅就把手松了，惊慌起来，以为要出人命了。

“主管，我哥他有高血压，以前还患过癫痫。”李改梅这才注意到现场还有一个和老丁长得一模一样的男子。只见他蹲下来，吓唬他哥：“别在这装神弄鬼，扫个地，别扫出仇来了，让人瞧不起咱！”

老丁弟弟这么一说，李改梅忽然心就软了，听者有心，感觉这话既是劝老丁的，也是劝自己的，劝自己的成分似乎还多些。

有那么一瞬间，她想弯腰把老丁拉起来，最终没有放下面子，但是怒气已经消了大半。

李改梅坐回凳子上，喘匀了气，有些哽咽地说："老丁说得没错，我在黄贝岭收破烂，搞了二十多年，不是一天两天。要不是今年早春我老公死了，我还会继续干，根本不会来这里上班，我上不惯这个鬼班！我习惯了收废品、卖废品，给人家做清洁，又自由又锻炼身体。"说到这里，被一阵笑声打断，她顿了顿，继续说："至于说我弄了别人的电子元件，的确是有过这个事，派出所也把我带去调查了。说实话，要不是因为那事，我也不会下决心出来上班。这个事我跟集团领导讲了，跟老板讲了，集团的人都知道，不是秘密，我一个胡家冲的女人，一不偷二不抢三不卖身，光明正大，你们谁不信，下午我请工作站和派出所的同志过来，跟大伙当面讲！要得不？！"

"主管，别为难咱们自己，我相信你！快讲工作，讲完我们干活呢！"长发大姐道。

这个火药味浓厚的主管见面会，据说惊动了集团办公室，也汇报到了老板那里。老板对汇报消息的人说，你们谁也别操心，这是小菜一碟，李改梅搞得定。也许，她那天在老板面前表现出的自信，留给他的印象太深了。

正如李改梅所意料的，她的到来，首先动了老丁的利益。原来小区内的废品是由每个楼栋的当班人员自己收集，卖了钱归个人所有。自从老丁代理班长以后，要求每个清洁工按月给他个人缴纳一百五十元的管理费，不然他就打乱原有规矩，把废品管理权上交给管理处。这样一来，大家对老丁有气不敢出，因此也出现了争抢地盘、跨区域抢纸皮的情况。考虑到不少清洁工是老丁带来的老乡或亲戚，从稳定人员的角度出发，管理处睁一只眼闭一只眼。

服务中心突然派来新主管，让老丁不爽。他很快了解到李改梅的背景，认定她是冲废品来的，于是提前散布谣言，说服务中心要端掉清洁班，其实是想给新主管一个下马威，没想到反而打了自己的脸。

李改梅不假思索，对楼栋重新排班，而且做出重要决定：整个小区的废品统一收集，统一销售，所得款项作为清洁班的福利，按月发放。接着，李改梅宣布老丁正式担任班长，具体负责考勤以及废品的管理，这简直是神来之笔。

这一招，简直就是一声惊雷，比见面会风波更具轰动效应。最难受的是老丁，每次见到李改梅，都觉得尴尬。他私下跟人家说，在这娘们面前，老子简直矮了半截。不过，他和工友们很快都感觉到了新规定带来的好处，大家干得没那么累了，不再闹哄哄互相推卸责任。更让大家佩服的是，李改梅作为主管，每天准时准点，和大伙一起上班，一起干活，哪里需要支援就出现在哪里，有人请假，她自己给顶上。更重要的是，李改梅通过自己的老关系，联系了最大的收购商，对方固定时间上门验货收货，卖废品的收入更高了，平均下来，每个人得到的，比以前自己捡自己卖高多了，而且大家不用做贼一般抢纸皮、藏纸皮，还要瞅着空子穿街过巷去卖了，有时候辛苦不算，说不准还被收购点坑一下，费力又受气。

最让大家伙服气的是，李改梅自己不分这个钱，一分不要，全由老丁公开分配。

两个月下来，老丁心悦诚服，正式卸下了戒备和抵触，专门向李改梅道歉，说出了打心底里的钦佩，表示要好好干下去。

老丁不抵触了，他弟弟却觉得哥哥这么一大把年纪，扫地就扫地，一点尊严都没有，觉得脸上挂不住，和老婆一起提出了辞职，不想混在一起，在李改梅的眼皮底下干活。李改梅没有拦他，让他走了。她知道，都是上年纪的人了，心里有疙瘩，化不开，留下来彼此都觉得难受。

李改梅接手后，小区卫生质量迅速提升，业主的投诉竟然直线下降，几个业主群里表扬的人越来越多。物业中心的同事们更是点赞有加，都乐意跟这个湖南阿姨打交道，这让她很开心。

一忙碌起来，饭都会忘记吃，谁还会关注胖不胖的问题。事实上，成了清洁主管后，李改梅每天忙得团团转，不仅没有达到减肥的目的，反而体重还增加了。

"肥猪就肥猪吧，人要长膘，吃水也胖，"李改梅对着镜子中的自己说，"一个老女人了，胖点瘦点，谁也不会多瞄一眼。"

春夏之交，南方的雨水季节要来了，小区楼顶天台要进行一次清洁，以配合一年一度的雨污排水测试。

李改梅带着老丁事先对每一栋的天台进行踩点，再安排人员清扫。他们一栋一栋地看，虽然是电梯上下，但是对于两个有了年纪的人来说，不累那是假的。当看到第七栋时，李改梅喘气急了，老丁也跑不动了。老丁说："别赶了，咱休息一下，我带你看看风景。"

李改梅被老丁逗乐了，有啥风景，不是天天在看吗？

"那不一样，"老丁走到天台西北角，指着远处，说："你天天看，知道对面是香港吗？"

"鬼才不知道！"李改梅道。

她怎么会不知道，这里离香港很近了，以前和老胡骑着三轮车转悠，老胡常说，哪天不用通行证了，我们一家伙骑过香港去。李改梅总是要调侃他：去香港捡破烂吗？那里的人讲白话，鬼才把废品卖给你。

"谁都知道对面是香港，但是，你有站在这么高的位置，看过香港的模样吗？"老丁的声音柔和下来，目光似乎被越拉越长。

李改梅走近几步，和老丁站在一起，随着他的手势望向前方。

"那是香港的山，香港的村庄。"老丁一字一顿道，像指点一幅地图，也像将军面对着他的沙盘，想象它的辽阔与浩渺。

"怎么看不到香港的市区？"李改梅感觉自己的眼睛不够用，四处搜寻，没有看到高楼的影子。

"这只是香港的一角，和深圳接壤的地方而已，市中心还得继续往里走，"老丁好像对对面的地形地貌了如指掌，"你看，那就是口岸，从那过关，就算进入香港了。两个方向，一个去，一个返。”

在深圳的二十五楼楼顶上俯瞰香港，确实是非同一般的感觉。李改梅看得出神，整个身子几乎倾附在了天台的围栏上。

“九七年香港回归的时候，这里到处人山人海，庆祝香港回归的人都聚集在这里，到处是鲜花、彩旗。”老丁好像回到了当年的现场，变了一副嗓音，有抒情的味道。

李改梅侧过身来，看了看老丁，阳光照在他的头顶上，平时看上去令人不适的秃顶，此时变得顺眼了许多，像极了自己读初中时头发掉光的化学老师，分明泛着智慧的亮光。

“老丁，看你熟悉的样子，好像去过很多次香港？”李改梅道。

“一次也没有。本来可以去的，我以前跟过一个老板，是香港人，挺好的一个人，工厂生意不好，他就回香港了。几次让我去玩，都没去成。后来听说他病了，我很想去看他，老板也同意了，说到时我过了关，他叫儿子到口岸来接。我都专门回老家去办了通行证，结果回来不小心把包搞丢了，身份证、通行证没了，通讯录也没了。看，人生就是这么见鬼，从此断了联系。如果老板身体没事，现在该七十六岁了，唉。”老丁长叹了一声。

李改梅也情不自禁地“唉”了一声。

“你想去香港吗？”老丁突然回头看着李改梅问道。

“没什么名堂，不会想去，去干什么！”李改梅道。

“要什么名堂，现在有个通行证，随时可以去。”老丁抬高声音道。

“呵呵，一个老太婆，突然说要去香港，人家还以为干吗呢。”李改梅自己被自己逗笑了，笑声在深港之间的上空飘荡。

“香港有熟人吗？”老丁突然问。

“有，”李改梅想了想说，“认识个香港老头，教授，我们加过微信。”

“哦。”似乎因为李改梅说香港也有熟人，突然没有了神秘感，老丁谈话的兴致骤然降低。

两人有几分钟没说话，只有风在楼顶盘旋，从他们身上吹过。

“天高云也淡，对岸是香港。相邻二十年，泪别回故乡。”

老丁忽然旁若无人地吟哦起来，光亮的头颅在风中摇晃。

“老丁，你这是在作诗吗？”李改梅惊讶无比，看着摇头晃脑的老丁。

“打油诗，见笑，”老丁道，“主管，不瞒你说，干完这个月，我想回去了。”

“回去？回去干什么？”李改梅从遐思中回到现实，立马对老丁的话警惕起来。

“说来让你笑话了。我今年五十九，一个人孤孤凄凄过了一辈子了。我以前在家做代课老师，后来出门打工，转眼就快三十年，口袋里也有四五十万块钱，很多人说，你有这个钱，回家让弟弟妹妹侄子外甥给养老送终，不要被人骗了。我不甘心，我就是死，也要结个婚，有个知心的人。我有个从小玩得好的人，可惜咱家穷，没跟我结婚。前年她家里那个走了，我想还是要争取跟她近一点，多帮帮她，如果不回去，电话打再多，微信发再多有什么用？说不定明天我也死了……”说到这里，老丁突然趴在围栏上啜泣起来。

李改梅最听不得男人的哭泣，老胡病重的后面几个月，经常跟他回忆旧事，回忆到沉痛的地方，就要哭上一会儿，每一回都让她心如刀绞。

“老丁，好了，不哭了。你要回去，到时再说吧。”李改梅拉了拉老丁的胳膊，试图终止他的哭泣，他们还要继续看楼栋。

老丁止住了哭泣，深深地望着香港的方向，说：“回老家之前，我一定要去趟香港，就从这里过关！”

那是一个寻常的上午。李改梅刚跟做完早洁的工友们开了一个小会，把巡查的图片、开会的图片依次上传到工作群里。忙完这些，清洁班可以轮流休息，等下午再一次集合。有些人利用这个空当，出去外面兼职做事，有的回去宿舍休息，有的约好了去看老乡朋友。李改梅却不能离开，她还属于物业的行政人员，很多事情要参与，即使没具体的事，也不能擅自离开，有时候她去物业服务中心办公室转一转，和同事们聊聊天，帮帮手，有时候她留在清洁班的办公室，整理一下各种表格，和工友们家长里短扯一扯。

这会她准备出去一趟，她要去市场买只鸡，胡丹丹昨晚打电话，说今天他们休假，要和朱宝林回来吃饭，说很久没吃过家乡的辣子鸡了，要妈妈做一个。李改梅说有什么好吃的，辣死个人，又不是家乡的辣子和鸡，我不会做，以前都是你爸做的。胡丹丹知道她随口编的，便说：“我爸什么时候做过菜？鸡和鸭子他都没分清过。”其实，当妈的哪个不乐意为儿女做菜烧饭？别说辣子鸡，就是杀猪她也乐意。只是现在太少在屋里弄饭吃，厨房里这个缺那个缺，弄餐饭要从头准备。

女儿主动说要带老公回来吃饭，这真是难得一回。以前吧，不知要什么情况下，两口子才凑得到一起回来一趟。就是她爸爸病情恶化的那阵子，也不见得有多主动。他们的死鬼父亲倒是挺看得开，老是劝李改梅，不要怪孩子，孩子们不容易。李改梅说他：“你看得开就好，我有个鬼的所谓，哪天你走了，我跟他们也没关系了。”老胡劝她：“话不能这样说，我迟早都得走，子女不是说没关系就没关系，我走了，你们的关系更紧密，他们会孝敬你的，你要相信他们。”

李改梅不得不承认，在很多问题上，老胡要比她大度，肚量要大许多，不论大事小事，不论外面的还是家里的事，他不急躁，不像她，一急起来要命似的。可是，那么看得开的人，却没有命享他的福。

说起来，李改梅对女儿的愧疚，远远要比儿子多。没读书了，来到深圳，他们也没有关心多少，把她托人带进工厂，就任由她自己去混了。小小年纪的她跳槽过多少次，他们都记不得了，有一回在工厂受了委屈，一气之下辞工跑回来，李改梅不仅没有安慰她，反而埋怨她不踏实，受不得一点气，母女俩吵了一架，胡丹丹为此跑回湖南老家去，住了四五十天才又出来。跟她一起出来的，还有个男孩子，也就是后来的女婿朱宝林。朱宝林是同一个县的人，不知道他们是怎么认识的。人长得不高大，却也算灵活，因为心里还有气，他们回来，李改梅也没有给好脸色，对这个突然出现的男孩子，李改梅实在喜欢不起来。胡丹丹也没有非要他们喜欢的意思，从此两人一起出去找工作，算是形影不离吧，你跳槽我也跳槽，你在哪里我也在哪里，有时一个厂子，有时不在同一个厂，宝安、龙岗、南山、龙华都去过。

有一次，胡丹丹给她打电话，说身体不好，要她去看看。李改梅和她爸七转八转坐车，找到龙华观澜一个偏僻的工业区，才知道他们早已经住在一起！胡丹丹有了四个月的身孕，下班的路上摔了一跤，造成流产，大出血。她不想跟父母说，是朱宝林逼着她打电话的，这一点看来，小伙子还是聪明，也敢担当，他的目的是，借这个机会跟他们摊牌：不论你们态度怎么样，我们已经在一起了，爱打爱杀随你们。

李改梅没有打他们，也没有杀他们，在阴暗潮湿的出租屋里，给胡丹丹熬了一锅鸡汤，扔给她一千块钱，然后拖着老胡走了。当爸的心软，不忍心走，说要把女儿带回黄贝岭，一家人住一起，不要分开。李改梅骂他，你能带走吗？带走的是人，她的心早就不在你们这里了！带回去是出租屋，这里也是出租屋，说再多，也不像个家！

那次之后，李改梅就没再管过女儿了。她曾经无数次设想过未来怎么给女儿找人家，怎么操心她的婚礼，这回都放下了。她也很自责，检讨自己，对孩子确实不上心，不像别人的娘，做得到温柔、关爱。她也承认，女儿不是被人拐走的，而是自己一手推出门去的。为这事，后来老胡怎么唠叨她，她都不还口。不过，虽然从第一眼就不喜欢，凭她的感觉，朱宝林这个人还是值得放心的，是个敢面对事情的人。也就是那时，李改梅和老胡下决心，要在县城给姐弟俩买房子，以这样的方式弥补他们。

女儿女婿的婚礼是两年后才办的，李改梅没有管，她没要一分钱彩礼，也没有插手办酒的事。酒席由朱宝林家一手操办，虽然简单，胡丹丹却很高兴，很满足。那时，两个人的状况已经开始好转，朱宝林跳槽到一个大公司，遇上了一个重视他的老板，工资待遇都上去了。胡丹丹去学了财务培训，工作环境也变了。看到他们的小日子慢慢变好，李改梅心里也高兴。但是，种下了因，自然就会结果，跟女儿女婿的关系，就这样不冷不热，李改梅心里也认了。

这几个月，女儿的态度一天天变化，母女俩的联系多了，也懂得打电话、发微信嘘寒问暖，玩笑话也多了，好像忘记了以前那些不愉快的事，也好像一个小女孩，突然长大了，真正懂事了，这让李改梅这个当娘的一时还有点不适应，不知要怎么做，才能把以前的亏欠补回来。

李改梅刚跟主任打过招呼，请半个小时的假，要去超市一趟，微信语音电话就响了，显示是“张教授”。李改梅的心不觉扑通扑通跳了起来，犹豫了一会儿，还是接了。

“梅姨吗？我是香港的张教授啊。”对方说话有点气促，像跋涉了千万里路的人。

“啊，张教授你有心了，打我电话有事吗？”李改梅努力平静自己，脑海里飞快地想，要是有事找自己，会是一件什么样的事，自己能办到吗？

“没事没事，我今天正好过来深圳了，想问问您有没有空，我想找你再要点樟树油。”张教授小心翼翼道。

“哈哈，这是小事情，上次我送您，您非不要，”李改梅的心一下子松懈下来，“您什么时候来拿？”

“您什么时候有空？”张教授问道。

李改梅忽然想，这位老先生文绉绉的，真是不够爽快，想了想答道：“我现在在上班，下班才走得开。”

“那这样好不好，我等你，下班后，我请你吃晚饭，可以吗？”张教授道。像有点底气不足，担心被人一句话堵回来似的。

“哦，晚上……可不一定有时间。”李改梅没想到张教授踢来一只皮球，虽不想接，却已经在手上。

“没关系，我等你的消息，我在这看书。”张教授先挂断了电话。

天，这咋办？去还是不去？

在深圳二十多年来，这是头一回单独被一个男人邀请吃饭。她必须评估有可能带来的后果——从人身安全到社会影响，再到老年人的社会交往问题，最后给了自己一个答案：啥影响也不存在，就是吃一顿饭，不吃白不吃，他要一瓶樟树油，我给他带两瓶呗，难道还顶不上一顿饭钱？但是说没有影响，也是假的，她必须面对女儿的疑问，为什么答应得好好的吃辣子鸡，突然变卦了？她好不容易轮休，老公又好不容易凑到一起跟她回来。

女儿想吃的辣子鸡可以经常做，年头约了年尾做都可以，而张教授不可能经常来，樟树油也不可能经常要。

“我必须去。”当然，这个决定是基于一个胡家冲妇女对人情世故的理解、对他人的尊重。她不可能想到，这个决定会跟她以后的生活产生密不可分的关联，也可以说，正因为做出了这个决定，她未来的生活被改写了。

她想好了给胡丹丹的留言，说公司要开会，不能回家做饭。转念一想，这样讲不妥，女儿肯定不相信，还会招致一顿取笑：一个扫地阿姨，哪来这么多的会要开！最后，她决定这么讲：丹丹，晚上妈要去跟朋友吃饭，改个时间再弄辣子鸡，要得不？

没想到胡丹丹很快就留言回话了：“要得，妈！我长这么大，第一次听你说要去跟朋友吃饭，我百分之百支持。告诉我，请你吃饭的是叔叔还是阿姨？嘻嘻。”

“说的啥话！”李改梅心里骂道。不过，她没有回复胡丹丹，而是一遍、两遍、三遍重听她的留言，心里竟然有点乱。她都想象得出，女儿说话时那死不正经的表情。

下了班，李改梅快步先回了家，冲了个澡，换上了女儿买的衣服，给自己化了个简单的妆。作为物业服务人员，她们每天得化淡妆，搞形象，还参加过礼仪培训。她对着镜子，涂了点口红，刚涂好，又扯来几张纸巾使劲地擦掉了。她想起老胡对那些涂脂抹粉的女人的评价：“呸！瞧那口红，涂得像个鸡！”

这会儿想起老胡，显然不是个好事情，至少勾起了她的回忆，一丝伤感掠过心头。李改梅感觉老胡不在了，自己悄悄去会一个老男人，好像不那么地道。

就在她犹豫之间，张教授的微信来了，也不问能不能去，稳操胜券似的直接发来个地址：罗湖书城楼下，茶餐厅，六号台。

看来这个人有点霸道，要是我不去呢？！

李改梅调整了一下自己的心情，还是决定去。她从抽屉里拿出三瓶樟树油放到包里，走到门口犹豫了一下，又掏出一瓶放回去，心里想，不要一次给多了，假如他下次过来还要呢？留一点，到时再给。想到这里，她又从包里拿出去一瓶。“说我小气就小气吧，想要，再给。”她心里笑了起来。

从黄贝岭去罗湖书城，坐公交车五个站就到了。张教授特意选了靠马路的位子，透过玻璃，时刻留意着进店的人影。李改梅从深南大道的站台走上台阶，一眼就看到了他。她故意停下步子，远远观察他，也考验他，是否在专心等人，有没有看见自己。别看他桌面上堆了几本书，实际是没有看的，他的人在向外张望。

李改梅忽然觉得自己这样不好，从下班到现在，磨磨蹭蹭都过去快两个钟头了，让人家在这里等得着急，于是加快了步子。

两人再次见面，好像一切理所当然。迟到的无须愧疚，干等的毫不抱怨，实际上，再等上一个两个钟头，这个老头也愿意。在吃什么的问题上，张教授显示出了足够的绅士风度，起身把点菜簿放到李改梅面前，一页一页翻开硬皮的菜单，口里说："请看看，想吃什么。"李改梅说："随便吃随便吃，简单点。"实际上她根本没有仔细看，她被张教授身上散发出来的洗发香波的味道，以及一股她从来没有感受过的气味团团包裹，这种气味由男性身体、衣服布料以及书的墨香混合而成，她敢保证，即使只此一次，她也经久难忘。令她难忘的还有张教授白净的手掌，那真是读书人的手，指关节那么明显，几道青色的血管在手背上安静地匍匐着，六十岁的人了，好像没看见几个老年斑。

李改梅客气，张教授只好自己下单了。他点了两份炒饭，两个菜一个汤。当饭菜上来时，李改梅几乎被吓了一大跳，量实在太大了，如此夸张地摆在两个上了年纪的人面前。然而，在他们愉快的交谈中，几个盘子全被吃得精光，而且彼此都没有觉得不好意思，假如再来一份同等分量的出品，估计也将颗粒不剩。从他们的胃口可以想见，交谈多愉快，聊得多投缘，气氛多融洽。这是一次打开他们未来之门的晚餐，通过如此简朴却意味深长的食物与时光的融合，他们甚至已经知道了对方的心里所想以及顾虑，而且正在暗自谋划如何克服它、解决它。分手的时候，他们彼此都有一点羞涩，仿佛都敢肯定，下一次再见会是一种什么样的情形。想到这里，李改梅的脸上微微发烫，她看到，霓虹灯下，张教授花了半个下午，用去三百多元设计的头发，泛着一种充满男人傲气的光泽。

也许是出于展现绅士风度的需要，张教授提出打的送李改梅回黄贝岭。李改梅大笑道："这是谁的地盘？我还能让你送？你还要赶回香港去，我送你去坐地铁。"

“那好，时间真的不早了，过关太费时间。”张教授道。

李改梅帮他把新购的十多本书收起来，装进双肩包里，把自己带来的一瓶樟树油也放了进去。

下了台阶，不远处就是地铁站。李改梅陪张教授一直进了站内，在乘车入口停了下来，看着他把包取下，放进安检机履带，又看着他从那头接过包，重新背上肩，走向闸机口，她才转身离开。

李改梅没有坐公交车，而是走路回去。她一边走一边看微信，她非常肯定，张教授会给她发来信息。果然，半个小时后，一张图片发来——“已到福田口岸，过关了”。

李改梅不知道过了关，他要坐什么车，要走多久才到家，到家以后肯定很晚了，他还要冲凉，还要洗衣服，要几点钟才能睡下……一路走一路想，不知不觉就到了家。

等她冲好澡，把衣服也洗好了，“叮”的一声，终于收到张教授的第二条微信——“我到家了，谢谢您，下次见，晚安”。

“回到家就好，您也辛苦了，早点休息。晚安。”李改梅用语音回复。

她自己也实在困倦得不行了，入睡前，她想起了一个细节——张教授吃好了，放下筷子，从裤兜里拿出一只铝制的牙签盒，轻轻地从里面取出一根牙签，然后盖上盖子，重新放回兜里，这才细细地剔起牙来。这个动作让她感到好奇，想多看一眼他的牙签盒，却已经被放回兜里。她想不到“精致”或“雅致”这样的词语，只是觉得很特别，像一块黏人的胶纸，粘在了她的脑海里。

第九章 朱查理

朱查理把胡根平那天做的PPT放在电脑桌面，反复地看，就像一个病人，看一份似懂非懂的诊断书。每一次看，他自己也往里面添加一点心得、感想，把目前公司运行中的各种弊端、存在的短板，毫不掩饰地展现出来。一遍遍添加下来，原本简单的PPT就成了一个大文件了。

可是，胡根平这个开出“诊断书”的人，回去后就再无下文了。这个不冷不热的姿态，反而激起了朱查理更大的兴趣。如果说此前与他接触，是希望他能来公司上班，给自己做个帮手，毕竟是自己的人，他需要培养这样的力量，而现在他面对的，不再是帮手，而是伙伴，他愈发觉得，小伙子的身上，尚有他未能触及的东西，包括年轻人的智慧、能量和梦想。

胡根平的朋友圈里，除了照旧发些商品链接外，就是一些外行人搞不懂的信息。他发朋友圈基本不带图片，有时候是一两句没头没脑的话，有时候是一个字，好像是为了给自己备忘或专门给某一个人看，对他而言，朋友圈不是社交平台，而是工作室。从文字透露出的气息，朱查理感觉这小子最近在忙什么事，而且是协同作战，不是一个人在玩，他还隐隐感觉到他们所忙的事情，一直在遇到困难、解决困难中折腾。

朱查理决定再次与胡根平见面。他不再抱着拉他来上班的目的，那样有些狭隘，而是要跟他走得更近，与他做朋友。

两次见面后，朱查理觉得，因为有先入为主的印象，自己从前忽略了这个人，而被忽略的这个人，很可能是自己最需要的人——说是最需要的伙伴、最需要的朋友都可以。

朱查理跟胡根平约了三次，他才答应见面吃饭。

“好吧，做好挨宰的准备吧，请我们吃个好点的。”胡根平给他回了微信。

果然，朱查理见到的“我们”，不是一个人，而是三个人，是胡根平介绍的当年进京大比武的“铜奖三兄弟”。这让朱查理颇为意外，也暗自感动，这小子不再对自己设防了。

朱查理要带他们到京基100大厦吃西餐，结果被三人否决。他们集体建议去向西村的大排档吃一次鸡煲，那才真正解馋。这勾起了朱查理的味蕾，自从离开深圳后，他也没再吃过了，仿佛向西鸡煲的奇香就飘在跟前。

风卷残云般把一份鸡煲吃完了，几瓶啤酒也下肚了，朱查理这才认真打量“铜奖三兄弟”疲惫、干瘪的面容，原来，他们已经一个多月没有好好吃顿饭，也没有正儿八经休息过了。他们“三人行研究院”正在攻克一个项目，眼看就要大功告成时，却出现了新的情况，现在正等待他们当年的导师从国外访问回来，指导解决问题，他们也得以休息。

一份鸡煲对四个大老爷们来说，实在太斯文了一点，朱查理又叫了一份。等待的过程中，他们才放慢吃的速度，开始喝酒聊天。

“三人行研究院”是三兄弟对组合形式的戏称，并非实体组织。从学校毕业后，他们以这样的方式联手，一起接单，一起给客户提供服务，也一起弄了好几个专利。平时他们或上班或干自由职业，各玩各的。

眼见狼吞虎咽之后，这三兄弟开始元气复活，朱查理举起酒杯，邀请三人干杯。三兄弟中，只有一个能喝一点，胡根平和另一个都不善喝。放下酒杯，朱查理提出了一个令现场气氛凝固的建议：由他出资，让“三人行研究院”实体化，就在深圳注册落地。

在气氛凝固的五分钟时间里，他们的目光从彼此的脸上掠过，有惊喜，有疑虑，有不确定，甚至怀疑。

很快，第二份鸡煲上来了，服务员打开瓦盖，一股强烈的热浪冲天而起，“滋滋滋”的瓦煲呛声打破了凝固的气氛。

“我赞成。”其中一个同学做了个举手的动作，犹豫了一会儿，胡根平和另外一个同学也举手表态。

“什么时候启动？”胡根平问。

“明天。”朱查理以不容置疑的口气道。这是他平生第一次毫不犹豫地做决定，他不允许这个念头随着夜晚的逝去而烟消云散。

就在向西村大排档里，他们你一言我一语，为明天的行动拿出了大致的方案。他们的筹备小组将正式启动，租写字楼，跑注册手续，完成构架所需。而朱查理也要准备所需的投入——作为投资人，他将成为研究院的成果转化者，研究院也将成为他的技术保障者。为了体现作为发起人的承诺，他当着三兄弟的面，表明了支付各期资金的计划。

世界上很多不平凡的事，往往都是在一个极其寻常的时间、地点、场合下产生的，朱查理也这么觉得。

"朱总，我说一句你可能不爱听的话。"胡根平突然说。

"请说。"朱查理心里不觉一愣，竖起了耳朵。

"搞研发是个烧钱的事，它的投入可能是一条漫长的征途，有时候可能是个无底洞，"胡根平道，"我们仨平时就是散漫组合，如今大家决定再战江湖，就要有思想准备哈。这样吧，允许今晚有犹豫期，明天再做决定。"

"哈哈，再战江湖？难道你们曾经出战过江湖吗？"面对三个比自己小十几岁的小伙子，朱查理不觉笑出声来。

"我们的江湖可能是微小的，但也曾经是一个个独立的世界，每个小世界都是我们自己的实验室。"胡根平的话，马上引来另外两位兄弟的尖刻嘲讽：

"有才！"

"胡家冲第一诗人吧？"

朱查理闷头喝了一杯酒，看了看手表，道："已经是今天了，天一亮，我们就落实昨天的决定。"

时间已经进入下半夜，深圳的夜生活才正式开始。他们在大排档前分了手，各自回去按照分工做准备。

朱查理觉得，他这个决定不是一次投资，而是加入，是给未来加油，他完全没有把它跟投入与效益挂起钩来，他将和三个年轻仔一起，走进另一条赛道。

朱查理特意回了一趟香港。

他这次回去的目的，是继续追讨此前被拖欠的债务，眉目已经很清晰了。此外，他还跟一些科技界的朋友聊了聊他的新项目、新动态，了解香港的政策，也许以后用得着他们。

此行还有一个重要的目的，就是带父亲去吃湖南菜。

张建奇的湖南土菜馆香港分店正式开张了，为了感谢朱查理的帮助，他发出了几次邀请，要他到店里尝尝菜品。朱查理实在太忙，两三个月没有回香港。决定回去后，他先跟张建奇联系的，事先约好了时间。

朱查理先回家里，按事先预约，带父亲去做了一次体检，然后父子俩一起去张建奇的店里品尝湘菜。

“湖南菜，全是辣椒，我怕是吃不惯。”父亲道。

嘴里说的是菜，他心里不太愿意去的原因，是希望父子俩在家做顿饭吃，毕竟儿子难得回来一趟。朱查理感觉到了父亲的心思，换个话题跟他说，品尝菜品是个借口，我们是去给老板鼓劲，湘菜是中国八大菜系里相当重要的，一个湖南老板单枪匹马地把它带到香港来，太不容易了，我们要去支持他，希望他能在香港扎下根来，做成招牌。

“您一辈子只说顺德菜、广府菜好，吃了湘菜您一定会有不同的体会。”朱查理鼓动父亲。

“这些大陆后生仔真了不起，那我们要去加加油。”这么一说，老头子又乐意去了。

张建奇的店开在沙田，这是朱查理的同学花了好大精力帮他找到的，从地段优势到租金，都做了认真的考量。开业两个多月了，按照张建奇的说法，情况一天比一天好，香港人不拒绝内地菜系，不怕辣的香港人太多了，剁椒鱼头一天都要卖出几十份，臭豆腐居然也卖得火。

从他们家所在的元朗到沙田有一段距离，不过父亲好像很享受跟儿子一起等车、换乘地铁的过程，一旦车厢里人多一点，老头子就会说：“算了，等下一趟。”朱查理也不看时间，心里也希望跟父亲多待一待。朱查理有点恍惚，想不起上一次和父亲出门坐地铁、坐巴士是什么时候了。

比起预估的时间，他们迟了整整一个小时到达湘菜馆。

张建奇远远就迎了出来，紧紧握住老人家的手，用一口生硬的白话说道：“欢迎指导！欢迎指导！”

虽然在张建奇的微信朋友圈里见过店面的外观，到了现场，朱查理还是赞叹出声，门面装饰确实不同凡响，古色古香，别有韵味，在周边一溜餐饮店面中格外抢眼。湘菜在深圳占了半壁江山，对各种店面装饰，可谓司空见惯，而在香港看到湘菜馆的招牌，加之地域文化特色浓厚的装饰，朱查理感到特别亲切。

“我准备了两年，下了本钱。”张建奇见朱查理点赞店面的装修，说，“最疯狂的时候，我曾经想过，哪怕是把深圳的店关了，我也要开到香港来，只是深圳的店关了，这里就不能叫分店了。”

开业后的个把月，张建奇一直坐镇香港，各方面稳定了才回深圳，现在是两边跑，这两天恰好过来了。

“真是凑巧，特请不如偶逢。”张建奇把父子俩迎进店里，带到一个小卡座坐下来。

朱查理一眼看去，张建奇那圆滚滚的肚子居然不见了，看来他这个双城老板做得并不轻松。

比起深圳的总店，这个分店面积只有三分之一大小，寸土寸金的香港，租下个店面不容易，但是在装修布置上还是花了功夫，讲求精致，充分利用空间，没有浪费的地方，这也符合香港人的审美，无贪大图全之嫌。

张建奇给父子俩推荐了几道菜：剁椒鱼头、家乡小炒肉、永州血鸭、腊味合蒸。

“这几道菜，都是开业以来比较受欢迎的，请朱叔叔品尝。”张建奇道。

朱查理父子互相对望了一会，笑了，老人家说：“抱歉，我不姓朱，小姓张。”

张建奇一脸糊涂，张大嘴巴，求助似的看着朱查理。

朱查理笑笑，说：“没关系，我也没讲过，我是跟母亲姓。小时候我觉得跟谁姓都老土，就喜欢英文名。”

“哈哈，原来如此，原来如此，那有缘了，我们是本家，您是宗长，”张建奇向老人家作了个揖，介绍起他的菜品，“这些菜的原材料都是从湖南运到深圳，再从深圳送过关来的，和深圳店里同步出品，保证新鲜、正宗。”

菜很快就上来了，可惜老人家忌口，辛辣的菜不太敢吃。朱查理觉得有些自责，想加点两道不放辣椒的菜，却又不好意思。还是服务员眼尖，察觉到了这桌客人的异样，告诉了老板。张建奇赶忙让厨房准备了一道蒸水蛋、一道苦瓜炒牛肉。

两道菜追加上来，老人家更是坐立不安，他觉得太添人家麻烦了。朱查理好一番安抚，才让他稍微踏实了一点。

老人家吃下一碗白米饭，为了不浪费，把两道专门为自己添加的菜吃了个精光。

放下碗筷，老人家吃了一片降糖药，又从包里取出他那个随身携带的铝制牙签盒，抽了根牙签，剔着牙，小声感慨："内地年轻人真不简单哪，如今来香港创业比起过去来说，门槛更高，成本更高，更需要眼界与胆识。"

这个如打火机大小的牙签盒，至少用了三十年了吧，它的颜色不再铮亮，变成了淡淡的青绿色。朱查理从小就知道，这是父亲的随身宝，里面的牙签都是蒸煮消毒过的。这个盒子跟随他去过半个地球，甚至在一些小国入境安检时还给主人惹过麻烦。

朱查理情不自禁地伸手拿过牙签盒，也抽了一根。

父亲明显愣了一下，笑道："你小时候不是嫌弃老豆的牙签盒不卫生吗？"

"哈哈，卫生！"朱查理把牙签搁在桌面的餐巾上，继续吃菜。

他一个人面对几道大菜，也不想浪费，埋头吃着。对父亲的感慨，他不断点头"嗯嗯"应和。

对来港创业，老父亲是有话说的。他的父辈就是当年的来港者，他们从内地进入香港的方式不同，经历的艰辛也不一样。朱查理从小就听父亲讲爷爷来香港的故事，每一次讲，父亲都会加点新内容，会换一个角度，不过，再好的故事，再好的角度，讲上个几十年，也不可避免地老套了。在湘菜辣出的泪意中，朱查理眼里的父亲影像有点模糊，和他正在讲述的父辈故事一样，泛着陈旧的光芒。

吃好饭，老人家坚持要埋单，觉得老板从内地闯香港，创业不易。既然是来道贺的，不论多少，必须埋单才对。拗不过动了真情的老人家，张建奇只好应允，这才让老人家重又露出笑容。

就在这当儿，一个进店的老者冲着老先生喊："张老师！张老师！好巧，在这里遇上您！"

老先生眯起眼睛，打量了半天，方才想起，迎上去紧紧握住对方的手。那人转头看着朱查理，高声叫道："这是理仔吧？长这么高大呀！"

原来，这是父亲在中学任教时的同事。他上世纪八十年代初读完大学后移民香港，与父母团聚。因为上山下乡时在永州农村待了七八个年头，与湖南乡亲结下了很深的感情。从网上看到沙田开了一家湘菜馆，今天专门来吃一吃久违的湘菜，没想到在这里遇上了二十几年没见面的老同事。

一声"理仔"勾起了朱查理的记忆，他想起了当年校园里那位白话讲不好，普通话也不标准的"内地老师"，还记得他每天早上端着收音机听香港电台，咿咿呀呀学白话的样子。

今天真是巧合重重，两位老同事坐下来聊了许久才肯分手。

张建奇说这是他开业以来，接待的第十个专门来品尝家乡味道的客人，这让他很感动。

从湘菜馆出来，朱查理明显感觉到了父亲的疲惫，便决定先回家。本计划下午去拜访朋友，晚上回东莞，他临时决定哪里也不去了，陪父亲在家待一待，明天再回东莞。

尽管父亲口里说“你别管我，回来一趟，要办的事不要耽搁”，实际上心里不知有多高兴。回到家，朱查理让父亲回房间休息，他自己在客厅待着。茶几上，不再像以前那样堆着书刊报纸，而是换成了瓶瓶罐罐，瓶子里装的是营养米粉和各种保健冲剂，还有一溜小瓶子是降压药、降糖药、救心丹……朱查理拿起手机，一瓶瓶拍下来，他的心里泛起无尽的自责，好像今天才发现父亲突然老了，而整个衰老的过程完全被自己忽略，一无所知。

朱查理走进厨房，一股淡淡的霉味扑鼻而来，冰箱门把手上、灶台上，隐隐泛着油渍，父亲已经没有足够的力气来擦除它们了。在灶台一角，他看见码着一堆公仔面。打开冰箱，一条干瘪的青瓜扑入眼帘，朱查理不觉一阵心伤，倚着厨房的门框，控制不住地泪水横流。稍稍平静下来，他开始动手清理厨房，把过期的、空掉的瓶瓶罐罐全部清掉，认真擦洗、清理冰箱，把早就失效的除味剂盒拿掉……弄完这一切，朱查理下楼处理垃圾，去超市采买。

从英国回来，没在香港待多久，朱查理就去了深圳，这一去就是十七个年头，“家”已是一个日渐陌生之地。对香港而言，他也早就成了局外人。所以当有朋友请他帮忙在香港办事，他也只能依仗留在本港的同学、朋友，不然也摸不着门道。

等他大袋小袋采买回来，把东西分拣好，系上围裙准备做晚饭，父亲也醒来了。像是个正在偷偷玩耍的孩子，突然有人闯入，朱查理显得慌乱，不自在。

“老豆。”朱查理一抬头，与父亲的目光相撞，一瞬间感觉回到了十几二十年前，父亲看上去也没有那么苍老了。

“我来做嘛，你去休息。”父亲走过来，要抢过儿子正在进行的工作。

朱查理坚持自己做，虽然他没有多少把握，能否做出一顿理想的饭菜。对于厨房家务，他是没有受过任何训练的。出门在外的日子，单身生活，平时吃食堂吃饭店，清洁有家政服务。此时，他深深意识到，如果要陪伴晚年的父亲，那样是不行的，那不是家的模样。

就着马马虎虎的几个菜，父子俩喝了点红酒。尽管对家中的摆设都已经陌生，朱查理还是努力让自己显得像个经常回家的人。父亲也因为他突如其来的亲昵而感到局促，好像家里来了一个初识的访客，需要花一些时间来互相适应。

吃完饭收拾厨房，朱查理见父亲几次走进来，看一会又退出去，面对家里突然增添的烟火气，显然他和儿子一样，有点无所适从。

收拾停当，冲过凉，朱查理回到自己的房间。房间里的摆设，除了前几年换过一套被褥以外，跟二十年前没有任何变化，他青少年时代追的“四大天王”照片，还贴在床头。这个房间对他已没有私密可言，仅是每次回来睡一个晚上或午休的地方。有时候需要当天往返，他衣服不用换，被子也不用打开，仅在床头斜靠着眯个眼而已。

朱查理打开电脑，开始连线工作。白天的计划因为临时有变化，都取消了。他要在线上找朋友聊聊，为后续的资金寻求支撑。

他们的“三人行研究院”注册成功，在深圳南山落地，三个小伙子已经进驻，为了网罗人才，初期招聘已经开始。很快，朱查理要把东莞现有的研发部合并过来，形成一个中长期服务团队。研究院一方面为东莞公司的产品提供技术支持，一方面投入原创、专利产品研发，力争实现专利转化，尽快拿出自己的自主产品，渐渐告别以“代工”为主的模式。在深圳的高新技术研发扶持政策范围内，公司也将得到一定的配套支持，他们进驻的场地就享有减免租金的优惠。他给三位小伙伴拍过胸脯，他对研究院的投资绝不急功近利，给足时间，也给足资金保障。

这可不能是一句空话，为了这个承诺，他这个带头的，深知自己要在背后下多大功夫。

都快过十二点了，父亲还没有睡着，推门进来了。朱查理起身，请父亲坐。老人家没有坐，看了看他那闪动的电脑屏幕，说：“这次回来，是要找朋友们讲贷款的事吗？”

“不一定是贷款，也有一些旧账目要追回来，顺便也跟朋友们推荐推荐新项目，说不定会有感兴趣的投资人。”朱查理道。这些年来，他很少在家跟父亲讲工作上和生意上的事，至于在深圳、在内地的经历，能不让父亲知道的，他打死也不会说。

“如果数目不是太大，不要去操心了，现在融资贷款不容易。你知道，你妈妈走后，我自己也没什么开支，家里有些积蓄，你要用就跟我说一声。”父亲说完，带上门，退了出去。没过一会儿，又推门，说：“陪了老豆一天，你也累了，早点休息。明早我要去开会，你也要回深圳。”

没等儿子说“谢谢”“晚安”，老人家把门关上了，似乎他也没准备要儿子的客套。

跟朋友们聊了一会儿，朱查理合上了电脑，就像读书时听从父母的提醒，该睡觉了。

他走到客厅喝了杯水，就在倒水的过程中，他的目光落在了电视柜旁边的实木花架上，以前上面常年摆着盆景或花草，后来成为父亲放眼镜、钥匙的专属区域。此时，他看到的是两个玻璃瓶子。这瓶子他太熟悉了，就是那年父亲摔伤了腿，梅姨让他带回来的樟树油。不过，那瓶早已用光，剩下的只是空瓶，父亲没有扔掉。而现在却多出了一瓶，他走过去，拿起两个瓶子摇了摇，一个是空的，另一个是满的。朱查理脑海里一下子生出个疑问，这是老胡和梅姨从湖南带来的，听说只有胡家冲人会弄这个油，没有专门包装生产，都是土法提取、简单包装，市面上的药店是没有销售的。

父亲这瓶新的樟树油是从哪里得到的？难道他认识第二个胡家冲的人？又或是他有朋友认识另外的胡家冲人？

“这个樟树油也不是什么宝贝，并非老胡和梅姨家才有，胡家冲也不止他们一家人，这不值得奇怪吧？”朱查理想了想，把瓶子放回原处，回房间睡觉了。

一觉醒来，朱查理把樟树油的事淡忘了，即使不忘掉，他再苦苦思索，又怎么能想到这两瓶樟树油确实是来自同一个胡家冲人之手呢？

朱查理回到东莞，刚到宿舍楼下，宿管阿姨就对他说：“老板，你走了两天，还记得养着一只猫吗？”

朱查理一愣，心里“哇”了一声，这两天自己只顾着陪父亲，真的没想起这里还有一只猫。

宿管阿姨向他投诉，莱克这两天大闹天宫，不吃不喝，到处冲撞，叫声扰得整栋楼的人都没法睡觉，“更重要的是，还抓伤了我的手！”阿姨说着伸出右手，一道血痕扑入眼帘。朱查理拉过这只受伤的手，认真查看，心里又担心又恼怒，怎么养猫还养出麻烦来了。

被抓伤后，宿管阿姨已经第一时间去医院做了伤口处理，打了疫苗。她对老板说，莱克很可能是到了发情期，最好带去做绝育手术，一劳永逸，要不然还会有很多麻烦，弄不好自己跑掉。

朱查理打开宿舍的门，一股尿臊味扑鼻而来，此时莱克听到他回来的声音，一个箭步从阳台冲进来，试图扑进主人的怀抱。可是，主人一个躲闪，避开了它。

朱查理心里开始发毛，对这个突然被认定处于发情期的雄性动物感到忌讳，甚至厌恶。他强忍一屋子的异味，打开手机搜索“公猫发情特征”，果然，网页上显示的袭击、遗尿、号叫等特征与宿管阿姨投诉的莱克的情况全对上了。受到主人冷落、拒绝的莱克站在两尺之外，仰着头，双眼一动不动瞪着他。朱查理感到冷飕飕的，内心的忌讳与厌恶感越来越强烈。这是一个公司，不是私人生活场所，他犹豫了一会儿，突然决定把这野东西马上送走！他不想再听到投诉，不想看到它在自己身边胡作非为。

朱查理打通梅姨的电话，不容推辞地跟她说，他要把一只猫送到深圳来，请她代养，并尽快带去宠物医院做绝育手术。

“天！你是送个人来吗？还做绝育手术？！”梅姨道，声音都变了。

隔着手机屏幕，朱查理都能想象到梅姨的惊讶状，他的恼怒也消了一半，禁不住笑出声来，大致跟梅姨讲了收养莱克的经过，请她理解。

“我不怕麻烦，就是地方小，怕委屈了你的猫。”听完朱查理的解释，梅姨半推半就答应了下来。

几乎没有耽搁一分钟，朱查理叫来司机，合力把莱克哄进小笼子里，把它连同它的所有装备，一股脑送到了深圳。

十多年来，每当他遇到生活上的困难，只要有梅姨和老胡在，没有什么事是解决不了的。只是这回，把一只捣乱的猫硬塞给梅姨，实在有点强人所难了。目送着车子远去，朱查理在心里责怪自己，既然不了解动物，就不应该收留它，更不应该把它带到公司来养，以至于给大家造成这么大的麻烦。

第二天，梅姨给朱查理留言：我从来没见过这样的猫，以为你是骗我的。好新奇，整栋楼的人都来看它，还是年轻人有见识，有人说是泰国的贵族猫。什么古灵精怪，下半夜这家伙捣乱，还想咬我，烦人，狠狠揍了它一顿才安静下来。我刚才已经联系好附近的宠物医院，上午请假带它去看看。

虽然知道梅姨是故意这么说的，但是听到“狠狠揍了它一顿”，朱查理还是感到心疼了一下。

第十章 李改梅

接到莱克那一刻，李改梅着实被吓了一跳，这哪是猫，分明是条狗，还一脸的凶相。不过，这家伙在黄贝岭的出场确实轰动，当天晚上就引来好多人看它，围观的年轻人换着角度给它拍照，又发到朋友圈。当它的身份被确认，竟然有人提出愿意以一万元的价格买下它，说是一只具有泰国血统的猫。

这样一来，李改梅就警惕起来了，心想这个朱查理，莫不是弄个难题给我？一旦有个差错，我可怎么交代得起？我们胡家冲的猫可不是这样的，只要有吃的，就不会跑掉，哪怕是跑了，也没什么可惜的。

要说喜欢一个人跟喜欢一只猫的差别，从李改梅接受莱克的过程就可以得出结论。喜欢一个人，可能是从欣赏他健康、阳光的状态开始的，而喜欢一只猫，则可能是从可怜它开始的。朱查理喜欢上莱克，莫不是从可怜它开始的？因为心生怜爱，才会下决心收留它，最后闹出那么大的麻烦。而李改梅喜欢上莱克，是从它做手术后开始的，原来一只凶相毕露的怪猫，从宠物医院抱回来后，突然变得可怜兮兮，眼里的凶恶不见了，变成了讨好、迎合的姿态，这让李改梅的心一下子就软了。

那天晚上，这鬼东西竟然钻进她臂弯里睡觉，害得她心里难受极了。

胡丹丹、胡根平姐弟俩小时候也喜欢这样，蜷曲着身子，顺着妈妈臂弯的形状睡进来，你不动，他一个晚上都不动。触景生情，现在想想，她带他们姐弟俩的时间太少了，老胡一个电话，就把她叫到了深圳，叫到了黄贝岭。有时候她和老胡分头回去，也是匆匆忙忙的几天，姐弟俩放了寒假暑假过来，闹闹哄哄，打打骂骂，转眼就过了。总之，母女母子之间再也亲不回去了，一直到现在也没好起来。

莱克就这样黏上了李改梅，估计要不了几天就把东莞那些收留过它的人，以及所干过的坏事全忘得一干二净。李改梅一天天熟悉它，摸索与一只猫相处的方法。她每天给它铲两回屎，搞得干干净净的，屋子里一点异味也没有。之前她吃过午饭，一般就在公司待着，没特殊事情不会溜回家，现在一有空就往回跑，生怕莱克突然跑掉了。

实际上这家伙乖得很，只要把猫粮和水备足，它就乖乖待着。李改梅出门的时候，它蹲在那儿，看着她换鞋、出门，等锁上了门，它就在里面叫上两声，像是在说，主人，你放心吧。李改梅下班回来的时候，它已经早早等在门口了，一开门只要看到了它，哪怕再疲惫，有再多的憋屈，瞬间不复存在。

那天，李改梅回家，打开门，没有理它，脱了鞋径直进了房间，躺倒在床上。莱克竟然没有闹，没有叫，也跟着进来，蹲在床前，仰着头，专注地看着主人。

李改梅实在没有力气理它，她的心情太糟糕了。可以说，这是她进入公司以来，最难过的一天。

十天前，她同意了老丁的辞职，虽然管理处不太乐意，毕竟老丁是个老员工，现在招个熟手太难了。李改梅还是帮老丁说了话，她跟主任说，老丁身体不好，不能在外面打一辈子工，他无儿无女孤身一人，既然有回家乡的愿望，我们尽量满足他。主任被她说动了，批了老丁的离职申请，不仅结了工资，还给他搞了个小小的欢送仪式。

老丁也真的兑现了对自己的承诺，办好证件，独自一人去了一趟香港，在维多利亚港拍了张照片，传回给同事们。照片上的老丁，神情满是骄傲。回来时还给李改梅带了罐养颜奶粉，叮嘱她要好好喝。“要不是过关有限制，我给你带十罐，让你喝成个大美人。”这个老丁，真是不打不相识，临离别了，倒动感情了。

可谁能想到，才回老家八天，就传来了老丁自杀的消息。

那天早上，李改梅刚到公司，就见几个清洁工在交头接耳，她走过去，见他们个个眼睛通红，他们都是老丁的老乡，当年是老丁把他们从家乡带出来的。李改梅一问，才知道是老丁死了。原来，回去的第二天，他就去找了那位丧偶的女同学，对方也有那个意思，毕竟当年彼此有过好感。可是，她的儿女知道了，强烈反对。老丁把存折带到他们家，一再表明，只要儿女答应他们两人在一起，他就去县城买房，将来房子归孩子们。可是，老丁越积极、越真诚，他们家人就越反感。最后，对方的小儿子发狠，把老丁打了一顿。可怜的老丁受不了这个羞辱，回去就在自家后山的树上吊死了，第二天才被人发现。

清洁班里一整天都在议论老丁的事，有的人说着说着就哭了。大家都觉得老丁是个好男人，他打了一辈子光棍，最后却受到羞辱，真是老天无眼。

李改梅没有哭，她极力控制自己，提醒自己，不能被情绪带偏，她还强作笑脸，参加管理处的例会，上报各种照片，填写各种数据，完成一个主管一天的工作。她是在回家的路上哭出声来的，一直哭到深南路和爱国路的十字路口，等红绿灯的人实在太多，她才止住哭声。一路上，她不断回想与老丁相处的每一天，每一个细节，还想起他时不时摇头晃脑吟哦的打油诗。

哎，真是人生一世，草木一秋，说没就没了。为老丁伤心过，李改梅又想起了老胡，心里说，这个男人不也可怜吗？虽然说比老丁好一点，有家有口，可也早早死了，又享了几天的福？又有几天过上了一个大男人该过的日子？一路上，李改梅想，要是老胡不死，她一定把他伺候得好好的，死了也有体面。于是，她又检讨自己，你李改梅实在太过于霸道了，结婚三十年，没给过老胡多少面子。很多时候，人家夸老胡好脾气，她心里都不好受，那是被自己逼的。现在她改过来了，不霸道了，可是也没有用了，人都没了。

在悲伤的情绪中，李改梅睡着了，这只古灵精怪的猫，竟然破例没有钻进她的臂弯，就那么一直蹲在床前，注视着她的一举一动，似乎在等待着主人需要它帮助的那一刻到来。李改梅醒来时已经是下半夜了，她看到莱克的样子，心疼得直叫：“我的天，你真是只傻猫！天下哪有这么傻的猫！老丁那么傻，傻到为一个女人上吊，你也那么傻！我的天！”

见李改梅醒来，莱克一个轻轻的弹跳，跳到了她的怀里。

黄贝岭的旧改越来越近了，李改梅的心里总觉得不踏实，一直在想是不是要提前把房子租好，不要等到墙上画了“拆”字时，才手忙脚乱地搬家。

她变着法子给老村长打电话，老村长还是一句老话，你放心好啦，安心住吧，哪一天拆到那里了，你也不用担心，孩子们会给你安排好新的地方住，你帮我们家那么多年，孩子们都没有忘记你，我们家的房子，你任选一处住。这么些年没给你算过工资，我儿子媳妇说了，一定要给你补上。

老村长越是这样，李改梅就越是不安宁。她觉得冤也好恩也好，都要有个头，不能无休无止，否则就可能物极必反，变得不好。

老村长说归说，李改梅还是会有意无意地留心周围小区的租房广告，在房产中介门前站一站，看看租金信息。现在自己有一份收入，还有些积蓄，她不想过得太寒酸，要重新租房，就找个像样的，毕竟孩子们都在身边，虽然不是自己的家，也要给他们一个像样的落脚点。

到公司上班以来，李改梅的心境变得开阔了。进入什么样的环境，跟什么样的人打交道，人也会发生什么样的提升变化。不长的时间里，她学到了很多东西，甚至在各种办公软件的应用上，只要年轻人示范一下，她马上就上手了，集团办公室有人说梅姨的会议记录做得好，于是物业这边也把这个任务派给了她。在物业这边，可以说是身兼数职，尽管忙碌，但是每天感到充实，人的心情自然就好起来了。

在一次例会上，有同事夸赞她说，真是看不出来，我们梅姨的职业素养那么好，要是年轻的时候好好培养，准是个当领导的料！

李改梅赶忙谦虚一番，把话题从自己身上引开。其实，她的心里却一点也不想谦虚：要是回到年轻那时候，有重新选择的机会，我就不会放弃读书，也不会向父母屈服，嫁到胡家冲，以至于嫁鸡随鸡嫁狗随狗，跑到黄贝岭来收破烂！如果让我继续读书，肯定就会有个完全不同的未来，有一份体面的工作，至少会在县城里结婚生活。

可是，这些都只是假如。这又能有什么办法？就像她常常跟人说的，时也命也运也。

后来，张教授找过李改梅两次。

一次到了小区门口，他才给李改梅发微信。李改梅有点措手不及，她赶忙走出去，见了面一时不知道该邀请他进去坐一坐呢，还是请他去吃一顿饭。此时离中午下班还有个把钟，张教授看出她的尴尬，说没关系，我站一站就得走，我还有事呢。

张教授这是专门给她送来一瓶日本产的救心丸，表示对她的回礼。

“我知道这药，太贵了！一百瓶樟树油也够不上它一瓶的钱，”李改梅没敢接张教授递过的救心丸，推辞道，“张教授，这样一来，我欠您的更多了。”

“哈哈，花不了几个钱的，你的樟树油才是大地精华，无价之宝。”张教授把药盒子塞到李改梅手上，像完成了一件特别任务，松了一口气。他从双肩包里掏出蓝色的水杯，翘着兰花指，拧开盖子，小心翼翼接了一瓶盖温水，仰头喝了两口，叮嘱李改梅：“救心丸不仅仅是不舒服的时候服用，平时也可以吃的，按说明书吃，保健在平时嘛。”

单独和一个上了年纪的男人站在小区门口，李改梅竟然有点害羞，担心遇上领导、同事，遇上熟悉的业主，那样多不好，她干脆和张教授边聊边走，绕着小区走了两圈。最后，张教授提出真的要走了才停下来，他要赶去和深圳的几个学术界朋友一起吃午餐。

转身说再见的时候，李改梅感觉到，张教授的目光有那么一瞬间停留在自己的左眼上。这让她有一种异样的感觉，她突然心跳加快，直到张教授走到马路对面去了，她才回过神来。

回到办公室，李改梅上了一趟卫生间，禁不住对着镜子，仔细端详自己，看看左眼有什么异常。什么也没有，除了几道鱼尾纹，就是那颗伴随她五十年的黑痣。小时候她讨厌这颗奇怪地长在脸上的痣，同学们有时拿这颗痣取笑她。长大后，她不讨厌了，她觉得哪怕这颗痣长在女孩脸上，有点煞风景，但是，这就是上天让她区别于他人的标志，有什么不好呢。对着镜中的自己，李改梅忽然脸红起来，难道张教授那一眼，注视的就是它？他会讨厌它吗？或者说，这个老家伙也喜欢这颗煞风景的黑痣？

他们说下次再见，没想到下次来得太快了，才过了不到一个星期，张教授又来了。

这回是个下午，他到了罗湖书城，给李改梅发微信，不管她有没有时间，同不同意见面，直接就留言："晚上茶餐厅见。"

这个口气的明显变化在于，他自我感觉彼此不再是拘束多礼、客套的熟人，而是无话不谈、心有灵犀的好朋友，对他的邀请，一定是自觉呼应的。

李改梅没有推辞，也没像上次一样特意回家换衣服，穿着工装就出门了。她也觉得两个人之间早就不是熟人的交往，而是好朋友的见面了，既然是好朋友，就越要随便点。张教授却与之相反，越是好朋友，他越是庄重对待，比起前两次，这一回穿得实在太过于正式，甚至显得有点突兀。

这一回，张教授给李改梅带来了一袋猫粮。如果换作是一袋米或一桶油，李改梅都不会产生这种震动——这个老头，不仅心细，而且太有趣了，总能给人带来看似自然而为，却是别人做不到的小惊喜，贴心而实在，又有花样感。上次见面时，她只是随口说家里养了一只猫，没想到他就记住了。

"这个牌子是加拿大的，叫作'爱肯拿'。"张教授指着袋子上的英文商标说，"我认真查过，这款猫粮很受欢迎，我们先试一试，看合不合胃口，要是不合适就再换个牌子。"

“我们家莱克太幸福了，就怕它吃惯了进口猫粮，以后吃不起哩。”李改梅仔仔细细地看，包装上全是英文，她看不懂，笑着把猫粮挪到旁边的空位上。

就在李改梅转过身来的那一刹那，她感觉到张教授的目光再一次在她的左眼部位停留，尽管时间不长，她的感觉却何其真切。她试图捉住他的目光，可惜被他巧妙地溜掉了。这一次，她准确感应到，他的目光确实聚焦在这颗黑痣上，这颗痣仿佛也感受到了来自一个异性的注视，因而变得柔软、温热，它多么希望这种注视能持久一些，甚至长久停留。

张教授显然也觉察到了她的反应，一下子显得不好意思，说话也不利索起来：“没关系！哪有吃不起的道理，如果莱克喜欢，我负责供应！”张教授在表达的过程中，似乎意识到还可以追加幽默的成分，因此又加了一句：“你做铲屎官，我当送饭郎！”

李改梅禁不住大笑起来，说：“我没听清，你再说一遍！”

“呵呵，没听清你笑什么？好笑的东西，一经重复就不好笑了。”张教授自己也笑起来，那颗银色的门牙在笑声中闪着亮光。

这一次，张教授点了一桌和上次不一样的菜，看到李改梅喜欢吃，他自己也把诸多饮食禁忌抛诸脑后，放开肚皮吃起来。

吃着吃着，李改梅突然想起一件事，停下筷子问张教授：“你以前喜欢发朋友圈，后来怎么不发了呢？”

张教授微微一怔，抬起头来说：“是呀是呀，我见你不喜欢发朋友圈，也觉得算了，还是少发点，老家伙了。”

“是吗？”李改梅拿起手机，翻开自己的朋友圈，果然只有孤零零的一条，还是老胡走那天转发的王菲唱的《南无阿弥陀佛》。其实那也不是她想要发的，是一个熟人跟她说，亲人走了，家里常放佛歌能够改善气氛，就给她推荐了这首歌。实际上，她也只在家里放过两回，就没再点开了。

“另外呢，我儿子也专门提醒我，不要老是发朋友圈，一个独居的老人，行踪暴露得清清楚楚，可能会招来不必要的麻烦。”果然是个老实人，啥都招出来了。

李改梅心里想，人家儿子做得对，这是一种自我保护。不过，因为这个原因就让本来喜欢发圈的人停下来也不对，老年人也需要有自己的娱乐。

“你呢？你为什么不喜欢发朋友圈？”张教授把问题推回给李改梅。

“要不是过去要收款付款，现在上班每天要打卡、拍照，我连手机都不想摸，”李改梅说，“前几年，我们家那口子病重，整天躺在床上，学会了看视频，除了吃药、睡觉，手机不离手，声音又要放得大，连住院的时候也是这样，同病房的人都向护士投诉了，护士为此还扣下了他的手机。所以我也受影响，一看到手机就厌烦。哎，想想也是没办法，都生不如死了，看看视频里的世界，不也好消磨时间，减轻痛苦嘛。”

“那是，不应该限制他。”张教授脱口而出。

“他走的时候，我在深圳给他烧了五部手机，回去胡家冲，他们家的人也烧了几部，够他玩的了。”李改梅突然嗓子哑了，说不下去了，泪水夺眶而出。

张教授被这突如其来的情况弄得手足无措，取出一张餐巾纸，起身走到李改梅身旁，把餐巾纸递到她手中。

李改梅接过纸巾，同时也抓住了张教授修长而骨节毕现的两根手指，然后又赶紧松开，整个过程几乎没有超过一秒钟，短暂得只有彼此的手指知道。

张教授回到自己的座位上，他没再说话，端起小碗，飞快地把碗里的米饭扒了个精光。

李改梅意识到自己失态了，趁张教授埋头吃饭的当口，她擦干眼泪，喝了一口水，润了润喉咙，说："张教授，真不好意思，我没控制好自己的情绪。"

张教授放下小碗，咧嘴笑笑，说："从今天开始，不要再叫我'张教授'，那是江湖上的叫法，俗气得很。"

"那叫什么？"李改梅迅速换上了笑容，"老张？张先生？张大哥？"

"叫老张！"张教授道，"就这么叫。"

做完这个决定，张教授起身去了洗手间。仿佛灵光一现，李改梅赶紧招手，叫服务员结账。她觉得这样就很公平了，上次他请，这次回请他，谁也不欠谁的。

她这个举动导致张教授一时很不高兴，他觉得是他邀集吃的饭，就应该他埋单，埋怨李改梅不该跟他抢。估计老先生想多了，以为李改梅对他产生了不信任，抢着埋单又显得生分了。

不过，很快他就发现李改梅不是那样的人，他们的关系非但没有受到影响，反而得到了一次加速改变，这顿晚餐成为值得他们纪念的重大转折点。

和上次一样，李改梅把张教授送到了地铁口。这一次，她帮他把包拎到了进站口才交到他手上。每一次来深圳，这个双肩包都要带回十本八本书。这个双肩包跟随它的主人在书店停留、驻足最多，它甚至知道主人是如何从琳琅满目的书堆里挑出该带回的几本的；它也知道，一次次带回去的书，主人都没怎么读，购买只是一个习惯，他已经没有太多精力用来啃书本了。

“记得给我发莱克的照片，”张教授叮嘱李改梅，“下次我去家里看它，给它带礼物哈。”

“它会等你的，老张！”李改梅冲着张教授的背影说，“随时欢迎你。”

自从莱克来到家后，胡丹丹回家的次数也多了。奇怪的是，过去那么多年，一直大大咧咧的女婿朱宝林，竟然也因为这只猫而愿意跟老婆回来了，有时是他自己回来，预约带莱克去洗澡、剪趾甲，不亦乐乎。朱宝林还在网上给莱克买了一个不锈钢的碗座，饭碗水碗固定在上面，再不怕被它踢翻了。每来一回，朱宝林都要把莱克的照片、视频发朋友圈，好像是晒他的亲密伙伴。

李改梅百思不得其解，为什么在一只宠物面前，这些人情世故淡薄的年轻人，却表现出了体贴温暖的一面？

“你们回来是看猫的，不是来看娘的吧？”李改梅笑话他们。

“看猫是一回事，看娘也是一回事，两者不能等同。”从不愿意主动搭理丈母娘的女婿，忽然变得能说会道了。

“妈，这只猫来了以后，你变了个人。”胡丹丹说。

“变成一个什么样的人了？”

“变得有耐心了，说话也没有那么尖刻了。”

“就你会乱说！”李改梅心里明白，女儿话里有话。

这孩子从小就比别人多一些心思，敏感多疑，母女俩一年到头没几句好言语。这不由得让李改梅也往深里想，是不是自己跟老张的交往留下了什么痕迹？可是，除了一瓶救心丸、一袋猫粮，这屋里没有老张的任何物品，就算是这两样东西上也没刻他的名字呀！

这个胡家冲女人真是笨得可爱。还用刻字吗？张教授给她留下的痕迹太多、太深了。

李改梅每天都给老张发去几张莱克的照片，不分时间，只要是她觉得好笑好玩的莱克的萌态、凶态，便马上抓拍下来，给老张发过去。

老张不知从哪里下载了如此丰富的表情图，每收到一张莱克的照片，他就回一个表情图，表示点赞、鄙视、吃醋、侥幸、嘲笑等，每张图都让李改梅忍俊不禁，笑上好一阵。有时在公司，李改梅看着看着微信突然会被逗笑，身边的同事哪能知道，能逗笑他们主管的，并不是搞笑视频，而是一位香港老头。这位老头不用语言，也不用文字，每天源源不断地用表情图就能给她带来欢乐。而对老头来说，仿佛有一种神秘的力量在支持他接近这个胡家冲女人。他们的努力卓有成效，很快就要抵达终点了。

第十一章 张教授

吃过晚饭，张教授坐下来翻了翻《明报》，哗啦哗啦的，却无心看进去。天气开始热起来，香港的楼宇密集，他们这个户型通风条件不好，室内的温度高，他已经用起了风扇。已有好些年了，他的身体对空调很敏感，不到酷暑难耐，一般他是不开空调的。

“明天去一趟深圳吧？”

这个念头一跳出来，张教授几乎被自己吓了一跳：你这是怎么了？前天才去过呢。罗湖书城、中心书城都逛过几遍了，近期的新书想买的都买过，给莱克带去的猫粮，一时还吃不动呢。

他摘下老花镜，把报纸叠回原样放到一边，心里有点沮丧。才相隔两天，感觉好像过去了许久，这几个月往深圳去的频率，显然是高了，一二十年来少有这样的情形，哪怕当年出来做生意时也没有过。

有老友找他，总是碰巧他去了深圳，于是神秘兮兮打趣他："是不是老树开新花，那边有情况？"像受到嘲弄似的，他严厉地回应老友："胡说八道！"可是，因为他的反应过于气急，反而有"此地无银三百两"的嫌疑，老友又笑他："你这样来往频繁，海关阿 sir 都记住你了，小心被当作水客！"

"哈哈，水客？我这像吗？我倒是愿意多带点货，可惜年纪大了，跑不动了。"张教授自嘲道，心想，要是让你带，能带些什么呢？那些水客带的是奶粉啊纸尿裤啊进口牙膏巧克力啊，你只带两包猫粮，要是逮住你，阿 sir 岂不笑死。

大半壶开水都快喝完了，口腔里的辣劲还没有过去，张教授去洗手间刷牙。今晚他做了一道辣椒炒猪肝，这可是第一次在家里弄辣椒，虽然才几个青椒，已足够让他承受了。不过，相比上一次儿子带他去吃湘菜，感觉好多了。上午在超市买菜，看到一堆堆青椒，他突发奇想，是不是可以尝试一下，做道菜？旁边正好有一对夫妻，推着购物车停下来，老婆抓起一把青椒，惊喜地对老公说："老公！好新鲜的辣椒，今晚辣椒炒肝尖呗！"好像这个女子替自己做了决定，张教授也抓起一把青椒，开启了第一次购买辣椒的历史。买了辣椒，他又转到禽肉档，买了一小块肝尖。尽管出于老年人对胆固醇的防范，这些年猪肝已很少出现在他的食谱，但是今晚除了它，他想不到别的可与青椒配伍的东西了。

在厨房里，张教授对自己说，你认识了湖南朋友，当然少不了吃辣菜，正如儿子带你去湘菜馆，你不吃也得吃，你要去适应新事物，应对新的环境，这不是人人都懂的生活道理吗？假如突然有一天，你的生活里少不了辣椒，甚至每一顿饭都少不了辣椒，那怎么办？——想到这里，张教授不觉有些心跳加快，好像多喝了两杯酒，不小心说漏嘴，把心思暴露给了不该知道的人。

牙膏和辣劲混合的酸爽，久久地回旋在牙床上，每一颗牙齿都体验到了一个花甲老人奇妙的食物探险，这一副尚且完好的牙齿，会记下主人从此开启的别样生活。其实，除了牙齿，教授身上的诸多器官，都深切感受到了他的变化，似乎有一股神秘的动力，在激发他身上本已休止的各种功能。

张教授服下当天该吃的药片，准备回房间就寝。可走进房间，一股热浪让他感到沉闷。老年人的季节换得慢一点，大街上年轻仔们早就短裤短衫了，他们还没敢露胳膊。看到床头的一堆冬衣，他想这些都该放起来了。说干就干，也不想睡了。他先把冬衣抱到隔壁房间，因为平时没人住，除了儿子的房间，空房子都成了存放衣物的储藏室。他常常想，要是过去有这么宽敞的条件，他该买多少书啊，可惜，现在买书少了。这个房子缺少的不是书，而是人。

在大衣柜里，张教授看到了那件棕色的皮大衣。他把皮衣从柜子里取出来，一股浓郁的霉味直刺鼻孔。这是儿子当年去浙江海宁旅游时给他买的，听说还不便宜。海宁是有名的皮革之乡，尽管他本身喜欢穿布衣、西装，但是儿子能想到父亲，还是让他特别高兴。香港的冬天虽然也不短，但是，适合穿皮衣的时候不多，买回来那几年，他偶尔会穿上几回，访友、开会，后来慢慢少了，挂在衣柜里，像一件陈列品。

这是儿子唯一一次给父亲买衣物，睹物思人，张教授不禁想起了儿子。从学校毕业都快十七八年了，父子俩交流真的太少太少。前一阵子回家来，难得地多待了一会，在家做了一顿饭菜，住了一晚。他自然明白，儿子正在尝试重新走近自己，这让他高兴了许久。

张教授把皮衣摊在空床上，在白炽的灯光下，他看到两个袖筒上泛起的褶纹，一道道的，触目惊心，翻过来，背部更加明显。哎，多年不穿，也不懂护理，竟然坏掉了。张教授不觉心疼起来，用手掌摩挲皱裂之处，心里想，要是让儿子看到，他会多伤心哪。

张教授给老友发微信，问他，知不知道哪里有养护皮衣的店子？这位老友喜欢皮草，行头都以皮制品为主，这个他懂。

很快，老友回复他：我没习惯在香港做保养，哪怕掉个扣子，我都是去深圳弄的，我常去的是巴登街三巷，当街的铺子，叫“丽姐皮具”，不过，我也有大半年没去过了。

对于明天去深圳，有了充足且无可置疑的理由。张教授把皮衣折叠起来，装进他的双肩包里。这个包还真是个百宝箱，看似不大，需要时还能装下不少东西。

第二天一早，张教授吃过早点，动身去深圳。他没有打算跟李改梅透露行踪，他提醒自己，此行是去护理皮衣，而不是找梅姨，你不上班，人家要上班，忙着呢。但是，上了地铁，他还是忍不住拍了一张照片，发了个朋友圈，写道“步随阳光，心随风动”，好像是特意为什么人发的一个暗号。

过了关，张教授转地铁，再步行到了巴登街，这一带他并不陌生，他的深圳同行的办公点就在附近呢，可是转了好几圈，都没有看到“丽姐皮具”的招牌，老友所指的巷子口，是一家“梅州三及第”快餐店。张教授走进去，问收银台的服务员，这地方原来是不是一家皮具店？

服务员答：“是的，搬走很久了，我们才从房东手里接过来的。”

他又问：“知不知道搬到哪里去了？”

服务员看了看他，咯咯笑了，说：“阿叔，这个我们没问，他们也没说呢。”

服务员温软的客家话口音，却像在嘲笑一个没见识的人。

张教授不禁感慨，自己问得真是没见识。人海茫茫，转眼就各自天涯，在这个一两千万人流动的城市，谁管谁下一程去了哪里！

从巴登街一路步行，穿过红岭路，再到罗湖书城背后的金塘街，这一带更是张教授熟悉之地，可是，走出了一身的汗，就是没看见一家皮草护理的店子。张教授口渴、疲惫，感觉双脚有点抬不动了，一看表，时间也不早了，很快就到中午吃饭时间。他停了下来，不想再找了，再下去走不动了。他掏出手机，下决心跟李改梅联系，他要向她求助。

他打通了她的电话，还没等他开口，她就问：“老张，你过深圳了吗？”

听到她声音那一瞬间，他突然有点羞涩，想说“没有”，却拗不过自己，答道：“是的。”

“来开会吗？”她问道。

“哈哈，哪有开不完的会！今天专门过来找修补皮衣的店子，从早上跑到现在，没有找到。”张教授说得有点气喘。

“修补皮衣的？哈哈，你早跟我说，就不至于白跑了，黄贝岭有一家老店，浙江人开的，熟络得很。”梅姨差点没笑坏，“你在哪个地方？快送给我吧！”

收起电话，张教授屏住呼吸，骂了自己一句：真是笨蛋。他的意思是，既然最终的目的是要与梅姨见上一面，为何要兜那么大的圈子，白白跑上一个上午的路呢？

像得到特许，张教授赶紧打了车，赶到了李改梅的小区门口。正好下午小区停电两个小时，电力公司设备维修，清洁班组可以延后到岗，作为主管，李改梅也给自己放个把小时的假。三天里两次见面，且都是中午时间，见面吃饭，似乎成了不用客套的规矩。

从小区出来往东不远，是一家门面不大的湘菜馆，五六串通红的辣椒挂在门口，随风摇曳，张教授手一指，说：“今天中午吃这个。”

李改梅惊讶道：“你敢吃辣椒了？！”

“哈哈，敢！哪里不敢！”张教授高声道。

“那好吧，我点最辣的菜，看你是真不怕，还是假不怕。”李改梅笑道。

其实，面对菜单，李改梅也分不清哪个是最辣的，哪个是不太辣的，离开胡家冲，她就没吃过最辣的菜。尽管再能吃辣，在深圳二十多年，他们慢慢都少吃了，深圳的气候不允许像胡家冲一样顿顿吃，吃得嗓子冒烟。

张教授告诉她，香港也有不错的湘菜馆，前段时间他还和儿子专门去吃了一家，湖南老板新开张的店子，“我的天，远远就闻到臭豆腐的味道，它的隔壁就是麦当劳。”说到这里，老家伙大笑不止，好像回到了当日的情景之中。一边是臭豆腐，一边是麦当劳，这么一描述，李改梅也笑了起来。旁边坐的一对年轻人，不知两位长辈为什么发笑，快乐会感染人的，他们也笑了起来。

李改梅告诉笑得双颊通红的老张，她有一个老乡，在深圳开湘菜馆的，做得很好，也跑到香港去开分店了，不知道现在生意怎么样，她想不明白，香港人能不能吃辣椒，生意怎么好得起来。“要是他亏了，我会感到不安心，因为他问过我，让我帮忙牵线搭桥，哎，我们这些没见识的人，晓得个鬼哟！”李改梅刚说到这里，服务员就开始上菜了，他们的话题转向对菜色的评价。

老张像逞能似的，专挑辣的吃，吃一口菜，喝一口茶，有几次还差点呛出声来。李改梅试图劝他悠着点，吃不了就少吃，可老家伙越吃越起劲，吃完一碗饭，还要加一碗。

李改梅拦住了正要给老张加饭的服务员，提醒他：“老张，你不是吃降糖药吗？饭少吃一点，多吃菜。”

老张停下筷子，他的内心暖流涌动，不知有多久了，这个世界上再没有人如此提醒过自己。良久，他才像一个听话的孩子般说道：“好吧，不加了。”

“真是傻哟！天气热了，以后别自个在大街上走，会中暑的，有事跟我说，或直接过来，你一百天找我，我一百天都有空的。”李改梅怜惜地看着他，道，“早上看到你的微信，知道你出门了。”

张教授愣了一下，像是第一次知道自己发出的暗号，是如何被对方接收并准确译出的，这就是心有呼应吧！他的内心有股说不出的感觉，模糊了年龄，模糊了所有沟渠，使两个本不相干的人，越走越近，直至彼此再无距离，正是这种感觉，让他三天两头想来一趟深圳，每一次过关，他都觉得是走向余下的人生里最值得的心驰神往之所。

当张教授拿出他的特制牙签盒，自己取出一根，正要合上装回去时，李改梅的眼睛亮了，她伸过手去，说：“给我一根。”

“呵呵，不好意思，我都忘了问你用不用。”老张把盒子又拿出来，推开小盖子，取出一根牙签，递到李改梅手上。

李改梅并没有用牙签，而是捏在两个手指间把玩，似乎要找到这根牙签的异常之处。其实，这就是一根普通的牙签，只是到了老张的手上，到了他的牙签盒里，变得不一样了。

“跟了我快三十年了，当时做生意到处跑，不方便，于是随身带上牙签，避免要用时抓狂。”张教授像猜到了李改梅的好奇，把盒子推到她面前。

李改梅看了一眼，没有去拿起它，推回给教授，说：“还是你们文化人讲究。”

时间差不多了，张教授买了单。李改梅找店家要了一个大袋子，把皮衣装起来，她要把老张的心爱之物带回黄贝岭去，抽空去修补护理。

从深圳回来，张教授感冒了，鼻子塞，头疼，身上发冷。他去药房拿了药，在家休息。那么多年的独居生活，照顾自己的头疼脑热，他有了一套心得。他不惧怕生死，所以不害怕生病，大毛病小毛病他都坦然处之。也许是吃了辣椒的缘故，口腔里出现了个小溃疡，极度不适。直到第四天，人才舒服一点。这期间，他没有发朋友圈，也没有给李改梅私信，尽量不让病后的情绪蔓延给他人。按他想来，皮衣搞好了，李改梅自然会给他消息，他再过去取回来。

奇怪的是，四天了，她没有发来一个字。难道她太忙了，一直没空去弄？还是皮衣坏损太严重，四天的时间不足以修复？又或是她所说的那家店子也搬走了，她仍然在四处寻找之中？

虽然心里一连串的问号，他还是克制住了自己，没有去追问。

又过了一天，张教授熬不住了，给李改梅发去私信：皮衣还能修好吧？

发出去之后，他又想，这样问人家不太好吧？有点对人不信任之嫌，可惜消息撤不回来了。对方的回复迟迟不见，这可让他坐立不安起来，他又想，她会不会遇上了什么特殊的事情，而不便跟自己讲呢？深夜了，他还不想睡，半躺在床头，忍不住给她留言，问她休息没有？今天是不是很忙？希望她好好休息，皮衣的事先不管，有空再去弄，反正夏天来了，至少半年后才用得着它了。

一直没等到回复，熬不过身体的倦意，老张把手机调至振动状态，在风扇的呼呼声中，迷迷糊糊入睡了。

第二天一早起来，还是没有看到回复。张教授着急了，想都没想，发去一条私信：今天我来深圳，中午一起吃饭。

令他意想不到的是，微信发不出去，提示“你还不是他的好友，无法发送消息”。天，她把我拉黑了！张教授的大脑“嗡”的一声，整个人跌坐在沙发上。

老半天，张教授才缓过神来，回溯最后一次见面时所有的对话、举止细节，查看究竟会是哪一个环节、哪一句话带来了误会？无论他怎么回想，都不觉得有不合适的、冒犯的言语，是何原因，突然导致拉黑、翻脸？！

接下来的一天里，老张尝试发送几次添加信息，都没有得到回应，他反而冷静了下来。“事出反常必有妖”，越是危急关头，越需冷静对待，这是他多年搏击商海的经验。

一件皮衣，引发如此吊诡的风波，到底原因会出现在哪里？张教授决定再用三天的时间来冷却，再考虑下一步怎么做。

虽然这样的冷静颇受煎熬，张教授还是努力克制住自己，他每隔十分钟八分钟就会看一下手机，就是没再继续发送添加信息，或产生去一趟深圳，在小区门口守住她的冲动。在充满不确定的态势面前，只有冷静，才能牢牢把握主动权，不至于陷入被动。

就在老张认为转机越来越渺茫之际，李改梅突然通过了他的添加请求，而且啪啪发来两张图片。老张点击图片，放大一看，不禁傻了眼：一张图片上是一沓港币，估计有七八张吧，千元面额的。另一张是被揉皱的旧照片，他仔细辨别，原来是孩子妈妈的老照片——他可找过好几回，就是找不着。

老张的大脑一片凌乱，他没法想起，这张照片怎么会到了她的手上？

发来两张图片后，等了半天，她没再发送消息了。老张发去：请问，这两张图片，是从何来的？

“你自己干的事情，装傻吗？”李改梅反问道。

“此话怎讲？”张教授万般疑惑。不过，就像开启一部侦探小说的阅读，激起了他内心追寻答案的强烈期待。

也许是操作文字的速度，跟不上愤怒的表达，李改梅直接留言开骂他——你有钱，有文化，但是别在老娘面前装傻，你故意把钱装在皮衣里，不就是要考验我吗？把你女人的照片也放在一起，难道不是要刺激我吗？哈哈，你想太多了，我们农村人、山里人是穷，但我不会要你一分钱，更不会打你的主意！你要是以为我高攀你，这样想的话，不仅侮辱了我，也侮辱了你自己！我宁愿回去给我家死鬼守坟，也不会沾上你！以后不要联系了，皮衣我现在没心情帮你弄，到时老娘会留言，放一个地方，你自己去取。你不要回复我，我一个字也不会再回……

原来如此。张教授反复听李改梅斩钉截铁的斥责之声，慢慢想起来了，那沓钱应该是最后一次穿皮衣时，顺手放在内夹口袋里的，而这张照片，也应该是当时有什么用途，带在身上而忘了放回相册，他后来还到处找呢，怎么这张照片不见了。皮衣在柜子里挂了几年，就这么忘在了里面。而那晚取出来，他只是心疼破损的外表，没有翻翻内里，折叠包装时也没有仔细检查，就这么带到了深圳，交到了李改梅的手上。

哎呀，真是马大哈。张教授重重地拍了一下大腿。

他没有马上回复李改梅。这时候怎么解释也是无济于事，甚至适得其反，她的愤怒要得以平息，不仅需要真相，还需要时间，需要过程。

他一遍遍听李改梅的语音，越听就越不像对他的斥责，叫骂，他听出了愤怒之中的人之常情，这一份心情是足可理解的。他想，换一个身份，假如你是她，突然在一件男人所托付的衣物里，看到一沓钱，一张亡妻的照片，不也难免会多想吗？

这样一来，他不着急了，他有足够的耐心来消除误会。通过这一个波折，他反倒领教到了李改梅性格的丰富性，湖南女性的霸道、辣劲一览无遗——敢爱敢恨，敢于抒发自己的真实心声，不讨好，不迁就，管你天王老子！

过了一个星期，深圳同行邀请座谈，会后张教授跟同行们用过午餐，来到李改梅所在的小区，留下一个袋子，请大门岗亭的保安转交给李改梅。袋子里装的是两包猫粮和一罐成人奶粉。

他没有过多停留，转身回了香港。他要保证事态在自己的把控范围，即使李改梅迎面走来，或在后面追赶，他也要做到岿然不动。

到了晚上，他才给李改梅留言：事情已经发生，过多的解释，你都不爱听。真实的情况是，我好几年前最后一次穿皮衣，钱和照片都是那时装在内里口袋的，我自己都忘记了，而出门前又没有好好检查，导致误会。希望我的解释你能听进去，晚安！

李改梅发回一句话：骗鬼去吧！

张教授露出了微笑。这一回，作为接收和破译暗号的人，他明白，霸道的湖南女子开始冷静下来了，开始摘除浑身的怒刺，再给她点时间，很快就会烟消云散了。

接下来，为一个跟高校合作的联合课题，张教授和学会的同仁们忙乎了大半个月，等他忙完，提交了报告，“叮”的一声，也收到了来自深圳的一条私信——“对不起啊，是我小气，误会你了！皮衣已经护理好！”随后发来一张莱克的图片。

莱克这个鬼东西，玻璃球般的大眼睛，透过手机屏幕，注视着从未谋面，却源源不断给它带来进口猫粮的张教授。

那一刻，老家伙悲喜交加，给她发去一个大青蛙鼓着腮帮的调皮表情：明天我来深圳。

第十二章 李改梅

一早起来，李改梅听到莱克的呕吐声，循声找去，发现它在几个角落留下了呕吐物，被吐出来的颗粒分明的猫粮，压根就没有消化。这让她不安起来，担心莱克是不是食物中毒了？还是肠胃出现了问题？她马上把呕吐物拍下来，又拍了此刻正懒洋洋地躺在沙发上的莱克，将照片给老张发过去，留言道：“莱克呕吐，不吃不喝，急死人。”

这次，老张没有动用他取之不尽的表情图库，而是发来一行字：别急，我明天来看它。

李改梅心里“咚”的一声，这行字就像把一块大石头扔进了水里，余波不断扩散，撞击着她心中的堤坝。

明天恰好是星期六，她并没有专门挑时间发消息。交往那么长时间，他们的见面总是在外面的餐馆里，要么在公司附近，要么在他常去的地方。她没有邀请过他，来家里看看，他也没有任何一次暗示她，要去看看你的住处。而因为莱克，他终于要来到黄贝岭，第一次登门了。

晚上下班回来，李改梅开始打扫屋子，她不能让老张首次登门看到的是出租屋凌乱不堪的景象，尽管她早就讲过自己的居住条件，以及二十多年来在黄贝岭的点点滴滴，但她还是想尽力给他留下个好印象，总之就是不要让他反感。

等她把该归置的归置，该扔的扔，已经过了十二点。她还把一套紫砂茶具找出来，清洗干净，明天她要好好给客人泡壶茶。这套茶具是儿子在技师学院读书时，参加技能大赛获得的纪念品，他们喝茶没有那么多讲究，一直放着没动，也舍不得送人。

直至关了灯，准备睡觉，李改梅还在想明天老张来了是在家吃还是去外面吃。反复衡量后，还是决定在家吃。决定了在家吃，她又开始琢磨该买什么菜，给不给他做点辣菜，要不要煲汤。若不想出个答案来，一晚上也别想睡着。

自从上次的皮衣风波后，他们见过几次面。尽管张教授对她的过激表现毫无怪怨之意，她自己却无比内疚，每一次见面都感到不自在。不过，有时候她也还嘴硬，自己原谅自己，在当时的情景下，不气上头才不正常哪。

皮衣里的钱和照片，其实不是她第一时间发现的，而是到了皮具店，浙江老板娘在例行接货检查时，一把从口袋里掏出来的。老板娘抱怨她，出门不检查一下，要是到店里弄丢了，谁的责任？而她哪里还有心思分清谁的责任，一身的气都涌到了脑门上，心想，你这个老东西，故意塞钱在衣服里，不就是耍小聪明，考验我是不是贪财的人？如果这个属于合理联想的话，那么，塞张女人的照片，又是什么意思？！她在百般纠结时，老板娘拿起照片，举在半空端详，惊叫道：哟，梅姨，这不是你的亲姐妹吗？您看，你左眼一颗痣，她右眼一颗痣，一左一右，好漂亮哩！

她感觉整个黄贝岭的人此时都循声而来，都在注视着自己，好像要弄清楚这件皮衣的来历，这些钱物的来历，也包括她李改梅的来历！她感到无地自容，根本不想解释半句，从柜台上抱起皮衣，又从老板娘手中一把夺过照片，揉在手中，三步并作两步跑回家，把门狠狠关上，把自己扔到沙发上，气得浑身发抖。她本不想再搭理老张，从此不想再来往，不告诉他任何原因，就此两断。

通过这件事，她深深感到，毕竟是有文化、有修养的人，老张确实体现了不同一般的见识、胸怀，有礼有节，不慌不忙。整个过程，尽管自己气急败坏，可主动权不在自己手里，始终被老张牢牢牵引着，从一个怒不可遏的人，慢慢冷却、理智，然后感到内疚，从风波中走出来。

把揉皱的照片交还到他手上时，李改梅突然流下了眼泪，为自己的一时之气，也为老张的大度从容。

张教授辨认方向的能力果然不是吹的，当他出现在楼下时，李改梅心里不由得惊叹。她只是告诉了他大致的巷子、楼栋，他也没有反复核实，更没有要求发地址定位。生活中，很多人的方位感是很差的，即使发了定位，还是会走错，最终还得打电话求助，甚至有人会为此生气，说你这到底是什么鬼地方。

而这位香港老头仿佛自带定位系统，笃定出行。他曾经跟李改梅说，不论在世界上任何一个地方，只要给他一个基本的地址信息，他就可以准确无误地登门。李改梅听时以为是吹牛，此时此刻，她从二楼阳台看下去，目睹他慢慢出现在视野之中，她百分之百相信了，这个走过地球上大部分地方的男人，从未迷失过方向。

从地铁站出来，如果不打的，步行进入黄贝岭村内部，有不短的一段路，再七拐八弯摸索几条小巷，上得楼来，这个年过六十的男人，竟没有半点气喘，精气神实在还不错。

莱克似乎有预感，那个没有见过面却很喜欢它的香港老头要来看它，早已等在门口。这让老张感动不已，蹲下来一个劲地抚摸莱克的头，又从包里取出一个别致的吊牌，给它戴上。李改梅也蹲下来，老张把吊牌提起来给她看，上面一行是中文字“姓名：莱克”，下面一行是英文字，老张念了一遍，李改梅听不懂，老张翻译成中文，念给她听：“众生平等，文明同在。”

脖子上突然挂上个牌子，莱克显得很不适应，烦躁得又跑又跳，试图把它抖落下来，还不时在李改梅脚跟蹭几下，似乎在寻求她的帮助。不过，没过多久它就放弃了，一是明知徒劳，二是逐渐适应。

“如果有几只同伴一起玩，那它肯定威风得不得了。”老张道，一脸的柔情和慈爱。

老张给莱克做这个牌子，让李改梅几乎不敢相信，一个男人，怎么可以如此细心，又有趣味。除此之外，老张还带来了两袋另一个品牌的猫粮、三盒罐头和一把猫咪专用的梳子。

“天哪，你都像个专业的饲养员了，”李改梅惊讶道，“说它是贵族猫，半点没有错，有贵人来伺候了。”

“一个退休老头，找些事做而已。”老张被夸得害起羞来，轻描淡写道，“我得谢谢莱克，每天有所念想。”

此刻的李改梅和张教授，就像一对无比亲密的朋友，甚至像亲人，彼此都省略了对环境的介绍和打听，也不像在茶餐厅或大街上有别人的目光注视，这是一个属于他们自行支配的空间。戴上专属吊牌的莱克，因为客人的加入而兴奋不已，它这才真切地意识到，真正的关爱就像张教授那样的润物无声，平日里女主人对它的训斥实在是太多了，只是它无从反抗而已。

老张一点也不像首次登门的客人，李改梅烧好了水，他抢过来自己动手泡茶，倒是省掉了李改梅的麻烦。事实上，她也不会泡茶，他们从胡家冲到深圳，都没这个讲究。她坐在一旁，细心地观察老张如何放茶叶、洗茶、洗杯。以前看别人泡茶，总感觉步骤特别烦琐，此刻她却看得出神，她希望能记住整个过程，一个细节也不错过，下次他来，她就可以自己动手了。

李改梅只做了一道带辣椒的菜，煲了排骨莲藕汤，炖了花生猪脚，煎了一碟豆腐，炒了一盘莜麦菜。米饭用的是正宗的洞庭湖区大米，一颗颗饭粒饱满泛亮，不吃菜她自己都能吃下三碗。

饭菜摆上桌，两人坐下来，面对四菜一汤，作为主人，李改梅却拘束起来。是啊，要是多一个人，她就不会有这种感觉了，可是，有必要多一个人吗？她鼓励自己，也好像对另一个自己说出实话：我就不要多一个人！

张教授显然也在努力掩饰自己的不安和慌乱，他故意表现出大大咧咧的样子，让自己尽快平静下来。他首先从夸赞桌上的菜开始，从猪脚的肥而不腻、滋补有益，到豆腐的养颜，再到莜麦菜的维 C 含量，又对缺少辣椒而表示遗憾。说到米饭的时候，他开始回忆当年去湖南办事的经历，对洞庭湖的美好印象。李改梅听得入神，目光时不时从他的脸上掠过，她猜得到，自己的脸上肯定浮起了红晕。在她的心目中，此刻的老张，不是那种口若悬河、唾沫横飞的人，而是有真才实学、知道给人带来乐趣的人，他所说的一字一句，都是为了让同伴感到舒适，感到欢喜。

菜都快吃一半了，李改梅才想起问老张，要不要喝点酒。

老张说，平时我是不喝酒的。

话没说完，李改梅就激将他：现在是平时吗？

老张似乎听出了弦外之音，犹豫了一会儿，说：喝，喝点。

李改梅起身从另外的房间里拿出一瓶酒，老张一看，摆手道："呀，茅台！这可是好酒！"

李改梅并不知道这酒到底好不好，酒是朱查理当年离开深圳去东莞时送来的，说是送给他胡叔喝，胡叔哪舍得喝，一直藏着。原本有两瓶，李改梅入职公司时，给董事长送了一瓶。董事长说这是好酒，我不喝，我要继续收藏。然后要给李改梅钱，李改梅生气了，说我是感谢董事长给我安排工作，不是来卖酒的，我们家不生产酒。董事长听了，特别高兴。

董事长说过的话，没想到老张也说了："这可是好酒，别随便喝掉了，咱收藏起来，以后有特殊的喜事再喝！"

李改梅的脸色一下子就不好看了，说："今天不特殊吗？你那么远来看我，还给莱克带了那么多东西，今天不喝，要等什么样的日子喝？你不喝我也不藏了，一会拿出去街上随便送人算了。"

老张瞬间手足无措，显然也是个没有多少办法应付场面的人。他接过酒，说："我喝！我喝！别随便送人。"

李改梅这才又开心起来。

吃好喝好后，李改梅收拾碗筷，让老张自个先喝茶，她把厨房清理清理，把碗筷洗了。她的习惯是一吃完就洗碗，免得放着放着就忘记了。

因为陪老张，她自己也喝了几口酒，虽然嘴巴里辣得很，可是心里有块石头却被挪开了。她感到浑身轻松，从头到脚的灵便，她好像忘记了工作，忘记了胡家冲，忘记了葬在老家的男人，也忘记了跟她不亲不热的孩子们，忘记了前一阵子的皮衣风波，忘记这一切，去往一个什么都不用顾虑、不用担心的地方。当然，并非独自一人，而是与比她多喝了两杯酒的老张做伴。他愿意走多远，她就陪他走多远。

她忘记了自己是在洗碗，还是在哗哗的水边行走。忽然，她感觉到有人走到了自己的身后，伴随而来的是一股浓重的呼吸声，她闭上眼睛，等了好久，至少有半个小时，才等到那双白净的骨节分明的手从她的腰间环抱过来。她不知道在这个漫长的过程中，他的内心是如何激烈斗争的，是如何鼓起勇气的，他有没有担心过会遭到拒绝、痛骂，是否产生过转身走人的念头？

她用沾满洗洁精泡沫的手，抓住了张教授的手。

一股羞怯、迟疑却倍感甜蜜的泪水，从她的眼眶涌出。她想回过身来，看看他酒后变红的脸，看看他下了这么大决心的样子，可最终没有鼓起勇气。

她低着头，看着自己满手的泡沫稀释、化作水滴，从指缝间滑落，也看着那双骨节分明的手，轻轻地抽出来，耳畔的呼吸也渐渐稀落。等她回过头去，张教授已经坐回沙发上，好像压根就没离开过座位。

一天下午，李改梅正在清洁班开会，接到朱查理电话，说他要来看莱克。他正在前海开会，会议一结束就赶过来。

最近几个月来，从朱查理的微信朋友圈经常看到他来深圳办事、开会的消息，有时候深夜了，他还在朋友圈发在深圳开会的图片。李改梅心想，他是不是要把公司搬回深圳了？尽管好奇，但她从不私自打听他的行踪，凡是他个人的事，他不主动说，她就不会主动问。老胡在的时候，他们有这个规矩，老胡不在了她还坚守着这个规矩。

朱查理的电话让她坐立不安，不知道他什么时候来。自从朱查理把莱克送过来，几个月没来看过它，她以为他早把这只猫忘了呢。说忘了也不对，他偶尔想起，会让李改梅拍几张莱克的照片，每个月都会转点钱过来，让她买猫砂猫粮。李改梅几次跟他说，花不了多少钱，不用这么计较，何况我跟莱克已经有感情了，也算是我养的了，胡丹丹两公婆比我还上心，吃的用的玩的，他们乐意买。

“说不定过不了多久，它就记不得你了，”她逗乐朱查理，“你也别想再带回去了哦。”

“莱克就是梅姨的，跟我的话，早就被我揍死了。”朱查理道。

一下班，李改梅就赶回家去等他。朱查理在微信里说马上过来，等他人到达时，已经快晚上十点钟了。

莱克果然不认得这个上一轮的主人了，不论朱查理怎么逗它，它都没有令人满意的表现，几次像被惹急了的样子，露出狰狞的表情，“吼吼吼”地凶他，令朱查理好不尴尬。

亲眼见到莱克被养得好好的，朱查理对梅姨连声感谢。是啊，十几年来，哪一次交给梅姨的事她没有办好？什么事情交到她手上会让人不放心？不过，从进门见到莱克开始，李改梅就留意到了朱查理脸上不易察觉的异样神情。

时间不早了，朱查理说要回去，犹豫之间，才指着莱克脖子上的吊牌，又望着猫碗旁边的进口猫粮、罐头，吞吞吐吐问道：“梅姨，这些进口猫粮都是香港来的，您是怎么买到的？”

这一问，让李改梅措手不及，她没想到这些东西会令他不快，一时支支吾吾，好半天才说：“哈哈，恰好有朋友去香港玩，顺便代买的。”

果然是个醒目仔，朱查理意识到自己的态度让梅姨受惊了，赶紧转换口气，说：“没别的意思，我是担心梅姨把这家伙惯坏了，以后伺候不起它。”

“什么叫惯坏它？人家本来就是贵族，被你们搞得像流浪汉似的，”梅姨蹲下来，抱起拘束、警惕的莱克，轻声问道“莱克，对不对？”

“呵呵，它现在是中国猫，就要入乡随俗，吃中国的用中国的。”朱查理被梅姨逗乐了。

“好了好了，下次不买了。”李改梅拍拍莱克说。表面上化解了尴尬，心里却乱成了一团麻。她得想一想，如何跟张教授说以后别给莱克买东西了——她知道，这将是一个新的难题，其中无法解释的原因，必然也会给他带去莫名其妙的烦恼。

听朱查理说开完会直接赶来的，还没来得及吃晚饭，李改梅正准备给他下面条，锅里的水都烧开了。

朱查理还是没依梅姨的，转身出了门，他还要赶回东莞去。

第十三章 张教授

天还没亮，张教授就起床了。他把昨天买好的面包用微波炉热了一下，冲了一杯麦片，解决了早餐。最近的血糖总是处于高低起伏状态，令他不得不格外重视。跟老朋友们聊起，大家都说不要太在意，有啥吃啥，能吃就是好事，可儿子不这么认为，时不时叮嘱他，必须按照降糖餐单安排饮食，按时吃药。

刮了胡子，换上了一身西装——平时，只有参加一些大型的会议或要登台做报告、读论文的场合他才会穿得这么正式。他收藏的个人照片大都是西装革履的，这也说明了留影场合的重要。

今天，他要去罗湖口岸接一个人，那肯定是人生中重要的场合之一，比他参加过的所有会议、会见都重要。按照约定，在罗湖口岸过了关，他们就要合个影。这是他们在深圳见了二十九次面之后，第一次在香港见面。如果事情按照他的意愿走，带她游览过香港的景点，去香港的湘菜馆吃过饭后，他要把她带回家里，正式跟她说我喜欢你，希望和你一起开始新的生活。当然，他也想到了，事情不一定会依照自己的意愿发展，她可能一时半刻难以接受，但是没关系，他愿意给她时间，半辈子都过去了，他有足够的耐心。

刚认识的时候，他叫她“李小姐”，后来又跟着大家叫“梅姨”，现在，他逐渐改变，以“阿梅”来称呼她。

现在的深圳，对于他而言，已经跟儿子无关，跟中心书城、罗湖书城无关，跟那些学术会议无关了，而是跟黄贝岭、跟阿梅有关。

他觉得，自己对黄贝岭那间出租屋的向往与依恋，是天下所有豪宅都无法比拟的，那里住着来自湖南胡家冲的阿梅，以及据说从东莞送来的暹罗猫莱克。莱克虽然有点高冷，但是对别人的好是有记忆的，他从香港给它带来吃的用的，到黄贝岭看它。现在莱克跟他渐渐产生感情了，每次他来到后，故意站在铁门外“哼哼”两声，它就在里面“喵喵”回应，还站起来举起两只前爪扒门，恨不得亲自把门锁打开，迎接它的好友进屋。阿梅告诉他，动物就是动物，翻脸不认人，原来收留它的主人，它已经不认得了，还要咬他。

张教授有点得意和感动，要不是这只猫，他们的相处不会有那么多顺理成章的理由，他即使有再多的办法，也找不到那么多去深圳的借口。他已经俨然成为小屋的半个主人，也兼做莱克的饲养员。阿梅把小屋的钥匙给了他，每一次过去，他不用苦苦等她下了班再约时间碰头。

对于这个女人，张教授觉得所有过度的了解都是多余的，他相信第一感觉。从第一眼看见她，他就觉得这是一个自己所期待的女人。虽然接近的过程有些漫长和曲折，中途还发生过一些小波折、小误会，却是一趟美妙的发现之旅——在她的身上，他发现了一个身处社会底层的女子所富有的正直善良，发现了一个貌不惊人的农家妇女所拥有的宽容大度、智慧果敢。她从湖南到深圳所经历的那些曲折往事，他百听不厌，就像打开了一本凡人之书、生活之书。他不忌讳她谈起她逝去的丈夫，正是在她回顾他们的婚姻之时，他产生了要代替她心中原有的丈夫形象的念头，让她重新拥有完整的生活。

他已经考虑过了，一定会有人，包括他的儿子阻止他——你一个堂堂的“张教授”，怎么会看上来自农村的清洁工？！你觉得般配吗？这种身份差异能有好结果吗？他会一律给予回击：她是我根据自己所需，而造就的一个无以挑剔的女神。

为了她的香港之行，他们商量了好久，从她的犹豫不决，到答应前往。他专门到深圳协助她申办过境通行证件，好在如今内地的办证手续简化，不用回家乡就能办好。时间定下来后，他跟她约好，到罗湖口岸去接她，再陪她开启香港之行。

等张教授收拾停当，天也渐渐亮了。

他从元朗出发，坐地铁赶往上水，再到罗湖口岸。这不是他平常往返深圳的线路，绕了一个大圈。但是他特别乐意这样兜转，因为接到了她，可以顺路饱个眼福，把大半个香港看一遍。

真的要成行了，她又担心这个担心那个。他理解她，虽然只隔了一座桥，却是她在深圳二十多年不曾想到的行程，难免为此忐忑。

张教授又何尝不会想到，她对香港之行的顾虑，也包含了对他的不完全信任。难道不是吗？一个五十岁的女人，只身来香港，奔赴你一个老头子的约会，谁能给她最大程度的安全担保呢？她不该有自己的忧虑和警惕吗？

为了确保出行顺利，消除她的顾虑，他把过关流程画成了示意图发给她，把如何准备证件、要走的通道、入境后走哪道门都标注得清清楚楚，一目了然。他还写了几条注意事项，比如在关口不要随便跟人搭讪、有人提出捎带物品进关要一律拒绝、有疑问尽快找警察帮忙，等等。

按照张教授的预测，阿梅八点半从罗湖口岸过关，他最晚九点钟就可以看见她的身影。可他等了一个多钟头，才远远看见人来。

令张教授感到意外的是，不是阿梅自己一个人，还有一个做伴的女子。阿梅拉着同伴的手，走到张教授身旁，介绍说："这是我的好妹妹，叫阿芳。"

阿芳三十来岁的样子，满脸的笑意，用白话向张教授做自我介绍："我是黄贝岭本地人，这次专门陪我姐来香港，教授不介意吧？"

张教授明显感觉到了阿芳话语间隐含的试探口气，从她的眼神里，他感觉到了自己的角色——一个等待接受考察检验的人。

张教授伸出手，与阿芳相握，本来想说“欢迎来到香港”，又改口说：“谢谢你对阿梅的照顾。”

设计了好些天的见面场景，包括规划好的路线、行程，忽然不得不做出更改，张教授心里一下子布上了一层淡淡的失落。不过，他很快就意识到了不妥，这不应该是一个有修养的老者的风度，他马上调整好自己的心情，投入尽地主之谊的巨大热情之中。

他本想帮阿梅拎包，没想到人家不容分说地把他的双肩包抢了过去：“瞧你走得累的，我来背！”

张教授渐渐意识到，自己不是今天的地主，阿芳才是。她们不是按他的计划应约而来的，因为阿芳的加入，他成了她们行程中的一个配角。阿芳对香港的熟悉程度，看来不比他差多少。从坐车、转车，去第一个目的地，都没有轮到他提建议。在阿芳的主导下，她们去铜锣湾逛了两条街，买了东西，去维多利亚港以及紫荆广场照了相。要买什么东西，她们提前都商量好了，有为自己买的，有代朋友买的，有一起买下送给共同的朋友的。付款时彼此默契，张教授几次想上前为阿梅埋单都没轮上，他也觉得，若自己在这种情形下表现得不合适，会带给人家尴尬。他本来准备了足够的钱，要为一天的行程埋单，看来不怎么用得上了。

走走逛逛下来，已经过了中午时间，作为一个花甲老人，一个糖尿病患者，他的胃肠早就不能对付饥饿了，而两个女子却不知疲倦，不知饥饿，兴致高昂。

还好，她们终于愿意停下来吃饭了。

张教授觉得这时应该做出表现，负责吃饭的事情，谁知阿芳一把将他拦下，说："你们是我的长辈，这是我应该做的。感谢梅姐给我一个机会，太难得了。"

此刻的张教授还无法明白，阿芳对李改梅的尊重出于什么原因，李改梅又是如何获得年轻人如此的厚待。他只能恭敬不如从命，在自己的地盘上像客人一样被招待。

吃完饭，时间已经不早，阿芳对张教授说："我这个电灯泡也该退出了，我把梅姐交给教授吧。麻烦您把她送回罗湖口岸，六点钟吧，我们在关口会合，我带梅姐回深圳。"

张教授看见李改梅的脸瞬间红透，他自己也感到满脸发烧。这辈子，他没有过像这样恋爱的经历，过了六十岁突然体验，竟然也如年轻人那般羞涩。

阿芳匆匆离开，她要赶到她的伯父家，拿上伯父给奶奶买的药带回去。像他们这样的家庭在深港两地不计其数，一家的父母子女分住两边，有的香港居民在深圳还享有村民待遇，还要在那边赡养老人。

"真是对不起了，这不是我的本意。我昨天不踏实，问阿芳一些香港交通的问题，这丫头刨根问底，硬是要我说出实情，然后请了假，要陪我来。"李改梅也许是感觉到了张教授内心的不舒服，或者是意识到了因为自己单方面的改变打乱了计划，为此感到抱歉，她朝张教授笑了笑，说："唉，让她花时间又破费了。"

一句话，将张教授心里的些许不快淡化下去了。

他无意去甄别她说言的真假，但是，对阿芳这个年轻人的用意，却是一目了然的，年轻人真切实在，陪伴、保护第一次前往香港的梅姨，替她把控风险，直至她觉得放心了，才暂时离开。想到这里，张教授忽然为自己获得考验通过，取得年轻人的信赖而得意。

时间已经不允许他们按照原有的计划进行，他只能陪着她在街道上走了走，然后坐地铁去往深圳方向。

在夕阳的余晖里，他们站在罗湖口岸的边检大楼前，请路人帮忙拍了张合照。

站在这里，李改梅的心情忽然变得沉重，双眼发红。

张教授不知如何是好，他不知道是什么原因触动了她的情绪，让她陷入低落的情绪之中。

良久，她才平复心情，告诉张教授，她想起了一个叫老丁的同事，在深圳打了快三十年工，最后的心愿就是过关到香港看看，直到他离开深圳之前，也真的实现了，专门来了趟香港。可是，这个老丁回去就自杀身亡了。

“为何要自杀？”张教授不解地问，除了应和话题，也是出于职业习惯。在他二十多年的社保、劳工研究中，遇到过各种各样的自杀个案，每一个个案都会关联到现实的问题，都值得重视。

“唉。”李改梅欲言又止，似有千言万语，却无法形成一个字。心情又陷入了沉重，双眼又潮红起来。

张教授感到眼前的女人显得那么可怜，也那么可爱，左眼那颗黑痣在她的情绪反复中，仿佛一明一暗的灯盏。

他轻轻把她揽到怀里，再飞快地在她的发间吻了一下，速度比口岸的风还快。

肯定是有意把时间留给两位约会的长辈，阿芳并没有按照约定的时间赶到。此刻，两位长辈牵着手，站在熙熙攘攘的人流中，不停地说话。他们没有预定某一个话题，想到哪儿说到哪儿，有时下一句跟上一句之间，几乎相差千万里之遥。从深圳说到香港，从香港说到胡家冲，又说到黄贝岭。不过，再飘忽的话题，都没有离开他们彼此的人生旅程，似乎他们所有的经历，都是为了此刻的相聚。

漫长的闲聊中，李改梅打了几个呵欠，困倦感不知不觉袭来。张教授从包里取出樟树油，拧开盖子，用手指摁住瓶嘴，倒置过来，然后将充分湿润的手指按在李改梅的额头上，轻柔地来回揉擦，从额头到耳根，再到人中。李改梅微闭着双眼，任那只骨节明显、白净的手指认真细致地工作。

待张教授的手指离开，她睁开眼睛，说："擦得不对，我来告诉你。"说着从他的手上拿过瓶子，伸出两个指头，将油滴洒向手指头，然后朝张教授的额头按下去，一股暗暗的劲头在他额头上一个个若隐若现的老年斑间游走，张教授感觉像有一团流动的火焰，在经络间燃烧，再辐射到周身，疲惫与困倦感瞬间消失了。

一股樟树油的芳香在罗湖口岸飘散，从他们身边经过的人都情不自禁地停下脚步，发动鼻子辨识气味的功能，以识别这两人身上散发出的到底是什么气味。

整整一个钟后，阿芳才出现在他们面前。

"现在我把梅姨交给你，麻烦你带回深圳。"张教授以阿芳刚才的口吻说道。

“遵命！”阿芳拉过李改梅的手，往前走去。

目送她们的背影，张教授举起手机，拍下了一张无论是从艺术效果还是纪念价值来看，都令自己特别满意的照片，这张照片的意境，替换掉了他今天失落的计划，以及被破坏的各种期待。

直至看不到她们的影子了，他才转过身，走进香港的万家灯火。

在回家的地铁上，张教授发了一个朋友圈。他情不自禁要分享自己此时此刻的心情——他选取了那张背影，左看右看，无比满意，正准备点击完成时，又觉得单调了一点，必须再加一张图，最后，一张莱克的特写被选中，照片里的莱克仰着头，有点委屈的样子，因为那会刚被他狠狠训斥过，是他抓拍下的表情。

这是一次出乎意料的朋友圈，也许他太久没有在微信上冒泡了，几个老友几乎分秒之间就点赞了，但是谁也不会知道，这两张照片背后的内涵，也没人会读懂他今天的心情与这两张照片之间的关联。

发出朋友圈后，这位花甲老人沉浸其中，他根本不会想到，在他的人生中，一个刻骨铭心的事件即将到来。

快到家的时候，他看到儿子在这条朋友圈下点赞了。心想，这小子嘱咐我少发朋友圈，我已经大半年没发了，今天偶尔发一个，他不会有想法吧？张教授的脑海里浮现出儿子那张冷峻的脸，不免想到，转眼，儿子也是快四十岁的人了，父子关系不知不觉也发生了变化，但是现在是一种什么样的状态，他实在很难总结出来。亲情？友情？责任？义务？说不上来。

张教授到家，看到阿梅也点赞了，还发了个大拇指。

不过，很快他就发现，儿子的点赞取消了，要不是他一直盯着手机，压根不知道这小子点赞过又取消了。当然，他也没有因此展开联想，取消了就取消了，充其量就是不高兴呗，父子俩不高兴的时候还少吗？或者也是无心之举，自己也偶尔会出现一不小心点错按键的情形。

他给李改梅发了条私信：到家了吗？莱克的猫粮和水都空了吧？

直至他洗过澡，决定上床休息，都没再看到李改梅的回复。

因为起得太早，中午没有得到惯例的休息，这位斜躺在床头的花甲老者，放下手机，关掉床灯，半闭上眼睛，回顾一天的行程，还没有来得及做些小结，就进入了梦乡。

没有任何预兆，第三天傍晚，儿子突然出现在家门口。

张教授有点错愕，这不是儿子一贯的风格，至少他会提前打个电话或留个语音。他打开门，接过儿子手上拎的包，问他吃过没有。儿子说，没有呢，我叫个外卖吧。

那一瞬间，他明显感觉到儿子的眼光有点异样，不过一闪即逝，很快又努力做了调整。他换好鞋子，回房间换了衣服，回到客厅，若无其事地跟父亲说话。

老头正好也没吃，便由儿子打电话叫外卖。

等餐的过程中，儿子从包里取出三个茶饼，说是福建客户送的福鼎白茶，常喝对老年人的心脑血管有益处。

老张戴上眼镜，认真端详茶饼包装，他喝茶没有偏好，喝不喝、喝什么都无所谓，但去的地方多了，对茶也算有一些了解。

“这茶不错。十多年前我去厦门开会，主办方给大家赠送的礼品就是福鼎白茶。开完会，我又和几个大陆、台湾的学者顺道去了福鼎，在茶山上住了两晚。”张教授摘下眼镜道。

儿子决定为父亲冲泡一壶，可家里不常待客，茶具都收起来了，好不容易翻出茶壶茶杯，清洗干净，水也刚烧开，外卖也到了。

张教授的心里不踏实起来，儿子的举止哪能逃过他的眼睛，与其说他是在准备泡茶，不如说是在找借口消磨时间，以避免父子俩长时间面对面的尴尬。

“先吃饭吧。”张教授道。

他把主动权抢过来，打破气氛。他倒要看看，儿子因为什么事不打一声招呼就临时回港，到底有什么话要说。

卤水鹅掌、叉烧、红烧乳鸽、盐水豆干，这几道菜都是张教授喜欢的，有时候他懒得弄饭，也是到烧腊店拼几样东西，潮汕风味、广府家常，很合他的口味。附近的几家店主对这位老街坊很熟悉，有时候顺便送样东西，坚决不加钱。

“你这是在祥记点的吧？”张教授打开白醋包，一闻味道，就知道是哪家的。

“老豆厉害！确实是祥记。”儿子说话间已经从酒柜里取出一瓶五粮液，这是好些年前带回家的，存在酒柜里，一直没有动过。

“喝酒？”张教授有点疑惑。儿子在家是很少喝酒的，印象中他好像也没怎么学会喝酒。

“喝点。老豆也喝点。”儿子已经把酒倒上了。

张教授没有拒绝儿子的邀请，他平时不喝酒，要喝也喝不了多少。

吃了点菜，喝了两小杯酒，儿子开口道：“老豆，今晚请您听我讲一个故事。”

“好吧。”张教授心里“咯噔”一声，似乎预感到儿子即将要讲的故事对自己会有不容小视的冲击。

“您还记得我从英国回来，去深圳是哪一年吗？嗯，转眼十八年过去了。那时，我懵懵懂懂，什么人情世故都不懂，只身在深圳打工。后来，公司临时决定不再给香港员工提供住房，急得我在附近找房子。在这个过程中，我遇到了一对湖南夫妇，他们在黄贝岭搞清洁、收废品。在一般人的心目中，做这一类职业的人都很脏、很狡猾，甚至非常不可靠，但是这对湖南夫妇改变了我的看法，他们正直、善良，想人之所想，急人之所急，从来不怕吃亏。

“十八年来，我跟他们家一直保持交往，我在深圳租房、买房、卖房，都是他们帮忙打理，从来没有闹过矛盾，也没有因为一分钱弄得不愉快。在内地，我没有多少朋友，他们一家就这样成了我的依靠，遇上什么事情，我第一时间就会想到他们，没有叔叔阿姨搞不定的事情，小到屋里的垃圾，大到遇上难事要去找人摆平，他们都从来不说二话。曾经有人怀疑我跟他们家非亲非故，如此打交道，是不是被他们敲了很多钱？我说，大错特错，我不仅没有被骗钱，反而占了他们很多便宜。

“不瞒您说，十八年前，第一次见到阿姨，就感到很亲切，就像遇上了自己的一位亲人。因为她的左眼眼角处有一颗黑色的痣——没错，就是左眼，痣的颜色、大小，跟妈妈右眼眼角处那颗一模一样。起初我不敢正视，不敢相信，但是实在太像了，我无法拒绝它的存在。是的，她跟妈妈是完全不同的一个人，身份地位、文化水平都完全不同，性格也不同，妈妈文弱柔和、胆小怕事，而阿姨却截然相反，果断无畏、不怕事、敢做敢当，为了老乡的事情，她敢一人担当，上公安局陈情说理，对我这个无亲无故的人，给予无微不至的帮助。我想过很多，她和妈妈，就像一枚硬币的两面，合起来就是一个人。有时候，我想妈妈了，自然就会想到现实中的阿姨……

“我明明知道，这是现实里的幻觉，只能说老天特别眷顾，让我在异地他乡得到一份特殊的照顾。去年，叔叔不幸病故，阿姨顽强面对生活，让我看到了她非常阳光的一面。她不仅重新开启叔叔离开后的生活模式，五十岁走进职场，而且做得风生水起，这给我很多启发，我更加没有理由在逆境中退缩。

“我把一只猫从东莞送过来，托付给阿姨，请她照看。在她的打理下，这只猫养得越来越好了。

“老豆，您一定想知道，他们到底是谁……”

说到这里，儿子早已泪流满面。

“儿子，爸爸知道了。”张教授的酒杯半端在空中，因为手的抖动越来越剧烈，不得不放下来。

儿子的故事讲述之始，张教授就感觉到这个故事必定与自己有关，或者说，从前天晚上儿子点赞自己的朋友圈后又瞬间取消的举止里，他就隐隐得到了一个暗示：莫非儿子对自己的深圳行踪有了察觉？他因此也想到了，出于为日后公开关系做好铺垫，是否应该提前与儿子沟通，告诉他，让他有一个接受的过程。

是的，有些事情除非没有开始，一旦开始了，就会有它的结果。

但是，这个结果太过离奇，太过巧合，真要让学识丰富、见多识广的张教授接受，一时半刻还有点难度。他嘴里说“儿子，爸爸知道了”，心底里却是不愿意相信的。

“谢谢老豆，为莱克做了那么多。”儿子破涕为笑，擦干眼泪，端起酒杯，跟父亲碰杯。然后他拿起手机，翻出莱克的图片，一张张给父亲看。

张教授看到了从宠物医院出来、洗得干干净净的莱克，看到了它灰白脖子上的闪闪发亮的吊牌，看到了码在墙角的猫砂、猫粮……而每一张图片背后，似乎都有一个影子，那就是被胡家冲阿姨隐藏的自己。

张教授长长地舒了口气。好像一位罪证被全面起底的嫌疑人，在事实面前已无丝毫狡辩的余地，为了让自己保持足够的平衡，他换了个坐姿，道：“事到如今，我该怎么办？”

“老豆，勇敢点！”儿子自己干了一杯，咧了咧嘴，呵出满嘴酒气，一股酒劲似乎给他注入了无数倍的勇气，“我支持您！”

张教授此时却感觉世事颇为不公平，比如现在，三个局中人，其中两个已经获悉了真相，另外一个却蒙在鼓里。他无法猜想，一旦李改梅知道这个真相会如何反应，会不会觉得过于荒诞而拒绝交往。他猜想，以她的性格，多半会做出那样的反应。

“这个事交给我。”第二天早起，儿子要回深圳，特意叮嘱父亲，他希望父亲能够保守秘密，等待他为这个剧情再加一点戏份。

如此一来，这个世界上最为苦恼的人非张教授莫属了。从此，他给李改梅发去的每一个字，都将是谎言的证据，而他的儿子朱查理，将是唯一掌握解密大权的人，他一天不完成工作，张教授的等待就遥遥无期。

第十四章 李改梅

随着李改梅给熟人们带的手信分发出去，越来越多的人知道她去了一趟香港。别的人天天去香港都跟他们没有丝毫关系，而梅姨去香港，却是一件值得津津乐道的事。因为她曾经说过，去香港干吗？没事请我去还得考虑考虑。这虽然是一句玩笑话，却也可以视为她的一种态度。

“去玩呗，我可不想像老丁一样，要死了才去成香港，”李改梅这样解释自己去香港的动机，“我要是那样，一点也不值得。”

整个黄贝岭，只有社区妇联的阿芳才是唯一知情人，且忠实地完成了“灯泡”的重任。经过全面的考察，阿芳对年长自己二十岁的李改梅说，第一眼看上去就知道张教授是个好人，而且是个有真材实料的人，值得打交道，通常来说，这种人还有点浪漫哦。

“有个鬼的浪漫，除了逗猫有点趣味，平时就像块木头。”李改梅道。

“不是吧，梅姐，是你太保守了吧？”阿芳打趣道。

“去，你个死丫头。”李改梅道。

平心而论，说张教授是块木头，也不全对，从某种角度而言，她李改梅也是有抗拒心理的，一方面希望他浪漫一点，得寸进尺一点，一方面又希望他能把握好分寸，不要发展得太快，她需要时间来给自己铺垫，她要在准备最充分的状态下，公开他们的事情。她觉得，老年人在一起，身体不是最重要的，心在一块才是。

说张教授不浪漫吧，他所做的一点一滴，都被她无数遍地回忆，哪怕一个小小的动作，都会勾起她无限的遐思。她也曾经想过，一旦他们的关系既成事实，她就不上班了，专门照顾这个老头，陪着他去书城看书买书，去听各种讲座，自己要把他爱看的书也看上一遍。有条件的话，一起去全国、全世界走一走，能走几个地方算几个地方。

不过，每每想到此处，她都会自觉推翻掉，批评自己不切实际。

让李改梅纳闷的是，自从香港之行后，老张忽然有降温的迹象。微信里的问候少了，也不像以前那样，三天两头急着要过来。她想是不是因为自己未经商量，私自带个“灯泡”，让他不高兴了？或者说，到了香港，让他看清了自己的土里土气，缺少文化，觉得有差距了？

“要是那样，那就见鬼去吧，谁稀罕个死老头子！”李改梅是想得到做得到的，她不会为此半分犹豫。

当阿芳故意逗她，问“张教授过来没有”时，李改梅忍不住跟她说了这个情况。

阿芳在微信里回她，张教授看来是真心的，六十岁的人跟年轻仔没什么两样，他以为两人的关系没问题了，故意卖俏呢，这叫作欲擒故纵，知道吗？你要是沉得住气，也不理他，自然有他急的时候。

“我怎么沉不住气？我急个鬼！”李改梅一副态度鲜明，打定主意的样子。

关于拆迁的消息越来越多，没几天，果然村里一栋栋老楼房被写上了“拆”字。

要来的终究是回避不了的。租客们也纷纷跟李改梅说，马上要找新地方住了，既然拆迁了，房东要负责任，不能一声不吭耽误了大家。

李改梅自己心里也不踏实，她早就想搬走了，虽然嘴上跟租客们解释没那么快没那么快，其实心里却完全没底。

问的人多了，她不得不给老村长家打电话。可是半天没人接，她又给老村长的儿媳发微信语音，好不容易联系上了，村长儿媳说，他们也知道了情况，有关部门也都上门做过工作，拆迁他们肯定是全力支持的，现在老村长在广州住院，一时半刻也回不去。老村长希望梅姨拿主意，既然租客们都不愿意住了，那就统一定个时间终止合同，租客全部撤出，随时准备把楼栋移交给旧改公司。

“梅姨要是愿意，请您再坚持几个月，到时住到我们家另外的房子去，要是不愿意留下，我们会支持你另外租房。”老村长儿媳说，这是老村长特别叮嘱过的。

有了这个电话，李改梅心里就定了。

她用马克笔手写了一张告示，张贴在楼道口，通知租客们自行决定退房时间，办理退租手续的具体流程，还写了几条退租注意事项。

她自己也准备下功夫好好找地方，她也希望借此机会，离开生活了二十多年的城中村，换一个环境，重新开始一段新生活。

好几个租客争抢着要把李改梅贴在楼道的告示撕下来，说要珍藏起来做纪念。看了那么些年熟悉的字体，真舍不得。这么些年来，别的楼栋管理人员或房东，习惯用打印的告示通知消息，李改梅却坚持手写，一张白纸和一根马克笔解决问题，却留给了租客们无限的温情回忆。有人说，梅姨，你的字是不是练过？好有模样。

有的租客来找李改梅，要跟她合影，住在一栋楼里那么多年，都有感情了。那些天里，李改梅享受到了明星般的待遇，但总是以伤感收尾。

李改梅看了三处地方，都离上班的地方不远，条件也不错，最后权衡的是租金问题。住了二十多年城中村，照不到阳光，看不到天空，她要改善一下，一定要住上小区。她也想通了，不要把自己逼成邋邋遢遢的模样，不论自己还能在深圳待多久，生活品质要有保障，至少不要让张教授来了感觉像是进了贫民窟，也不要莱克搬家后感觉像是落了难一样。

她跟胡丹丹和朱宝林都打过招呼，一旦她把房子定下来，就要过来帮忙搬家。

胡丹丹说："妈，要不别另外租房子了，过来跟我们一起住吧？把莱克也带过来，我们不要你的租金。"

"你们自个不瞧瞧，那个狗窝还想让我去？"李改梅道。她当然不会去打扰两个年轻人的生活。

"那不一定，有你不嫌弃的时候，"母女俩互怼惯了，语言上少有让人舒服的时候，"我看啊，老妈怕是跟了我们不方便呢。"

"瞎说！"李改梅斥责女儿。

过去，李改梅和老胡以为在老家买了房子，儿女们就算安置好了，现在她不这样想了，心里希望女儿女婿心往一处想，劲往一处使，也在深圳买下自己的房子，哪怕面积小一些，能够容身就行。一代人要比一代人站得高看得远，虽然深圳的房价高，但作为长辈还是想看到他们的行动，有行动就有希望。

"我是不可能带你们一辈子的，也不可能为了子女委屈自己，你们爱一辈子租房子住我也管不着。"她这么给胡丹丹讲过。

李改梅找人要了一些周转箱，有空就开始整理东西，封好箱子，随时准备搬家。

真的要搬离这个住了二十多年的地方，李改梅的心里还真有些不舍。每天下班回来，都看到一辆辆人力三轮车和货拉拉小四轮进进出出，搬家的人越来越多，外墙被喷上"拆"字的房屋每天都在增加。有一天下班回来，她看见村口矗立着一块巨幅背景板，那是被放大的城中村改造效果图，三年或五年之后，效果图上的三栋高楼以及它们的附楼、配套园区将取代现在的城中村，也就是说，只要他们一搬出去，就再也看不到这里原来的样子了。其实，不用看这个效果图，她也想象得出未来的样子，深圳改造的城中村可多了，她去看过白石洲、大冲那些被改造的城中村，那里也曾经是二三十年来老乡们的落脚点。

李改梅拿出手机，拍下了夕阳、旧楼交织中的效果图，想了想，给张教授发了过去。

张教授很快就回复：要搬家了吗?

李改梅没回他，让他猜去，让他摸不着头脑去。“说不定我一怒之下直接搬回湖南去，这辈子别想再见了。”这么一想，她的心情就开阔起来。是的，对于深圳，她是拥有主动权的人，没有任何人、没有任何理由可以不让她走。

除了对岸这个老头子，她的心头没有别的包袱。

那天，李改梅收到朱查理发的语音，请她把小公寓的租客退了：“房子马上收回来，不再对外出租了。”

“查理，你临时让人退房，是要赔人家损失的，要不我先跟人家打个招呼？”她回复朱查理。一个月五千多元，不出租有些可惜了。语音发出，她又觉得这样做不对，年轻人有自己的想法，房子除了出租，说不定还有别的用途呢。

“梅姨，能尽早就尽早，不管合同的事了。”朱查理的口气有些不容分说，似乎着急等着用它。

说起朱查理购置这个房子，也有十几年了，来来去去住过多少租客，她一时都记不起来。租金从一千多元涨到现在的五千多元，以前李改梅感叹，租十年房子的租金都可以买一套房了，可谁知这几年房价飙升，用现在的租金来算，五十年的租金也买不到一套房。

李改梅给租客打电话，编了个理由，说房东有亲戚要用房子，可否理解，提前解约。无巧不成书，租客正好也要跟房东商量退租的事，他们已经买下了自己的房子，准备要搬走了。

这样一来，双方不补偿不赔偿，约了个时间，愉快办理了退租手续。

办完退租手续，朱查理给李改梅打来电话，对她说："梅姨，房子收回来了，我决定不再对外出租。黄贝岭很快进入大拆迁，您也别去外面租房了，先把东西搬过去，暂时住下来。"

"查理，这是万万不可以的！"朱查理的电话，把李改梅着实吓了一跳，"我的房子已经找好了，你不用操心。"

"梅姨，您住进去了，就是这个房子最好的用途，"朱查理还是那副不容分说的口气，"您不搬进去，我就让它空着。"

李改梅是不会接受的，她怎么想也想不出让自己接受这个房子的理由。

朱查理这一举动，有点劈头盖脸的味道，让她一整天上班都没有心思，思绪老是跑偏，主任交代的几件事都没有落实好。脸色也不好，同事们都问，梅姨是不是身体不舒服？

想了一整天，她在心里做出决定，明天就是周末，得马上把要租的房子定下来，立即搬过去，以断了这些不必要的纠结。她甚至还想到，既然朱查理的房子已经收回来，不再对外出租，也就没有了管理的必要，自己也是时候退出来，把钥匙交回给他了。

她相信，所有的事情到了该结束的时候，就要当机立断地结束，不然可能会好事变坏事，顺缘变逆缘。和朱查理这个香港青年一交往就是十八年，当年的小伙子也很快要步入中年了，而自己也进入老年人的行列了。他有他的事业和生活，不再像以前，需要自己的帮助，自己也该像个上年纪的人，已经不再是什么都不怕担的年龄了，说不准哪天，自己就会像老丁一样，打了包裹回湖南，回胡家冲呢？！一人一命，到时候不想回也得回。

可是，人算不如天算。一场意外改变了李改梅的计划。

那天因为值班组长请假，她留下来对三栋楼进行巡查，处理了一处业主违规投放的垃圾，耽搁了个把钟才离开公司回家。

也许是想到明天要搬家，今晚得提前准备，心里急，走路就没太留意来往车辆。当她走到一个拐弯处时，一辆电动三轮车突突突冲了过来，一下子把她带倒在地上。她感觉自己被一股巨大的力量拽倒，又被拖拽了几米才停下来。她还感觉到三轮车开出不远后停了下来，开车的人下来看了她一眼，好像忽然意识到大事不妙，又跳上车去一溜烟跑了，她听见很多人在喊“抓住他！抓住他！”。

不知过了多久，她被人扶起来，坐到了路旁的石凳子上，周身的疼痛让她难以忍受，哼出声来。

热心的路人要帮她叫救护车，李改梅忍着疼痛谢过人家，说不用。她能意识到没有太大问题，很可能就是右腿骨伤到了。也许是危难之中的幻觉吧，她回想起被三轮车带倒落地那一刻，似乎有一股神奇的力量托住了她的身体，再轻轻落下。

“莫不是死鬼老胡，危难时刻出手搭救？”关于这个细节，后来她无数次跟人说起，慢慢演绎成一个笑谈。

她给胡丹丹打电话，胡丹丹很快就带着老公赶了过来。

“给我擦樟树油。”李改梅指挥胡丹丹用药。

“樟树油？你这个伤，樟树油没鬼用，赶紧去医院。”朱宝林显得又急又气。

两口子不由分说，拦了的士，就把老娘送到了医院。

一系列检查做完，万幸没有别的伤处，就是右腿骨有裂痕，需要住院手术。

“完了，真是屋漏偏逢连夜雨。”李改梅唉声叹气起来。她也知道，伤筋动骨一百天，上了年纪，真不是小事。

不过，手术的情况特别好。医生说，你这不像五十多岁人的骨头啊，体格体质好，过两天出院回家自行养护就可以了。

李改梅松了口气，心想真是上天保佑，消灾保命，这个小劫就算过去了。做完手术，她就迫不及待在清洁班的微信群里指挥工作，她不想因为自己的伤腿耽误了事，业主们的要求高，哪怕一个纸片也可能引发投诉，马虎不得。

手术当晚，朱查理到医院来看望李改梅。李改梅料想，这是胡丹丹透露的消息，她反复叮嘱过了，不要告诉任何人，做完手术咱就悄悄出院。

令李改梅不敢相信的是，儿子胡根平竟然跟在朱查理的后面进来了。

他们走进病房的那一刻，李改梅的眼睛就盯在了两人的工装上——他们竟然穿着一模一样的工装，她一下子明白了一切。

和老娘斗气几年的胡根平，走进病房，突然像变了个人，快步走到床前，半蹲下来，拉住母亲的手，说："老妈，对不起。"

"哈哈，哪有对不起你老娘的地方，你们不是都很有能耐嘛。"虽然李改梅还是那副嘴巴，明眼人却都留意到了，她的双眼已经红透。

被保守多时的秘密，也在这一时刻自动揭开。

"根平现在是我们的优秀工程师，"朱查理得意地介绍道，"兼研究院院长。"

"骗鬼可以，骗我不行。"李改梅笑道。

"朱总，要谁相信都容易，别费神，我妈只相信她自己。"胡根平脸色绯红道。

胡根平的话刚说完，李改梅忽然蒙上被子，号啕大哭起来。朱查理一时不知如何是好，胡根平倒显得很平静，说，没事的，她这人就是这样，感情过于节制，需要爆发一下，哭过了就好了。

李改梅把儿子的话一字字听进了心里，他说的一点也没有错，自己哭不是因为被伤着了，而是知道自己误解孩子了，她分明看到了儿子的变化，看到了他的努力，也看到了他的精气神，却装着不相信他，依旧打击他，从小到大，从胡家冲到深圳，一家人就是在这样的氛围中一天天度过的。

李改梅哭过了，坐起来说话。朱查理告诉她，他们这几天也忙得不可开交，研究院正式落户前海，得到政府的大力扶持，他们的几个研发成果在推介会上被国际客户看中了，这段时间大家不停歇地加班，要尽快拿出样品。

“这都是我们胡工的功劳。”当着李改梅的面，朱查理狠狠地夸了胡根平一把。

李改梅擦干眼角的泪痕，说：“这个崽没去乞讨行骗，我就很开心了。”

第十五章 朱查理

梅姨受伤，使得朱查理不得不提前改变计划。

父亲早就等不及，也有点不信任他了。听到李改梅受伤的消息，恨不得连夜过关，赶到她的身边。朱查理安慰他，梅姨手术做得很好，伤势稳定，不要太担心，有我们照顾。

父亲对他说，我是最怕人诅咒的，她的性格我了解，肯定没少在背后骂我、诅咒我。

朱查理急也没有用。原本他是想说服梅姨搬到公寓来住，之后再策划一个环节让父亲出场，只要有足够的铺垫，事情会顺畅许多。但是，他没想到梅姨的反应会如此激烈，一口拒绝了他的安排。如果不是这场突如其来的事故，她已经搬离了黄贝岭，住进了自己租的房子，甚至有可能不再跟他们联系，从此近在咫尺，恍若天涯。

说实话，朱查理自己也需要一个接受的过程，而这个过程是无法省略的。谁也不会明白，当他在父亲的朋友圈与梅姨遇见那一刻内心的震撼。为了避免梅姨有所察觉，他飞快取消了点赞。

那个晚上，他几乎一刻也没合眼。脑海里仿佛在一部接着一部回放老电影，在电影的镜头里，他看到了十八年前的自己，看到了在大街上第一次与老胡打交道的场景，看到了老胡那个侧身180度掉头的连贯、利落的动作，看到了十八年里与他们家交往的点点滴滴。

但即使是具有魔力的想象大师，也不可能想象出这个奇妙的巧合，因为他们三者之间几乎没有任何促成交集的元素。

不过，当在家里看到那瓶满满的樟树油时，他心里似乎有根弦被拨动过。他还在家里的厨房瞥见青辣椒红辣椒辣椒酱的影子，对父亲的饮食变化感到奇怪。当他看到莱克所享用的进口猫粮时，他的脑海里浮现出了一个模糊的影像，他似乎已经嗅到了一股熟悉的气味。他还在梅姨家的墙上，看见一件尼龙薄膜遮盖住的棕色皮衣，因为他曾经给父亲买过一件，这种熟悉感一掠而过。总之，他曾经有过很多机会，接近真相的边缘。

那天晚上，他正在前海会议室加班，无意间打开微信，看到了父亲朋友圈里梅姨的背影以及骄傲的莱克。

梅姨的点赞，一下子把他直接拉进了奇幻世界，顿时让他感到阵阵晕眩。他不得不承认，这个世界上，有三个奇特关系的人在微信朋友圈里相遇了。

他悄悄离开会场，站在窗前，看着夜幕下闪烁的前海灯火，内心波涛翻滚。

三人行研究院的创建可谓是旗开得胜，把公司的业务水平提升了好几个台阶，也引领着公司业务从传统中走出。胡根平和他的死党们，一个个 IT 男，数控迷，果然如一员员虎将，他们不仅奉献出了几个兄弟开发的系列软件专利，而且直接参与解决了公司客户订单里的技术难题，客户把所有订单交给了他们。短短几个月，他们实现了落户前海的计划，而且得到政府的政策扶持，有意向投资的机构提供了足够的资金护航——这一切，发生在短短的时间里。

在他的身边，一大群拥有超级智慧的大脑在灯火通明的写字楼里高速运行，不断发现难题，解决难题，攻克难题。

而此时，他的大脑却陷入了沉思，他不知道如何来面对困扰他的个人难题——该如何告诉父亲，他知道了这个神奇的故事，而且他愿意支持父亲去勇敢追求自己想要的生活。

为了让自己尽量保持平和的心情，他是第三天才回去香港与父亲谈心的。正如自己的猜想，父亲太惊愕了，同时他也担心因为事情太过离奇，会遭到儿子的阻挠。

父亲甚至说，他宁愿让这段奇缘无疾而终，也不愿意因为真相大白而对三个人造成伤害。

他向父亲表明，自己没有理由反对他，而且一定给予他足够的支持。

按照他的预想，应该在半个月的时间里，就能让父亲与梅姨冲破真相的迷雾。

梅姨受伤的消息，是胡丹丹打电话告诉他的。梅姨受伤，一下子打乱了原本按部就班的生活，尤其是她本来已经准备好周末搬家，东西都收拾得差不多了。

在电话里，胡丹丹请求朱查理的支持，她向他提出了一个缠绕自己多时的疑问——她隐约感觉到母亲身边有一个关心她的人，一个与她有某些约定的人，但是这段时间，这个身影似乎没再出现在黄贝岭，母亲因此显得焦虑，她以为自己掩藏得很好，可怎么能逃过女儿的眼睛呢。胡丹丹说，她很期待这位“大侠”现身，母亲此时一定特别需要他。

朱查理专程和胡丹丹两口子见了面。他告诉她，这位“大侠”不是别人，正是自己的父亲，一个不断从香港给莱克买东西，给莱克挂上吊牌，偷偷来黄贝岭给梅姨做好饭菜的人，一个和梅姨一样被真相蒙在鼓里的人。

听完朱查理的讲述，胡丹丹竟然哭了。

世界上居然还有这么离奇的事情。有时候真相对人的震撼，确实是超出承受力的。

胡丹丹两口子和朱查理达成默契，趁梅姨住院期间，他们合力把家搬进公寓，迫使她住进去。当然，那位“大侠”会在适当的时候现身。

开始胡丹丹不太同意让李改梅搬进公寓，她觉得这样违背了母亲的意愿，一定会遭到她的强烈反对，结果可能适得其反。母亲是一个有原则的人，一辈子按照自己的想法生活，不偷不抢，从不多占别人一分便宜，不愿意多欠人一分人情。

“我们就违背一次吧，相比而言，那位‘大侠’更需要她。”朱查理道。

别看是一间小屋子，东西还真不少，胡丹丹两口子搬了一整天才搬完。为了祝贺莱克乔迁新居，朱宝林把它的所有用具、玩具都清洗了一遍，还专门到宠物店买了一个双层猫砂盆，既通风又便于清洁。胡丹丹自作主张，把母亲一直舍不得换的被子、枕头全扔了，换了一套全新的被褥。

第十六章 尾声

医生根据评估，同意李改梅出院，回家自行养护。

来接她出院的，居然是香港老头张教授。老头抱着一大束鲜花，出现在病房的那一瞬间，李改梅的眼泪自然就涌了出来。她以为这个人从此再也不会过来，再也不会现身了，等到黄贝岭全部拆迁完毕，他们交往的记忆就消失干净了。

张教授背着他的双肩包，双目炯炯有神地注视她半天，才露出微笑，走向她。

“走，跟我走。”张教授道。

“走？”李改梅好像没听明白他所说的话。

“出院！回家！”张教授显得有点着急的样子。

他告诉李改梅，出院手续已经办妥，也叫好了车子。他还请了一个护工帮忙，把门外备好的轮椅推了进来。

李改梅感觉今天这个老头有点说不出的怪异，甚至有点像换了一个人，总之不那么真实，好像是舞台上一个由别人扮演的角色，而教授本人并没有出现。

车子没有把他们带回黄贝岭，而是带到了朱查理的公寓。在这个她闭着眼睛都可以自如行走的地盘上，李改梅完全被搞蒙了，不知道这里面藏着什么玄机，她本想拒绝下车，却被一股不可抗拒的魔力牵引着。

张教授把她扶上轮椅，推进大堂，电梯到了，直上 25 楼。出电梯右拐，轮椅在 2508 房门口停下。

李改梅双手撑在轮椅扶手上，挣扎着要站起来，回头问张教授："为什么到这里？！"她确信自己的那副表情一定把老头吓坏了。话刚出口，她想到这样问不合适，忙又补上一句："你怎么认识他？"

张教授定了定神，温和地看着她，说："阿梅，他是我儿子。"

"什么？你没有搞错吧？！"李改梅不相信自己的耳朵，迫切需要再次得到确定。

"是的，查理是我儿子。"张教授道，此时他的口气变得有点迟疑，似乎不忍说出真相。

"不！不可能！"李改梅竟然不顾一切地站了起来，反手将轮椅一把推开，"老张，要不得！你可千万不要开这种玩笑！"

轮椅歪歪扭扭地在走廊上滑行，张教授上前一步，扶住浑身发抖的李改梅，说："阿梅，冷静点，冷静点。"

伤处的疼痛使李改梅无法站稳，她不敢再迈出步子，一手搭在了教授的肩膀上。

这时，门打开了，莱克"喵"的一声从里面跳了出来，一头扑向几天不见的女主人，等待着她张开喜欢训斥人的嘴，骂它“滚蛋”“叫！叫！就你是祖宗”。莱克一定大感意外，她今天居然没有骂它。

2023 年 3 月 13 日三稿